Diogenes Taschenbuch 23133

de
te
be

Nicholas Blake

Ende des Kapitels

Roman

Aus dem Englischen von
Nikolaus Stingl

Diogenes

Titel der 1957 bei Collins, London,
erschienenen Originalausgabe: ›End of Chapter‹

Die deutsche Erstausgabe
erschien 1962 unter dem Titel ›Schluß des Kapitels‹
im Rowohlt Verlag, Reinbek bei Hamburg
Die vorliegende Übersetzung erschien
erstmals 1998 im Diogenes Verlag
Das Gedicht von Emily Dickinson in
der Übersetzung von Werner von Koppenfels
zitiert nach *Dichtungen*,
Dietrich'sche Verlagsbuchhandlung, Mainz 1995
Umschlagillustration: Konrad Klapheck,
›Schreibmaschine‹, 1955

Für N. S. und I. M. P.
mit großer Zuneigung von ihrem
gar nicht so stillen Teilhaber an einem
ganz anderen Unternehmen

Veröffentlicht als Diogenes Taschenbuch, 2000

150/00/43/1
ISBN 3 257 23133 4

Inhalt

I

Erfasst

Nigel Strangeways bog in die Adelphi Terraces ein und gelangte, hinter sich wie von einem Wehr das leise Rauschen des Verkehrs auf The Strand, bald darauf in die vornehme Abgeschiedenheit der Angel Street. Es wäre schön, in dieser Straße zu wohnen, dachte er – in der obersten Etage eines dieser hohen, auf elegante Weise gleichförmigen Häuser: über dem Trubel, aber nicht davon abgeschnitten. Wenn man in die Jahre kommt und die Jugendillusionen dahinschwinden, ist das Gefühl eines Neubeginns, einer Wiedergeburt, eigentlich nur noch durch einen Umzug hervorzurufen. Aber so ruhelos er auch von Natur aus war, innerhalb von zwölf Monaten zweimal umziehen hieße, die Mobilität zu weit treiben – man mußte achtgeben, daß man keine Toleranz gegen diese stimulierende Droge entwickelte.

Unter solchen Gedanken brachte Nigel die Angel Street hinter sich und stand schließlich vor dem hohen, schmiedeeisernen Tor, das sich auf einen Durchgang öffnete, der das Ende der Straße von Embankment Gardens abteilte. Der kleine Park wirkte an diesem rauhen Novembermorgen verfroren und verhärmt. Dahinter, auf der Themse, tutete trübselig ein Schleppkahn. Nach einem Blick auf seine Uhr beschloß Nigel, lieber fünf Minuten zu früh zu seinem Termin zu erscheinen, als in der Kälte herumzustehen und den Abklatsch von Natur zu bewundern, den der Park bot.

Die Geschäftsräume von Wenham & Geraldine nahmen das letzte Haus zu seiner Rechten ein, dessen Front zur Straße lag und dessen Südseite auf den Park hinausging. Der Haupteingang wurde von zwei Schaufenstern flankiert, und fünf, sechs Meter weiter die Straße entlang gab es noch eine kleinere Tür. Fassade aus dunkelpurpurroten Ziegeln, blendendweiße Malerarbeit, die Tür mit vorzüglichem Gesimswerk und einer Lünette – das alles erzeugte einen Eindruck von Solidität und Anmut, Charme und Dekorum, der dem Verlagshaus Wenham & Geraldine gut zu Gesicht stand. Wie viele viktorianische Größen, überlegte Nigel, mochten wohl ihre gewichtige Persönlichkeit jene flachen Stufen hinaufbefördert haben, um mit dem mittlerweile legendären James Wenham ein Glas Madeira zu trinken; wie viele ihrer schlechtergestellten modernen Nachfolger mochten wohl, wenn sie diese opulente Front musterten, fauchen: »Dahin also gehen die Gewinne!« Ein Buch, hatte der legendäre James Wenham ständig erklärt, sei das kostbare Herzblut eines genialen Kopfes; und im Laufe des vorigen Jahrhunderts war zur Mehrung des Wohlstandes von Wenham & Geraldine ein riesiges Quantum dieses mehr oder weniger kostbaren Herzblutes abgezapft worden.

Außerdem war das Unternehmen, obwohl altehrwürdig, durchaus imstande, mit der Zeit zu gehen – oder ihr jedenfalls nicht mehr als zwanzig Jahre hinterherzuhinken. In einem der Schaufenster, stellte Nigel fest, war das neue Buch eines mit viel Publicity bedachten Maulhelden der Royal Air Force ausgestellt, dazu ein Modell-Flugplatz und eine Kollektion Spielzeugflieger, die an Fäden darüber baumelten. In dieser Abgeschiedenheit war die Auslage wohl verschwendete Mühe, dachte er. Dann wurde ihm klar, daß die Angel Street eine gute Abkürzung für Fußgänger wäre, die von The Strand zur U-Bahn-Station Charing Cross wollten, und zu bestimmten Tageszeiten wohl ziemlich belebt war.

Wie es sich traf, erstieg er die Treppe vor einer guterhaltenen Dame, deren Pferdegesicht ihre Perlenkette wie ein Kummet wirken ließ. Er hielt ihr die Tür zum Zimmer der Empfangsdame auf und trat zur Seite. Ohne seine Zuvorkommenheit anders denn durch eine Duftwolke zu erwidern, rauschte sie an ihm vorbei und verschwand durch eine Tür am anderen Ende des Raumes.

»Mein Name ist Strangeways«, sagte er zur Empfangsdame. »Ich bin mit Mr. Geraldine verabredet.«

Nach kurzer Beschäftigung mit dem Haustelefon verkündete das Mädchen: »Wenn Sie bitte einen Moment Platz nehmen wollen, Mr. Geraldines Sekretärin wird gleich kommen.«

Nigel bekam Behandlung Nummer 2, wie er später erfahren sollte. Nummer 1, die dem Äquivalent von Mitgliedern des Königshauses unter den Autoren des Verlages vorbehalten blieb, bestand darin, daß einer der Verlagsleiter sich persönlich nach unten bemühte. Weniger bedeutende Zeitgenossen wurden von einer Sekretärin geholt, während der Plebs sich selbst zurechtfinden mußte. Nigel schlug die Zeit damit tot, daß er die signierten Autorenfotos studierte, die eine Wand des Empfangszimmers zierten. Die älteren zeigten Bärte und Gesichtsausdrücke von geradezu enervierendem Selbstvertrauen; während der Blick sich neueren Zeiten näherte, verloren die Gesichter allmählich an Haar wie an Selbstsicherheit, und die aktuellsten kennzeichnete entweder nackte Angst oder jenes glotzäugige, unglaubhafte Draufgängertum, das einem so häufig aus den Alben von Scotland Yard entgegenblickt. Es gab freilich zwei deutlich hervorstechende Ausnahmen: einen Menschen mit buschigem Schnurrbart in Uniform – das Foto trug den Schriftzug *Richard Thoresby* – und die Dame, die an der Tür an Nigel vorbeigefegt war. Die ausladende Unterschrift auf ihrem Foto unterrichtete ihn davon, daß es sich um Millicent Miles handelte – die glamouröse, unbeschreibliche Königin der Bestseller, die fast so häufig den Verlag wechselte, wie sie einst (so wollte es das Gerücht) ihre Liebhaber gewechselt hatte. Eigenartig, daß Wenham & Geraldine sie genommen hatten, aber da war sie jedenfalls – prunkvolles Abendkleid, Diadem – und starrte hochmütig von der Wand herab.

»War das nicht Miss Miles, die gerade mit mir zusammen hereingekommen ist?« fragte Nigel.

»Ja. Sie arbeitet hier«, erwiderte die Empfangsdame in neutralem Tonfall.

»Im Verlag, meinen Sie?«

»Aber nein. Sie schreibt ihre Memoiren für uns; und als sie umgezogen ist, hat Mr. Geraldine ihr hier ein Zimmer zur Verfügung gestellt.«

»Memoiren? Das müßte ja einiges Aufsehen erregen.«

»Wir hoffen, damit Erfolg zu haben«, sagte das Mädchen gesetzt. »Miss Miles ist natürlich nicht gerade der Typ von Autorin, den wir häufig im Programm haben.«

»Weiß Gott! Als würde ein Universitätsverlag Elinor Glyn verlegen.«

Nigel musterte das Mädchen. Ein auf leicht zigeunerhafte Weise ansehnliches Geschöpf: um die 23, versucht aber, älter zu wirken; sehr distanziert hinter ihrer Hornbrille. Konnte noch nicht lange hier arbeiten, benutzte aber schon das Verleger-»Wir«, als wäre ihr das angeboren. Irgend etwas an ihrer Sprechweise veranlaßte ihn zu der Frage: »Waren Sie in Somerville?«

»Meine Güte, merkt man das so deutlich?«

»Was haben Sie studiert?«

»Geschichte.«

»Gut abgeschnitten?«

»Tja, um genau zu sein, mit Eins.« Das mit einem linkischen Zur-Seite-Werfen des Kopfes verbundene Eingeständnis verringerte ihr scheinbares Alter um mehrere Jahre.

»Und jetzt hängen Sie an einem Telefon fest?«

»Der Verlag möchte, daß man auf der untersten Sprosse der Leiter anfängt. Wenn ich mit den Anrufern zurechtkomme, werde ich zur Sekretärin befördert – und darf vielleicht schon einiges lesen.«

»Das viktorianische System, was? Wie ich sehe, schreiben Sie in der Zwischenzeit selbst ein Buch.«

Das Mädchen errötete und schob ein paar Manuskriptseiten unter eine Löschunterlage. »Sie sehen zuviel. Verzeihung, aber ich mag es nicht, wenn man sich mein Werk ansieht.«

»Das geht den meisten Schriftstellern so, glaube ich – jedenfalls, solange es im Werden begriffen ist. Die Anthropologen könnten uns darüber bestimmt einiges erzählen.«

In diesem Moment erschien ein weiteres strebsam aussehendes Mädchen – Mr. Geraldines Sekretärin. Nigel folgte ihr durch die Innentür in einen Gang, der, wie er später feststellte, von der kleineren der beiden Haustüren zum Lager führte. Auf einer Seite dieses Gangs stapelten sich prall gefüllte Säcke, auf der anderen befand sich ein Aufzug, dessen Außentüren Nigel von hinten einen derben Klaps versetzten, als er ihn betrat.

»Das macht er immer«, sagte das Mädchen munter, als erklärte sie die Eigenheiten eines verhätschelten, aber unberechenbaren Haustiers.

»Auch bei Millicent Miles?«

Das Mädchen kicherte. »Also, ich glaube, sie hat Mr. Geraldine tatsächlich mal gebeten, einen neuen Aufzug einbauen zu lassen«, sagte sie; dann bedachte sie Nigel mit einem verblüfften Blick, hinter dem sich die schlichte Frage verbarg, wie sie einem Wildfremden gegenüber eine solche Indiskretion hatte begehen können – eine Frage, die so mancher, dem Nigel berufshalber über den Weg gelaufen war, sich zu stellen allen Grund hatte.

Im zweiten Stock angekommen, wurde Nigel zum Zimmer des Seniorpartners geführt. Ein großer, hoher, rechteckiger Raum, erleuchtet von einem auf elektrischen Strom umgerüsteten, venezianischen Kristallüster und mit zwei Schiebefenstern, die auf die Straße gingen, an der den Fenstern gegenüberliegenden Wand deckenhohe Regale, weiße Täfelung, luxuriöser Teppichboden. Bei seiner Ankunft sah Nigel die drei Menschen im Zimmer zu einem Tableau gruppiert, das die entspannte und für alle Zeiten erstarrte Szenerie eines modernen Konversationsstückes hätte sein können – der an seinem Schreibtisch sitzende, kahlköpfige Mann, flankiert von der lässig am entfernteren Fenster lehnenden

Frau und dem finsteren Rothaarigen, der auf seine Schuhe starrte und in der Hosentasche mit Kleingeld klimperte. Ein, zwei Sekunden wurden die Posen beibehalten. Dann erhob sich der Kahlköpfige und kam Nigel gewandt entgegen.

»Mr. Strangeways? Sehr liebenswürdig, daß Sie es einrichten konnten. Darf ich Ihnen die anderen Verlagsleiter vorstellen? Miss Wenham – die Nichte unseres Gründers. Mr. Ryle, der kürzlich zu uns gestoßen ist.«

Arthur Geraldine hatte die Korpulenz und das verbindliche Gesicht und Gebaren, das man gemeinhin mit Bischöfen und Butlern assoziiert; er hatte außerdem einen erstaunlich kräftigen Händedruck. »Sie trinken doch ein Glas Madeira mit uns? Wir pflegen hier noch die alten –«

»Ein grauenhaftes Gesöff. Wie flüssiger Rohrzucker«, unterbrach ihn Miss Wenham.

»Meine liebe Liz, du bist unverbesserlich.«

Man nahm an dem Mahagonitisch mitten im Zimmer Platz. Arthur Geraldine goß den Männern Madeira ein, Liz Wenham gönnte sich ein Glas Limonade aus der Flasche auf dem Silbertablett und biß geräuschvoll in einen Apfel. Eine pummelige Frau um die fünfzig, grauhaarig, mit glänzend weißen Zähnen, rosig-roten Wangen und milden, strahlend klaren Augen, hätte sie, wie Nigel fand, besser in ein Tweedkostüm und in einen Webereibetrieb der Heimindustrie von Westmoreland gepaßt. Doch obwohl sie nach gesundem Landleben aussah, zeigte sie sich rasch von ihrer geschäftsmäßigen Seite, indem sie Arthur Geraldines Höflichkeiten kurzerhand abschnitt. »Sollten wir nicht lieber zur Sache kommen? Jane, nehmen Sie für die nächste halbe Stunde Mr. Geraldines Anrufe entgegen.«

Die Sekretärin wehte aus dem Zimmer wie ein Blatt in einem Luftzug. Basil Ryle hörte auf, mit dem Kleingeld in seiner Hosentasche zu klimpern.

Ein Glitzern – ob frostig oder belustigt, wagte Nigel nicht zu entscheiden – trat in das Auge des Seniorpartners. »Ganz recht, Liz«, sagte er. »Miss Wenham hält uns alle in Trab. Wenn ich Ihnen dann vielleicht unser kleines Problem schildern dürfte, Mr. Strangeways. Es versteht sich doch von selbst, daß alles streng vertraulich ist?«

Nigel nickte.

»Es dürfte Ihnen vielleicht bekannt sein, daß unser Haus auf Memoiren, Biographien und dergleichen spezialisiert ist. Man kann ohne Übertreibung sagen, daß der Name Wenham & Geraldine auf jedem Band dieser Art für höchste Qualität steht.«

Mr. Geraldines flüssige Sätze wurden von dem lauten Krachen unterbrochen, mit dem Liz Wenhams Zähne ein weiteres Stück aus dem Apfel herausbissen.

»Vor etwa zwei Jahren haben wir mit General Richard Thoresby einen Vertrag über die Veröffentlichung seiner Autobiographie abgeschlossen. Als wir Anfang dieses Jahres das Manuskript erhielten, mußten wir feststellen, daß es teilweise – äh – äußerst polemisch war.«

»Durchsetzt mit Verleumdungen«, nuschelte Miss Wenham, den Mund voller Apfel.

»Und zwar insbesondere da, wo der Autor die Durchführung bestimmter militärischer Operationen durch Generalmajor Sir Charles Blair-Chatterley im letzten Krieg kritisiert. Chatterley ist offenbar seine *bête noire* –«

»Der Knabe, der kürzlich Generalgouverneur von –«

»Ebendieser. Außerdem hat Thoresby die schwerwiegendsten Unterstellungen bezüglich Blair-Chatterleys Maßnahmen während der Unruhen in der Kolonie im Jahre 1947 geäußert. Ich möchte Sie vorderhand nicht mit Einzelheiten behelligen. Es reicht wohl, wenn ich sage, daß wir bei dem Autor vorstellig geworden sind, ihn auf die einschlägigen Stellen hingewiesen und mit ihm besprochen haben, daß sie gestrichen oder jedenfalls abgemildert werden, um eine Verleumdungsklage zu vermeiden. Er erwies sich als ziemlich intransigent –«

»Eine gräßliche Nervensäge«, bekräftigte Liz Wenham.

»– aber wir kamen schließlich zu einer Einigung mit ihm; jedenfalls glaubten wir das.«

»Sie hatten das Manuskript ja wohl Ihren juristischen Beratern vorgelegt?« fragte Nigel.

»Gewiß.«

»Die glatten Wände sind sie hochgegangen«, bemerkte Miss Wenham.

»Als wir im Juli die Fahnen bekamen, stellten wir zu unserer Beunruhigung fest, daß der Autor es versäumt hatte, zwei der beleidigendsten Stellen herauszunehmen, zu deren Streichung er sich zuvor bereit erklärt hatte.«

»War denn das Manuskript nicht noch einmal durchgesehen worden, ehe es in Druck ging?«

»Es hat da eine Panne gegeben. Ryle, der das Buch betreute, war in Urlaub gegangen; und in seiner Abwesenheit hat es Protheroe, unser Cheflektor, einfach eigenhändig ausgezeichnet – es ist ein Standardformat – und unserem Hersteller übergeben, der es in die Setzerei gegeben hat.«

»Wir waren mit dem Buch schwer im Rückstand, deshalb

wurde zu diesem Zeitpunkt alles etwas beschleunigt«, erklärte Liz Wenham. »Wir sind direkt in den Seitenumbruch gegangen, um es rechtzeitig zum Weihnachtsgeschäft herauszubringen.«

»Aha. Verstehe. Wir haben Juli. Sie haben Ihren Seitenumbruch bekommen und festgestellt, daß zwei der beleidigenden Stellen immer noch da sind. Wie ging es dann weiter?«

»Wir haben General Thoresby hergebeten«, sagte Mr. Geraldine, »und darauf hingewiesen, daß wir nicht drucken können, solange diese Passagen nicht umgeschrieben oder gestrichen werden. Unser Justitiar war bei der Besprechung anwesend. Eine ziemlich unersprießliche Angelegenheit.«

»Der General hat sich benommen wie ein großes Kind«, sagte Miss Wenham.

»Er kennt eben nicht den Unterschied zwischen einer Feder und einem Säbel.« Zum erstenmal meldete sich Basil Ryle zu Wort – eine näselnde, aber nicht unangenehme Stimme. Sein Blick hatte sich während des Gesprächs stetig von einem Sprecher zum anderen bewegt.

»Jedenfalls lief das Ganze darauf hinaus, daß der General die Beherrschung verloren und die betreffenden Stellen ziemlich heftig in unserer Anwesenheit gestrichen hat«, sagte Geraldine.

»Dem Krieger kam das Wort ›verwässert‹ über die Lippen«, murmelte Basil Ryle.

»Glücklicherweise war keine umfangreiche Neupaginierung damit verbunden. Eine der Stellen war nur ein paar Zeilen lang, und die andere stand am Ende eines Kapitels.«

»Es war sowieso keine Neupaginierung erforderlich«,

sagte Liz Wenham barsch. »Irgendwer hat die beiden Streichungen nämlich mit ›stet‹ markiert.«

»Miss Wenham will damit sagen«, erklärte Arthur Geraldine, »daß irgendwer in dem Zeitraum zwischen unserer Besprechung mit Thoresby und der Drucklegung die gestrichenen Stellen mit daruntergesetzten Punkten und dem Wort ›stet‹ am Rand markiert hat – und zwar in Druckbuchstaben, so daß die Handschrift nicht zu erkennen ist. ›Stet‹ ist das Zeichen für den Drucker, daß die Korrektur rückgängig gemacht wird.«

»Das weiß Strangeways doch alles.« Liz Wenhams Stimme knisterte vor Ungeduld.

»Gewiß, gewiß. Ich hatte ganz vergessen, daß Sie ja selbst ein, zwei Bücher veröffentlicht haben. Sehr hübsche Arbeit übrigens, wenn ich das sagen darf.« Unter Mr. Geraldines wohltönendem Redefluß kam sich Nigel wie ein in Öl schwimmendes Kugellager vor. Er verbeugte sich und fing einen fragenden Blick von Miss Wenham auf.

»Wo war ich stehengeblieben? Ach, richtig. Unsere Vertreter sind mit Fahnenabzügen gereist – in denen die beleidigenden Stellen selbstverständlich geschwärzt waren – und haben von höchst erfreulichen Reaktionen berichtet. Daraufhin haben wir die Erstauflage auf fünfzigtausend erhöht. Das Buch ist vor zwei Tagen herausgekommen. Gestern haben sich Sir Charles Blair-Chatterleys Anwälte mit uns in Verbindung gesetzt. Sie haben eine einstweilige Verfügung erwirkt, und es ist klar, daß ihr Mandant sich gegen jeden außergerichtlichen Vergleich stemmt. Wir haben sofort Schritte eingeleitet, um das Buch zurückzuziehen, aber das Kind ist bereits in den Brunnen gefallen.«

»Moment«, sagte Nigel. »Vermutlich hat es doch erste Vorausexemplare gegeben. Und kein Mensch hier hat bemerkt, daß die verleumderischen Stellen wieder eingefügt worden waren? Man sollte meinen, daß zumindest der eine oder andere Rezensent es ebenfalls hätte bemerken und Sie darauf aufmerksam machen müssen.«

»Dafür trage ich wohl die Verantwortung«, begann Basil Ryle nach kurzem, verlegenem Schweigen etwas weniger selbstsicher als gewohnt.

»Unsinn, mein Lieber. Sie dürfen sich keine Vorwürfe machen.« Mr. Geraldine wandte sich an Nigel. »Ich sollte vielleicht erklären, daß jeder Titel, den wir verlegen, von Anfang bis Ende von einem der Verlagsleiter betreut wird. Gewiß war Ryle für Thoresbys Buch zuständig. Aber sobald die Endkorrektur abgeschlossen war, hatte Ryle keine Veranlassung mehr, den Text des Vorausexemplars durchzusehen. Er hätte dazu auch gar keine Zeit gehabt. Er kümmert sich nämlich um unsere ganze Werbe- und Publicityarbeit und war speziell mit der Werbung für diesen Titel schwer beschäftigt.«

Nigel spürte während dieser Apologie eine gewisse Spannung im Zimmer. Sie schien von Liz Wenham auszugehen, deren Nägel einen Trommelwirbel auf dem Tisch schlugen.

»Und die Rezensenten?« fragte er.

»Angesichts der durch die, äh, Haltung des Autors verursachten Verzögerungen waren wir schwer im Rückstand. Vorausexemplare sind erst eine Woche vor dem Erscheinungsdatum hinausgegangen – und dieses Datum zu verschieben wäre aus den verschiedensten Gründen nicht ratsam gewesen. Ich kann nur annehmen, daß die Rezensenten noch keine Zeit hatten, die –«

»Oder keine Lust«, warf Basil Ryle ein. »Blair-Chatterley ist bei Militärs alles andere als allgemein beliebt, und *Zeit zum Kämpfen* ist ein Buch, das man von einem Militärexperten besprechen lassen würde.«

»Daß Rezensenten Bücher auch lesen, ist mir neu.« Miss Wenham klang gereizt. »Jedenfalls sind wir schwer in der Bredouille.«

»Sie sind ja wohl gegen Verleumdungsklagen versichert?«

»Gegen Prestigeverlust gibt es keine Versicherung«, erwiderte der Seniorpartner in orakelhaftem Ton. »Wie Sie wissen, sind bei einer Verleumdungsklage rechtlich gesehen Verleger, Drucker und Verfasser zu gleichen Teilen haftbar. Selbst wenn unsere Versicherung unseren Anteil der Schadenersatzsumme trägt – die im vorliegenden Fall wahrscheinlich exorbitant sein wird –, müssen wir auch an unseren Ruf denken. Es könnte durchaus sein, daß Autoren und Agenten nach einer derart krassen Verleumdung davor zurückscheuen, uns ihre Bücher anzubieten: Unser ganzer Ruf…« Arthur Geraldines rosige Wangen zitterten, seine Stimme bebte. »*Warum?* Ich begreife das einfach nicht. Wir waren hier immer eine glückliche Familie. Warum tut uns jemand so etwas an?«

Das war eine rhetorische Frage, aber für rhetorische Fragen hatte Nigel wenig Verständnis: Er beantwortete sie umgehend und unmißverständlich.

»Es gibt vier denkbare Motive. Um dem Verlag zu schaden. Um den Autor schlechtzumachen. Um diesem Blair-Chatterley eins auszuwischen. Oder, natürlich, reine Bosheit. Ich vermute, Sie wollen, daß ich herausfinde –«

Arthur Geraldine hob die Hand, deren Rücken mehr

Haare aufwies als sein Kopf. »Exakt. Wir sind nicht auf Rache aus. Aber wir müssen jede Wiederholung eines solchen Zwischenfalls ausschließen. Den Verantwortlichen zu finden wird uns vor Gericht nichts nützen; aber wir könnten uns wenigstens sicher sein, daß –«

»Haben Sie jemanden in Verdacht?«

Automatisch suchten sich die Blicke der drei Verlagsleiter zu stummer Beratung. Nigel erriet ihre Gedanken: Sie überlegten, ob es moralisch zulässig war, einen Verdacht zu äußern, für den man unzureichende Gründe hatte oder den zu hegen man sich schämte.

Nach kurzem Schweigen sagte Mr. Geraldine: »Wir haben das natürlich untereinander besprochen. Aber wir sind völlig ratlos. Im entscheidenden Zeitraum lagen die Korrekturfahnen von *Zeit zum Kämpfen* in Protheroes Zimmer und waren damit für –«

»Die technischen Aspekte würde ich gern später besprechen, wenn es Ihnen recht ist. Es gibt also niemanden, der etwas gegen den Verlag hat?«

Leicht verlegenes, von Basil Ryle unterbrochenes Schweigen: »Ich finde nach wie vor, daß Bates befragt werden müßte.«

»Das haben wir alles ausgiebig besprochen, Basil.« Miss Wenham wurde sichtlich zornig.

»Bates ist – das heißt, war – unser Herstellungsleiter«, erklärte Arthur Geraldine. »Zwar hatte man ihm seinerzeit gekündigt. Aber er war insgesamt – lassen Sie mich überlegen – zweiunddreißig Jahre bei uns beschäftigt und hatte stets die Interessen des Verlages im Auge. Ich bin mir absolut sicher, daß er über jeden Verdacht erhaben ist.«

»Trotzdem haben Sie ihn hinausgeworfen.«

Angesichts des groben Ausdrucks zuckte Mr. Geraldine zusammen. »Er kam allmählich in die Jahre, verstehen Sie, und seine Methoden waren ein klein wenig, äh, hm, sagen wir, zu konservativ? Deshalb haben wir ihn gefragt, ob er bereit wäre, einige Zeit vor dem festgesetzten Datum in den Ruhestand zu treten – selbstverständlich bei voller Pension.«

Die übervorsichtige Behandlung des Themas erhöhte nur die in der Runde herrschende Spannung. Nigel interpretierte sie – korrekt, wie sich herausstellte – dahingehend, daß der aufstrebende junge Ryle mit Bates oder seinen Methoden in Konflikt geraten war und gegen den Widerstand von Liz Wenham und vielleicht auch des Seniorpartners dessen Kündigung erzwungen hatte.

»Und? War er's?«

»War er –«

»War Ihr Mr. Bates ›bereit, in den Ruhestand zu treten‹? Ist er gegangen, oder ist er gegangen worden?«

Nigel erhaschte einen beifälligen Schimmer in Miss Wenhams Auge, als sie sagte: »Er wollte ganz bestimmt nicht gehen. Aber er würde so etwas nicht tun. Das steht außer Frage.«

Basil Ryle zuckte seufzend die Achseln. »Ich finde, wenn Mr. Strangeways sich bereit erklärt, uns zu helfen, dann muß er auch jeden im Verlag in Betracht ziehen dürfen – einschließlich uns hier am Tisch.«

»Nun hören Sie aber auf, Basil.« Zum erstenmal war ein Anflug von Irisch in Arthur Geraldines Stimme zu hören.

»Basil hat recht. Das sind wir unseren Angestellten schuldig.« Wie so oft, wenn Liz Wenham etwas sagte, ergab sich die gleiche Wirkung, wie wenn man ein Fenster öffnet, um frische Luft hereinzulassen. Das Unbehagen im Zimmer verflog.

»Was ist mit Ihrem Lektor?« fragte Nigel. »Ist das übrigens der Stephen Protheroe, der *Feuer und Asche* geschrieben hat?«

»Ja. Ein bemerkenswertes Gedicht, nicht wahr?« meinte Miss Wenham.

»26 000 Exemplare«, bemerkte Mr. Geraldine, »haben wir seit 1927 davon verkauft, und es gibt immer noch eine bescheidene Nachfrage. Eigentlich merkwürdig, daß da nie etwas nachgekommen ist.«

»Ich würde meinen, nach diesem Gedicht wäre jeder ausgebrannt. Soll er auch über jeden Verdacht erhaben sein?«

»Stephen ist seit 1930 bei uns. Er hat keinerlei finanziellen Anteil an der Firma, obwohl wir vor einigen Jahren einmal wegen einer Teilhaberschaft bei ihm auf den Busch geklopft haben.«

»Er scheint am ehesten Gelegenheit gehabt zu haben, die Fahnen zu manipulieren.«

»Möglich.« Arthur Geraldines ohnehin schon sehr lange, dünne Oberlippe schien sich noch mehr zu dehnen, was ihm ein haiartiges Aussehen verlieh. »Aber wenn er es war, würde ich meinem Urteil nie mehr trauen.«

Man diskutierte eine Weile über Mittel und Wege. Dann wurde beschlossen, daß Nigel seine Nachforschungen unter dem Deckmantel einer vorübergehenden Beschäftigung als Fachlektor anstellen sollte. Keiner glaubte, daß diese Tarnung länger als ein, zwei Tage halten würde, aber selbst ein so kurzer Zeitraum wäre vielleicht schon von Nutzen. Er nannte sein Honorar, und es wurde gebilligt.

Dann fragte Miss Wenham: »Wo soll er arbeiten?«

»Am besten im Zimmer neben dem von Stephen«, sagte Arthur Geraldine.

»Das wird Miss Miles aber gar nicht behagen«, meinte Basil Ryle.

»Verdammt, ich hatte ganz vergessen, daß sie immer noch bei uns ist. Wie lange müssen wir die Frau eigentlich noch beherbergen?«

Ryle zuckte die Achseln. Für Nigel war offensichtlich, daß die Bestsellerautorin Ryles Schützling und für die anderen allenfalls des Geldes wegen akzeptabel war, das Wenham & Geraldine an ihr verdienen würde.

»Wie lange benutzt sie das Zimmer denn schon?« fragte er sanft.

»Mit Unterbrechungen immer wieder, seit wir sie im Juni unter Vertrag genommen haben. Sie ist damals gerade umgezogen.«

»Und jetzt ist sie anscheinend auf Dauer bei uns eingezogen«, murmelte Liz Wenham.

»Tja, solange ihr Buch ein goldenes Ei ist«, meinte Geraldine, »können wir uns wohl damit abfinden, daß sie es hier im Haus legt. Mr. Strangeways zieht also besser bei Stephen ein.« Er ging zu seinem Schreibtisch hinüber und wählte auf der Haussprechanlage eine Nummer. »Stephen, hätten Sie ein paar Minuten Zeit für uns?«

Der Hörer summte ihn an wie eine Wespe.

»Doch, es ist schon recht wichtig. Danke.« Er legte den Hörer auf. »Stephen hat schlechte Laune.«

Nigel sah der Begegnung mit dem Autor des schwerblütigen, tragischen Gedichts *Feuer und Asche* mit einigem Interesse entgegen, ob dieser nun schlechte oder gute Laune hatte. Stephen Protheroe, einst »ein Name, der eine Aura hat«, »ein junges Talent, das man im Auge behalten muß«, etc., etc., hatte der Öffentlichkeit keine Gelegenheit mehr gegeben, ihn im Auge zu behalten oder seine Aura wahrzunehmen. Nachdem er sich wieder in das totale Nichts zurückgezogen hatte, aus dem *Feuer und Asche,* sein einziges veröffentlichtes Werk, gekommen war, lebte er seit nunmehr über fünfundzwanzig Jahren im verborgenen. Von den vielen Bewunderern des Buches hätten nur wenige mit einiger Sicherheit zu sagen vermocht, ob er überhaupt noch lebte.

»Wir alle mögen Stephen sehr«, sagte Liz Wenham. »Und haben schreckliche Angst vor ihm.«

2

Umbrochen

Mit Bewegungen, die eher an Flossen als an Beine denken ließen, kam ein kleines Kerlchen ins Zimmer geflitzt. Der fischartige Effekt wurde noch durch den schmallippigen Mund verstärkt, der sich stumm öffnete und schloß. Nach ein paar Sekunden entkamen dem Mund Worte.

»Wie lange will dieses verfluchte Weib eigentlich noch das Gebäude verpesten? Gleich heute morgen hat sie mich wegen ihrer Interpunktion belemmert und damit eine halbe Stunde meiner Zeit vergeudet. Interpunktion! Ich bitte euch! Werde ich vielleicht dafür bezahlt, für irgendwelche Idiotinnen Punkte zu setzen? Und ihr Geruch ist mir auch zuwider.«

Protheroes Diatribe wurde ihrerseits höchst effektvoll interpunktiert – und zwar mit lauten Schniefern. Nigel registrierte die Nase mit dem schmalen Rücken, die edle Stirn, die schönen, hinter einer Hornbrille blitzenden Augen, die eigenartigerweise einen schwächlichen Mund und ein praktisch nicht vorhandenes Kinn krönten. Die Stimme des Mannes war ebenso paradox: Tief und volltönend, kippte sie zuweilen in ein wütendes Quäken über. Immer wieder kehrte der Blick zum Mund zurück, der die Angewohnheit hatte, stumm an den Worten zu knabbern, ehe er sie laut aussprach.

»Ich arbeite jetzt seit einem Vierteljahrhundert in diesem Verlag«, verkündete Protheroe, »und ich hätte gedacht, daß ich mir ein Recht auf ein wenig (schnief) Ungestörtheit erworben habe. Wenn es euch allerdings lieber ist, daß ich meine Zeit damit verbringe, analphabetische ehemalige Straßenmädchen zu hätscheln, anstatt Manuskripte zu lesen, dann stelle ich mich eben auf eure (schnief) neue Linie ein. Wer ist das?«

Stephen Protheroe hatte endlich Nigels Anwesenheit bemerkt und riß sich in der offenkundigen Absicht, ihn besser erkennen zu können, die Brille von der Nase.

»Unser neuer Lektor. Mr. Strangeways – Mr. Protheroe.«

»Hmff. Höchste Zeit. Guten Tag. Sie können mir Miss Millicent Miles abnehmen. Das ›Miss‹ gefällt mir. Altes Fräulein, habe ich gerade zu ihr gesagt. Sie hatte schon immer – sie haßt Wortspiele, genau wie ich, aber es ist die einzige Möglichkeit, sie aus dem Zimmer zu bekommen.« Er wandte sich Liz Wenham zu. »Haben Sie neuer *Lektor* gesagt? Wir brauchen keinen neuen Lektor.«

»Nun setzen Sie sich erst mal, Stephen, trinken Sie ein Glas Madeira, und beruhigen Sie sich.«

Protheroe beäugte das angebotene Glas argwöhnisch, nahm einen Schluck und schmatzte mit den Lippen.

»Der Madeira«, informierte er seine Zuhörer, »wurde zu Beginn des 15. Jahrhunderts von den Portugiesen auf die Insel gebracht, und zwar aus Zypern, möglicherweise auch aus Kreta. Er ist ein Verwandter des Weins, den Schuljungen als ›Malmsey‹ und pedantische Altertumsforscher als ›Malvasia‹ kennen. Fraglos hat er unter allen drei Bezeichnungen gleichermaßen widerwärtig geschmeckt.«

»Stephen, würden Sie bitte einen Moment still sein und zuhören«, flehte Liz Wenham. Der Unterton von entnervter Zuneigung in ihrer Stimme entging Nigel nicht.

»Strangeways hat sich freundlicherweise bereit erklärt, über unser kleines Mißgeschick mit *Zeit zum Kämpfen* Ermittlungen anzustellen. Sie wissen doch, Stephen, er wurde uns gestern von –«

»Mir erzählt hier kein Mensch etwas.«

»Sie hören einfach nicht zu – das ist Ihr Problem«, sagte Liz Wenham.

»Ich werde Ihre Vorgehensweise mit Interesse verfolgen.« Protheroe bedachte Nigel mit einer höflichen Verbeugung. »Die Wissenschaft, oder vielleicht sollte man besser sagen, die Kunst der Detektivarbeit ist mir schon lange ein –«

»Vielleicht sollten wir Strangeways endlich mit seiner Kunst oder Wissenschaft beginnen lassen«, unterbrach ihn Basil Ryle.

»›In meinem Handwerk oder meiner trüben Kunst‹«, rezitierte Protheroe. »Ein klein wenig zweifelhaft, finden Sie nicht? Dieses ›trübe‹ – kam das aus dem Herzen oder aus dem Kopf?«

»Herrgott noch mal, Stephen«, rief Arthur Geraldine aus. »Das hier ist ein Verlag und kein Seminarraum. Anscheinend ist Ihnen gar nicht klar, wie ernst diese Verleumdungsklage ist.«

»Für Protheroe steht ja auch nichts auf dem Spiel«, fauchte Ryle.

Liz Wenham wurde zornig. »Ich denke, wir alle wissen, wieviel geistiges Kapital Stephen in den Verlag eingebracht hat.«

»Aber, aber, Kinder! Kein Streit!« Protheroe wandte sich Nigel zu. »Zu Ihren Diensten.«

»Ich möchte mir gern die manipulierten Fahnen und das Originalmanuskript ansehen. Außerdem hätte ich gern die Adresse von General Thoresby, von Blair-Chatterley und Mr. Bates sowie eine Liste Ihrer derzeitigen Angestellten mit ihrer jeweiligen Beschäftigungsdauer und einer Handschriftenprobe. In der Zwischenzeit könnte ich mich vielleicht mit Protheroe unterhalten.«

Arthur Geraldine nickte. Er trat in eine Ecke des Zimmers, öffnete einen Safe, der diskret hinter einem großen Wandschirm verborgen war – als dürfe in diesem erhabenen Gemach nichts, was mit schnödem Mammon zu tun hatte, das Auge beleidigen –, und kehrte mit einem Stoß Fahnen und einem in Packpapier eingeschlagenen Manuskript an den Tisch zurück.

»Äh, ich bin sicher, mein Lieber, Sie werden sich alle Mühe geben, die –« Mit sonderbar kläglichem Gesicht brach der Seniorpartner ab und versuchte es erneut. »Mir ist selbstverständlich klar, daß Sie eine Unmenge Fragen stellen müssen, aber wir wollen nicht, daß unsere Mitarbeiter, nun ja, Sie wissen schon, über Gebühr – das heißt unnötig – aufgeregt werden.«

»Ich bin sicher, Mr. Strangeways ist ein Muster an Takt«, sagte Liz Wenham begütigend.

Damit empfahl sich Nigel, begleitet von Stephen Protheroe. Stephen machte ihn auf die Zimmer der beiden anderen Verlagsleiter aufmerksam, die vom selben Flur abgingen wie das von Geraldine. Dann erstiegen sie eine Treppe, gelangten in einen Gang, in dem sich links der Fahrstuhl und an der Wand vor ihnen ein Schild *Wenham & Geraldine, Lektorat* befand, und blieben drei Meter weiter vor einer Tür stehen. An diese Tür war eine Karte geheftet, die in großen Druckbuchstaben die Aufschrift MR. BLODWORTH – ZUTRITT VERBOTEN trug.

»Da wären wir«, sagte Stephen. »Mr. Blodworth ist schon vor vielen Jahren entschlafen, aber wir halten hier sehr auf unsere Vergangenheit. Und natürlich stellt das Schild auch eine gewisse Anzahl meiner unwillkommenen Besucher vor ein Rätsel – wenn auch leider nicht sehr lang.« Er betrachtete die Karte nachdenklich. Dann zückte er plötzlich einen dicken Bleistift und schrieb unter ZUTRITT VERBOTEN die Worte *Das gilt auch für Sie, Miss Miles.* »Willkommen in meinem Verschlag«, sagte er und stieß die Tür auf.

Der Unterschied zum weiträumigen Zimmer des Seniorpartners war beträchtlich.

»Wirklich sehr gemütlich«, sagte Nigel und beäugte skeptisch das gewaltige Durcheinander auf dem Schreibtisch, die Regale voller staubiger Bücher und die beiden Holzstühle, die Mobiliar und Ausstattung dieser besseren Schuhschachtel ausmachten. Sie war an einer Seite durch eine dünne Wand mit einem Schiebefenster aus Milchglas vom Nachbarzimmer abgeteilt. Durch die Wand war das aufgeregte Klappern einer Schreibmaschine zu hören.

»Sie *verfaßt* ihr widerwärtiges Zeug auch noch auf einer *Maschine*«, meinte Protheroe mit einem Ausdruck tiefen Ekels. »Das sagt ja wohl alles, oder?«

»Und wo sitze ich?«

»Ach, ich denke, wir können noch einen kleinen Tisch in die Ecke da zwängen. In diesem Fall wird es unserer Nachbarin physisch unmöglich sein, überhaupt noch ins Zimmer zu kommen. Dann brauchen wir nur noch das Schiebefenster abzudichten, und wir sind unantastbar.«

»Ja, sehr hübsch. Aber wie steht es mit dem Hinauskommen? Ab und zu müssen wir das ja wohl.«

»Lieber Himmel, sind Sie etwa einer dieser *aktiven* Detektive? Ich hatte gehofft, Sie wären vom Typ Nero Wolfe und würden sich nie vom Stuhl rühren.«

Stephen räumte ein Fleckchen auf dem Schreibtisch frei und legte die Fahnen und das Manuskript von *Zeit zum Kämpfen* darauf ab; Nigel freilich zeigte noch keinerlei Neigung, sich damit zu beschäftigen. Statt dessen deutete er lässig mit dem Zeigefinger darauf und fragte: »Also, was können Sie mir über die ganze Geschichte erzählen?«

»Ihnen erzählen? Was meinen Sie denn damit?« Protheroe wirkte ein wenig verunsichert.

»Gehen Sie bis Juli zurück. Bis zu dem Tag, an dem die Fahnen vom Autor zurückkamen. Welches Datum war das übrigens?«

»Der zweiundzwanzigste.«

»Sind die Fahnen mit der Post gekommen, oder hat der Autor sie vorbeigebracht?«

»Mit der Post. Ist das wichtig?«

»Vermutlich nicht. Wie ging es weiter? Wie sieht das Procedere in diesem Haus im einzelnen aus?«

Während die Schreibmaschine nebenan fieberhaft klapperte, entlockte Nigel Stephen Protheroe folgende Informationen: Die Fahnen waren am zweiundzwanzigsten mit der Mittagspost eingetroffen. Das Päckchen wurde in Basil Ryles Zimmer gebracht. Nach dem Lunch begann dieser, die Fahnen durchzusehen, um sich zu vergewissern, daß der Autor sämtliche Fragen des Setzers geklärt hatte und daß seine Korrekturen sinnvoll waren. Wegen einer am Nachmittag stattfindenden Besprechung über Werbemaßnahmen konnte Ryle die Arbeit an den Fahnen nicht beenden und nahm sie deshalb mit nach Hause. Als er nach dem Abendessen weiterlas, stellte er fest, daß die beleidigenden Stellen nicht herausgenommen worden waren. Am nächsten Vormittag diskutierte er mit Geraldine und Protheroe darüber, ob man die Stellen stillschweigend im Verlag streichen und das Buch in Druck geben oder ob man sich mit General Thoresby besprechen sollte. Obwohl der General der Streichung bereits zugestimmt hatte, beschloß Geraldine, daß es besser sei, sich mit ihm auseinanderzusetzen und für absolut klare Verhältnisse zu sorgen. Also wurde für zwei Uhr am selben Nachmittag eine Besprechung zwischen den Verlagsleitern, deren Rechtsberater und dem Autor angesetzt. Wie Nigel bereits erfahren hatte, war es dabei ziemlich lebhaft zugegangen, aber der General war schließlich zur Vernunft gebracht, und die verleumderischen Stellen waren an Ort und Stelle gestrichen worden. Die Besprechung war kurz vor drei Uhr zu Ende. Ryle brachte die Fahnen umgehend zu Stephen Protheroe und bat ihn, sie auf etwaige Druckfehler zu überprüfen, die dem Korrektor und dem Autor entgangen waren.

»Gehört das normalerweise zu Ihrer Arbeit?« fragte Nigel.

»Ach, ich bin hier so eine Art Mädchen für alles. Ryle hätte es selbst gemacht, aber er steckte bis über beide Ohren in einer seiner Werbekampagnen. Er ist ein (schnief) Energiebündel, wissen Sie. Steht ständig unter Hochspannung.«

»Damit kommen wir zur Stunde Null. Etwa drei Uhr nachmittags am 23. Juli. Sie sind dabei, die Fahnen durchzusehen. Wie lange hat das gedauert?«

»Bis halb sieben hatte ich das meiste geschafft – ich bin ziemlich schnell, wissen Sie, und habe einen Adlerblick für Druckfehler. Am nächsten Morgen so gegen elf war ich fertig und habe sie Bates gegeben, damit er sie wegschickt.«

»In welchem Teil des Buches stehen die verleumderischen Stellen?«

»In Kapitel III und am Ende von Kapitel XIII.«

»Waren Sie mit Kapitel XIII durch, als Sie an diesem Abend nach Hause gegangen sind?«

»Ja. Ich hatte vierzehn von siebzehn Kapiteln geschafft.«

»Also müssen die Fahnen nach Ihrem Weggang oder am nächsten Morgen manipuliert worden sein, nicht wahr? Sonst hätten Sie die ›stet‹-Zeichen ja bemerkt, als Sie an diesem Nachmittag Korrektur gelesen haben?«

»Ganz gewiß.«

»Sind Sie da sicher?«

»Absolut.«

»Schön, nehmen wir uns zuerst den Abend vor. Haben Sie eine Ahnung, wer sich nach Ihrem Weggang noch alles im Gebäude aufgehalten hat?«

Die Verlagsleiter, sagte Stephen, hätten gestern mit ihm darüber gesprochen. Nach über vier Monaten wüßten sie nicht einmal mehr genau zu sagen, was sie selbst an diesem Abend getan hatten. Aber soweit sie sich erinnern konnten, sei Geraldine kurz nach halb sieben in seine Wohnung in der obersten Etage hinaufgegangen, Liz Wenham habe den Verlag etwa um Viertel nach sechs verlassen, und Basil Ryle habe bis sieben gearbeitet und sei dann gegangen. Was die Angestellten angehe, so machten einige normalerweise um fünf und die anderen um halb sechs Feierabend, ausgenommen die Sekretärinnen der Verlagsleiter, die gelegentlich Überstunden leisteten. Aus den Unterlagen gehe hervor, daß keine dieser Sekretärinnen am Abend des dreiundzwanzigsten länger gearbeitet habe.

Weitere Fragen erbrachten für Nigel die Information, daß der Haupteingang um halb sechs verschlossen und verriegelt wurde, so daß jeder, der nach halb sechs ging, die Nebentür benutzte. Die Empfangsdame blieb bis halb sechs auf ihrem Posten und hatte den Verlagsleitern bereits gesagt, daß General Thoresby nach seinem Weggang nicht noch einmal in das Gebäude zurückgekehrt war.

»Was ist mit dieser Nebentür? Wer hat einen Schlüssel dazu?«

»Die Verlagsleiter. Ich. Und dann gibt es noch einen Ersatzschlüssel im Schreibtisch der Empfangsdame. Den hat sich, glaube ich, Millicent Miles ein-, zweimal ausgeliehen, als sie spätabends wiederkommen und arbeiten wollte.«

»Offiziell war also nach sieben Uhr an diesem Abend niemand mehr im Gebäude, außer Mr. Geraldine?«

»Und seine Frau. Jedenfalls, soweit wir wissen.«

»Was ist mit Miss Miles. War sie an diesem Tag da?«

»Ich kann mich einfach nicht mehr erinnern. Es ist schon so lange her.«

Nigel warf den Kopf zurück und musterte Stephen Protheroe von oben herab. »Vielleicht finden Sie es eigenartig, daß ich über den Aufenthaltsort der Leute Bescheid wissen will, die noch am ehesten über jeden Verdacht erhaben sind.

Aber wer sonst – ausgenommen die Verlagsleiter, der Autor und Sie – kann zu diesem Zeitpunkt von den verleumderischen Stellen gewußt haben?«

Stephen gab ein schniefendes Lachen von sich. »Mein Lieber, Sie haben ja keine Ahnung, wie hier geklatscht –«

»Aber was könnte den Klatsch auslösen? Wer?«

»Jane, zum Beispiel. Arthurs Sekretärin. Sie hat bei der Besprechung mit Thoresby an diesem Nachmittag Protokoll geführt.«

»Ja, ich habe schon bemerkt, daß sie nicht hundertprozentig diskret ist.«

»Sie müssen sich klarmachen, daß in einem Verlag – so eigenartig Ihnen das vielleicht erscheint – viele Leute echtes Interesse an Büchern haben, mit Sicherheit jedenfalls die, die mit der Verlagsleitung oder dem Lektorat zu tun haben. Die Neuigkeit, daß der General uns drankriegen will, war in ein paar Stunden im ganzen Haus herum – jede Wette.«

»Ich glaube Ihnen. Dann also zum anderen Morgen. Gekommen sind Sie um – ?«

»Halb zehn.«

»Die Fahnen lagen dort, wo Sie sie hatten liegen lassen.«

»Nicht genau. Aber die Putzfrauen räumen ständig die Sachen auf meinem Schreibtisch um.«

»Sie haben nicht zufällig zu den gestrichenen Stellen zurückgeblättert?«

»Nein. Ich habe da weiterkorrigiert, wo ich aufgehört hatte.«

»Waren Sie die ganze Zeit von halb zehn bis elf, als Sie die Fahnen zu Mr. Bates brachten, ununterbrochen in diesem Zimmer?«

»Daran versuche ich mich zu erinnern, seit die Bombe geplatzt ist. Als Mensch mit festen Gewohnheiten war ich sicher mal auf dem Klo – wahrscheinlich so gegen Viertel vor zehn. Und natürlich geht man ab und zu mal vor die Tür, um mit jemandem zu plaudern. Es ist wirklich unmöglich, sich nach so langer Zeit noch präzise zu erinnern.«

»Theoretisch bestand also zwischen halb sieben Uhr abends am dreiundzwanzigsten und elf Uhr morgens am vierundzwanzigsten jederzeit Gelegenheit zur Manipulation der Fahnen. Danach kann es nur Bates selbst oder irgendein großer Unbekannter in der Druckerei gewesen sein.«

»Bates können Sie von vornherein aus Ihren Überlegungen streichen. Er ist zwar ein gräßlicher alter Langweiler, aber er würde nie etwas tun, was dem Verlag schadet. Das gilt natürlich alles nur unter der Annahme, daß ich Ihnen die Wahrheit gesagt habe«, fügte Stephen mit verschmitztem Blick hinzu.

»Von dieser Annahme gehen wir aus«, antwortete Nigel. »Jedenfalls vorläufig.«

»Das Problem ist, ich hatte sehr viel mehr Gelegenheit als jeder andere.«

»Was wäre denn Ihr Motiv?«

»Tja, da bin ich überfragt. Ich kann mir einfach keins vorstellen.«

Nigels fahlblaue Augen waren voller Interesse – ein ansteckendes, wenn auch unpersönliches Interesse, das einer Vielzahl von Menschen auf beinahe hypnotische Weise Bekenntnisse entlockt hatte, die abzulegen keineswegs in ihrem Interesse lag. Er lehnte sich zurück und fragte: »Was meinen *Sie* denn, wer es war?«

Stephens dünne, an den Mundwinkeln herabgezogene Lippen knabberten nach Worten. Was er geantwortet hätte, sollte Nigel nie erfahren, denn das Schiebefenster hinter Stephens Rücken ging auf, und eine Stimme fragte: »Wie schreibt man ›Holocaust‹?«

»Ich verwende das Wort nie«, antwortete Stephen säuerlich über die Schulter hinweg.

»Haben Sie denn kein Wörterbuch da?« Millicent Miles' Kopf ragte aus dem Fenster wie der eines Pferdes, das über den Boxenrand schaut. »Ach, Sie haben Besuch.«

»Ja.«

»Wollen Sie mich nicht vorstellen?« fragte Nigel und stand auf.

»Mr. Strangeways – Miss Miles.« Stephen fügte mürrisch hinzu: »Er wird hier einiges lektorieren.«

Millicent Miles streckte eine juwelengeschmückte Hand durch das Fenster. »Sehr angenehm. Hoffentlich sind wenigstens Sie auf meiner Seite. Sie müssen Mr. Protheroe umstimmen: Er ist so stur.«

Nigel hatte keine Ahnung, wovon sie redete. Nachgemachter Knightsbridge-Akzent; schwarzes Wollkleid, auf den Schultern etwas Schuppen; die Perlenkette; großer Mund und vorstehende Zähne, grüne, ziemlich unverschämte Augen mit jenem Ausdruck von Rastlosigkeit, wie man ihn bei Schriftstellern und snobistischen Gastgeberinnen findet. So viel erfaßte Nigel mit einem Blick. Ein Gespräch durch das Schiebefenster war schwierig. Man mußte sich seitwärts herabbeugen, als spräche man mit einem Fahrkartenverkäufer.

»Was macht das Buch, Miss Miles?« fragte er.

Sie verdrehte die Augen nach oben und einmal im Kreis – eine Eigenart von ihr, wie er erfahren sollte, und bei einer so selbstbeherrschten Frau sonderbar linkisch: Es mußte wohl ein Rückfall in die Zeit sein, als sie noch jung, schüchtern, ernst und unbeholfen gewesen war.

»Es ist ein schrecklicher Kampf«, sagte sie.

»Ich dachte, Ihre Geburten wären immer schmerzlos«, bemerkte Stephen Protheroe.

Miss Miles lachte und zeigte dabei ihre großen Zähne. »Ein sehr verbreiteter männlicher Irrglaube, nicht wahr, Mr. Strangeways?«

»In diesem Fall nicht«, sagte Stephen. »Ihre Schreibmaschine hat heute vormittag nicht ein einziges Mal verschnauft. Sie schreiben offenbar in einem Zustand der Selbsthypnose...«

»Immerhin schreibe ich«, gab sie zurück und lächelte Stephens abgewandtes Gesicht dabei zuckersüß an.

Der Wortwechsel verblüffte Nigel. Er klang wie das Kabbelei eines alten Ehepaars, dessen Waffen von langem Gebrauch stumpf geworden sind. Protheroe freilich war ein Exzentriker, der sich über jegliche Konvention hinwegsetzte: Die normalen Artigkeiten und Floskeln des gesellschaftlichen Verkehrs erwartete man von ihm erst gar nicht.

»Sie kennen sich wohl schon lange?« fragte er.

Die beiden sprachen fast gleichzeitig.

»Das kommt einem nur so vor.«

»Wir sind Nachbarn, seit ich im Juni begonnen habe, das Zimmer zu nutzen. Ich habe mich einigermaßen an Mr. Protheroes Eigenheiten gewöhnt. Er bellt schlimmer, als er beißt.«

Nigel lächelte. »Für mich ist, um mit Christopher Fry zu sprechen, das Bellen Biß genug.«

Miss Miles stieß ihr lautes, rasselndes Lachen aus. »Das muß ich mir merken.«

»Sie wird es in ihrem Buch verwenden«, brummelte Stephen, »ob mit oder ohne Danksagung.«

»Kommen Sie doch auf ein Wort zu mir, Mr. Strangeways. Mein Morgenpensum habe ich erledigt. Und so gebückt kann ich mich wirklich nicht unterhalten.«

Nigel sah Stephen, der in einem Meer von Ekel versunken zu sein schien, mit fragend hochgezogenen Brauen an. Dann nahm er die Fahnen von *Zeit zum Kämpfen* vom Tisch und ging auf den Flur hinaus. Die Tür von Miss Miles' Zimmer hatte, wie er feststellte, ein neues Schloß. Das Zimmer war größer als das von Stephen, aber spärlich möbliert. Auf einem Läufer in der Mitte standen ein Tisch und ein Bürostuhl, dessen Lehne der Tür zugewandt war. Ein Sessel, ein elektrisches Heizgerät, eine Blumenvase auf der Fensterbank und eine Schreibmaschine, wenig mehr. Neben der Maschine lag ein ordentlich gestapeltes Typoskript. Nigel fiel ein an die Wand gehefteter Bogen kariertes Papier ins Auge.

»Das ist mein Arbeitsdiagramm«, sagte Miss Miles. »Ich führe eine Kurve darüber, wie viele Wörter ich jeden Tag schreibe. So komme ich nicht ins Minus.«

»Sehr geschäftsmäßig.«

»Schreiben ist nun mal ein Geschäft. Die intellektuelle Haltung ist mir ein Greuel. Ich verfüge über eine bestimmte Ware. Die möchte ich zu den besten Bedingungen verkaufen. Und dazu muß ich meinen Ausstoß halten.« Sie verdrehte die Augen. »Sind Sie jetzt sehr schockiert?«

Nigel gab einen höflichen, abwehrenden Laut von sich.

»Wie lange sind Sie denn schon in dem Geschäft? Irgendwie kann ich mich nicht erinnern –«

»Ich habe mich spezialisiert und lektoriere von Zeit zu Zeit Fachtexte.«

»Ich finde, die Spezialisierung ist der Fluch unserer Zeit.« Miss Miles gab die Binsenwahrheit mit der ganzen Inbrunst dessen zum besten, der auf jungfräulichem Boden die Flagge aufpflanzt. »Oh«, fuhr sie fort. »Sie haben ja Thors Buch.«

»Kennen Sie ihn gut?«

»Ich kenne zu viele Leute. Das ist die Krux einer erfolgreichen Schriftstellerkarriere – man hat einfach keine Ruhe vor seinem Publikum. Lesungen, Cocktailpartys, Verehrerpost, Presseinterviews – manchmal wünsche ich mir, ich hätte nie zu schreiben angefangen.« Miss Miles seufzte ziemlich theatralisch.

»Aber Sie genießen es doch? Und es ist alles Stoff für die Autobiographie.«

Die populäre Autorin schenkte ihm einen kleinmädchenhaften Blick. »Sind Sie mit mir einer Meinung, daß eine Autobiographie von absoluter, rückhaltloser Offenheit sein sollte?«

»Was einen selbst angeht, vielleicht schon. Aber wenn man anfängt, auf andere Leute einzuprügeln…« Nigel hielt die Fahnen hoch.

»Ja, richtig. Hat es da nicht ein kleines Problem mit Thors Buch –«

»Tun Sie nicht so unwissend«, tönte eine bissige Stimme aus dem Nebenzimmer. »Sie wissen ganz genau, was für ein Problem das war.«

Miss Miles stand vom Sessel auf und schloß das Schiebefenster.

»Kleines Ekel«, murmelte sie. »Aber in seinem Fach ist er ein Genie. Da muß man Zugeständnisse machen.«

Wenn man sich mit einem selbstsüchtigen Menschen unterhält, fällt es niemals schwer, das Gespräch in eine vorgegebene Bahn zu lenken, ohne daß er es bemerkt. Die Schwierigkeit besteht darin, es in dieser Bahn zu halten. Millicent Miles' Selbstsucht, urteilte Nigel, hatte viel mit der eines Kindes gemein; und es war fraglos der unerwachsen gebliebene Teil ihrer Persönlichkeit, der sie zu einer so produktiven und erfolgreichen Verfasserin von Liebesromanen gemacht hatte. Jedenfalls zeigte sie keinerlei Abneigung, sich über das Verleumdungsdebakel zu unterhalten, und keinerlei Argwohn, daß Nigel etwas anderes sein könnte als ein umgänglicher Fremder, der es genoß, sich mit Millicent Miles zu unterhalten. Nigel achtete natürlich darauf, sie in den Mittelpunkt zu rücken. Eine Romanautorin wie sie, gab er unaufrichtigerweise von sich, besitze eine besondere Beobachtungsgabe und Menschenkenntnis. Wäre er einer der Verlagsleiter, würde er zuerst sie um Rat fragen, zumal sie ja auch gleich neben dem Zimmer, in dem die Fahnen manipuliert worden seien, gearbeitet habe. Sie habe sich zu diesem Zeitpunkt natürlich auf ihre eigene Arbeit konzentriert. Häufig jedoch registriere das Unterbewußtsein – zumal bei einem so sensiblen Menschen wie Miss Miles – Dinge, deren man sich erst später bewußt werde. Aber vielleicht sei sie ja am dreiundzwanzigsten und vierundzwanzigsten Juli gar nicht im Verlag gewesen?

Die Frage wurde rasch durch einen Blick auf das Wanddiagramm geklärt. Eine durchgezogene Linie markierte die Tage, an denen sie im Verlag gearbeitet hatte, und eine gepunktete die Tage ihrer Abwesenheit: Für den dreiundzwanzigsten und den vierundzwanzigsten Juli war die Linie durchgezogen. Was aber ein etwaiges heimliches Kommen und Gehen im Nebenzimmer an den fraglichen Tagen anging, konnte sie sich an absolut nichts erinnern. Im Verlag, klagte sie, gehe es ohnehin zu wie in einem Taubenschlag, deswegen habe sie Mr. Geraldine auch gebeten, ein Schloß an ihrer Tür anbringen zu lassen.

Da sich Millicent Miles' Interesse an der Affäre mit den Korrekturfahnen auf ihre eigene Anwesenheit in der Nähe des Tatortes beschränkte, konnte Nigel das Thema nicht weiterverfolgen – jedenfalls nicht in seiner Rolle als befristet beschäftigter Lektor. Er versuchte es mit einer anderen Eröffnung. »Als Sie vorhin den Kopf durchs Schiebefenster steckten, haben Sie etwas davon gesagt, daß Sie hofften, ich wäre auf Ihrer Seite.«

»Ja, genau darüber wollte ich unter vier Augen mit Ihnen reden.« Mit einem kurzen Blick auf die Trennwand zwischen ihrem und Protheroes Zimmer senkte sie die Stimme. »Als Mr. Ryle mich gebeten hat, meine Autobiographie seinem Verlag anzuvertrauen, wurde auch vereinbart, daß Wenham & Geraldine einige meiner Romane neu auflegt – und zwar die früheren, die schon einige Zeit vergriffen sind. Ich bin überzeugt« – ihre grünen Augen bekamen einen entrückten Blick, als dächte sie ehrfurchtsvoll über eine geistige Offenbarung nach –, »ich bin überzeugt, daß sie der jungen Generation von heute etwas zu sagen haben. Um so schändlicher ist Stephen Protheroes Widerstand.«

»Sie sagen, es wurde zwischen Ihnen und Mr. Ryle ›vereinbart‹. Aber Sie haben keine entsprechende Klausel in Ihrem Vertrag?«

»Es war ein Gentleman's Agreement. Von einem angesehenen Verlag erwartet man, daß solche Vereinbarungen eingehalten werden.«

»Aber Protheroe hat hier doch bestimmt nicht so viel Einfluß?«

»Und ob, er ist doch deren kleiner Abgott« – hinter ihrem Knightsbridge-Akzent begann sich ein etwas gröberer Tonfall bemerkbar zu machen –, »und Miss Wenham hat aus irgendeinem Grund gegen mich Partei ergriffen. Blöde alte Schachtel! Gemeinsam können sie so viel Druck auf Arthur Geraldine ausüben – er hatte noch nie viel Rückgrat...«

Nigel ließ sie weiterschwadronieren und ihre Kümmernis in sämtlichen Variationen wiederholen, die weiblichem Einfallsreichtum zu Gebote stehen. Während er (wie er hoffte) die respektvolle, aber unverbindliche Miene eines neuen Angestellten des Verlages beibehielt, der sich weder dessen Linie gegenüber illoyal verhalten noch sich einer Erfolgsautorin gegenüber entmutigend äußern durfte, durchblätterte er im Schutz der Schreibmaschine müßig die Seiten von *Zeit zum Kämpfen*, bis er das Kapitelende fand, das den ganzen Ärger heraufbeschworen hatte. Neben dem letzten Absatz sah er ein ›stet‹. Dann stach ihm ein Wort daraus in die Augen – das Wort ›Holocaust‹.

Als Millicent Miles' Redefluß vorübergehend zum Stillstand kam, erhob sich Nigel, um zu gehen, und versicherte ihr dabei, er werde alles in seiner sehr begrenzten Macht Stehende tun, etc., etc. Im Gehen streifte er mit der Hand den

Typoskriptstapel, der mit der beschriebenen Seite nach unten auf dem Tisch lag, und fegte dabei die oberen Blätter herunter. Er hob sie unter wortreichen Entschuldigungen auf und legte sie wieder zurück – freilich erst, nachdem sein Auge rasch die letzten Sätze erfaßt hatte, die Miss Miles getippt hatte, bevor sie in Protheroes Zimmer hereingeschaut hatte. Weder kam darin das Wort ›Holocaust‹ vor, noch boten sie, auch unter Berücksichtigung der wilden Launen von Miss Miles' Stil, einen denkbaren Kontext für ein solches Wort.

3

Stehengeblieben

Eine halbe Stunde später war Nigel Strangeways damit beschäftigt, in einem Pub in einer Nebenstraße von The Strand Sandwiches zu essen und Scotch Ale zu trinken. Das Lokal wurde, so schien es, hauptsächlich von den unteren Rängen der Geschäftswelt und der Beamtenschaft frequentiert, wobei sich letztere durch den großen, schwarzen, fest auf den Kopf gedrückten Homburg und eine aufgeblasene Redeweise und erstere durch eine triste, künstliche Jovialität auszeichneten, die sie aus dem Kapitel über das Gespräch von Mann zu Mann in irgendeinem Handbuch für Handelsvertreter gelernt haben mochten. In einer Hinsicht freilich waren die beiden Typen identisch – in ihrer gräßlichen, schlampigen Aussprache, die aus der Verbindung eines aussterbenden Cockney mit einer heruntergekommenen Kultur hervorgegangen war. Kein Wunder, dachte Nigel, daß die Leute die unmöglichen Schnulzen von Millicent Miles verschlingen: Die Wirklichkeit ist alles in allem doch zu häßlich. Aber die Wirklichkeit war, wenn man sich in einem solchen Lokal umsah, auch ausgesprochen unwirklich. Diese mittleren Beamten, diese patenten Burschen (unser Vertreter, Mr. Smith, wird Sie besuchen…), die sich hier zum Schutz gegen ihre individuelle Bedeutungslosigkeit zusammendrängten, sich in ihrem eigenen Jahrhundert des Massenmenschen unbehaglich dicketaten – was hatten sie außer einer Art abstraktem und sinnlosem Status eigentlich an Rückhalt? »Unwirkliche Stadt«, murmelte er. »Eine Menschenmenge strömte über London Bridge, so viele, nie hätte ich gedacht, daß der Tod so viele dahingerafft hat.«

Nicht daß einem ein Verlag ein starkes Wirklichkeitsgefühl vermittelte. Wie auch, da er doch von einer so unsoliden Ware wie dem Wort lebte? Von Schriftstellern, jenen heimlichtuerischen, ichbezogenen Schemen, die ständig Wortgespinste woben, um ihre Scham, ihre Ohnmacht, ihre unentrinnbare Schattenhaftigkeit zu kaschieren? Miss Miles, die viel zuviel schrieb; Stephen Protheroe, dem offenbar nichts mehr einfiel; General Thoresby – nein, der General war anders, er setzte Worte ein, wie er Artillerie einsetzen würde: um den Feind zu vernichten.

»Glauben Sie an Zufälle?« fragte Nigel unvermittelt einen Wildfremden – einen von der Schwarzhut-Brigade –, der sich an seinem kleinen Tisch niedergelassen hatte und unsäglicherweise Ketchup über einen Teller kalten Lachs goß.

»'zeihung?« Der Mensch beäugte Nigel argwöhnisch und voller Ressentiment.

»Ich habe gefragt, ob Sie an Zufälle glauben.«

»Tscha, also heutzutage muß man bißchen vorsichtig sein, was man glaubt. *Und* mit wem man so quatscht«, fügte er pampig hinzu.

»Schlagen Sie Ihre Vorsicht in den Wind. Sie ist der Fluch von euch Beamten. Vergessen Sie ausnahmsweise einmal Ihre Akten und blicken Sie in ein lebendiges Menschengesicht. Sehe ich vielleicht wie ein Trickbetrüger oder ein Teddy-Boy aus?«

»Tscha...«

»Sie haben völlig recht. Wie ich sehe, sind Sie ein großer Menschenkenner. Also, glauben Sie an Zufälle?«

»Komisch, daß Sie davon anfangen«, erwiderte der Fremde etwas entgegenkommender. »Erst heute morgen sagt meine Frau zu mir –«

»Egal, was Ihre Frau gesagt hat, ich frage *Sie* –«

»Ihr Ton gefällt mir ganz und gar nicht.«

»In einer Zeit, die von mechanistischer Physik und mechanistischer Psychologie beherrscht wird, bleibt als einziger Fels in der Brandung der Zufall – der schöne, anarchische Zufall. In einer Gesellschaft, die sich anbetend vor dem Altar der Statistik neigt, ist der Zufall die einzige Manifestation einer höheren Vorsehung.«

»Ich bin selber Freidenker.«

»Sie werden vielleicht sagen, daß die Wissenschaft, die Kunst oder das trübe Handwerk der Detektivarbeit sich auf Fakten beschränken sollte, die eine schlüssige Erklärung zulassen. Ich bin da anderer Meinung. Eine Wissenschaft, die keinen Raum für Zufälle läßt – das heißt dafür, daß zwischen zwei vermeintlich zusammenhängenden, gleichzeitig ablaufenden Ereignissen keinerlei wie auch immer gearteter, tatsächlicher Zusammenhang besteht –, ist eine unzureichende, eine falsche Wissenschaft. Müssen Sie schon gehen?«

Der Fremde murmelte etwas des Sinnes, daß er gerade einen Bekannten habe hereinkommen sehen, und entfernte seinen Teller, sein Bier und seine Person, letztere sichtlich schwitzend.

Nachdem er den Tisch wieder für sich allein hatte, führte

Nigel seinen Gedankengang fort. Trotz der eben vorgebrachten Verteidigung eines willkürlichen, alles beherrschenden Gesetzes, das sich im Zufall manifestierte, fiel es ihm schwer, das spezielle Beispiel zu schlucken, das ihm an diesem Morgen untergekommen war. Erneut wandte er sich der beleidigenden Stelle in General Thoresbys Buch zu. Da war sie, ausgestrichen, daneben ein Deleatur, dieses seinerseits ausgestrichen und durch Pünktchen unter den Zeilen und ein deutlich an den Rand gesetztes ›stet‹ rückgängig gemacht. Der Absatz war nicht sehr lang, aber er hatte es in sich:

> Kurzum, die Art und Weise, wie der Gouverneur mit den Unruhen umging (wenn »umgehen« der angemessene Ausdruck für jemanden ist, der keinen Finger krumm machte, bis es zu spät war), liefert ein Schulbeispiel für kraftlose Ungeschicklichkeit und bildet einen größeren Schandfleck in den ohnehin nicht eben ruhmreichen Annalen unserer Kolonialverwaltung. Entschlossenes Durchgreifen gleich zu Beginn hätte die aufrührerischen Elemente zur Raison gebracht. Entschlossenes Durchgreifen hätte den Aufstand, auch nachdem er schon an Stärke gewonnen hatte, mit einem Minimum an Blutvergießen unterdrückt. Aber der Gouverneur, der sich lieber mit angenehmeren Aufgaben wie Cocktailpartys, Basareröffnungen und der Einhaltung seiner Ruhezeiten beschäftigte, ergriff keinerlei Maßnahmen, außer daß er das Militär bei seinen Bemühungen, den Mob zu zerstreuen, behinderte. Seine kriminelle Untätigkeit hatte den Verlust

> zahlreicher Menschenleben und eine erhebliche Vernichtung von Eigentum zur Folge. Der Holocaust in der Kaserne von Ulombo, wo eine halbe Kompanie der Sussex Fusiliers bis auf den letzten Mann unterging, stellt nur eine der unnötigen Katastrophen dar, für die ein untätiger, inkompetenter Administrator unmittelbar verantwortlich gemacht werden muß.

Ob faire Kritik oder nicht, Nigels Herz erwärmte sich für den Verfasser dieser Kanonade von Sätzen. Das Kapitel, das sie abschlossen, begann mit einem Bericht von General Thoresbys Dienstzeit als Oberkommandierender der Truppen in der Kolonie. Er hatte sich ganz offensichtlich mit dem Generalgouverneur darüber in die Haare gekriegt, welche Schritte angesichts der instabilen Lage unternommen werden sollten, und man hatte ihn kurz vor Ausbruch der eigentlichen Unruhen nach England zurückbeordert.

...Und Millicent Miles hatte Stephen Protheroe gefragt, wie man ›Holocaust‹ schrieb, ehe sie bemerkt hatte, daß er nicht allein im Zimmer war...

Was Nigel bislang von *Zeit zum Kämpfen* gelesen hatte, nötigte ihm Respekt sowohl für die beruflichen Fähigkeiten des Generals als auch für dessen literarischen Stil ab. So verwendete er das Wort ›Holocaust‹ offenkundig in seiner korrekten modernen Bedeutung einer vollständigen Vernichtung, besonders durch Feuer, vielleicht aber auch, wenn man seine Empörung über Blair-Chatterley bedachte, in der ursprünglichen, in der es soviel wie ›Brandopfer‹ heißt.

General Thoresbys Buch zeigte, daß er ein brillanter Soldat war, der fanatisch an seinen eigenen Vorstellungen von

Strategie, Taktik und Logistik festhielt. Nigel blätterte zu der ersten der beiden verleumderischen Stellen zurück. Hier hatte der General bei der Schilderung eines bestimmten Vorstoßes in Frankreich im Jahre 1944 geschrieben:

> Die Offensive war ein voller Erfolg, außer im Abschnitt Paume – Luzières. Hier führte General Blair-Chatterleys zähe, zaudernde und zaghafte Operationsführung während seiner glücklicherweise nur kurzen Zeit als Befehlshaber zu 2586 Toten und Verwundeten bei seinen eigenen Truppen und zu einer deutlichen Hebung der Moral des Feindes.

Bis auf den ersten Satz dieser Passage war alles gestrichen und die Streichung dann wieder rückgängig gemacht worden. Obwohl man an der Stelle die alliterierten Adjektive bemängeln könnte, machte ihr Schwung Nigel nur um so gespannter auf die Begegnung mit dem Autor. Man hatte sich telefonisch im Club des Generals verabredet, und dorthin verfügte sich Nigel nun.

Ein Kellner führte Nigel in die Bibliothek, in der als einziger Leser, in einen Band Proust vertieft, General Thoresby saß.

»Ah, Strangeways? Sie haben doch wohl nichts gegen Alkohol, hoffe ich? Zwei Armagnac – große.«

Ein kleiner, kerzengerader, gepflegter Mann gab Nigel die Hand. Das Gesicht des Generals stellte eine sonderbare Mischung aus Universitätsdozent und Pirat dar: graues Haar, hohe Stirn, verträumte blaue Augen; darunter jedoch der verwegene Schnurrbart, volle rote Lippen und ein Kinn wie ein Rammbock. Seine Stimme war sanft, verfiel aber in Momenten der Erregung in Stakkato.

Nigel machte ihm ein aufrichtiges Kompliment zu dem, was er bisher von seinem Buch gelesen hatte.

»Überrascht, daß ein Soldat gebildet ist?« fragte der General schmunzelnd.

»Heutzutage überrascht mich jeder, der gebildet ist.«

»Geraldine hat mir erzählt, Sie suchen nach dem Übeltäter. Weiß nicht, ob ich das unterstütze. Viel Glück für den Burschen, würde ich sagen.«

»Sie haben sich nicht zufällig in den Verlag zurückgeschlichen und die Dreckarbeit selbst gemacht, oder, Sir?«

Erneut schmunzelte Thoresby. »Wenn ich gekonnt hätte, hätte ich es getan, aber sie hätten mich bemerkt. Ich hätte natürlich auch einen von Geraldines Trabanten bestechen können, daß er es für mich tut. Haben Sie daran schon gedacht?« Die blauen Augen bedachten Nigel mit dem gespielt unschuldigen Blick eines Schuljungen.

»Um ehrlich zu sein, ja.«

»Aber ich habe es nicht getan. Ehrenwort. Ah, da kommen die Getränke.« General Thoresby prostete Nigel zu. »Auf Ihr Wohl, und Weidmannsheil. Wie ich sehe, versuchen Sie mich einzuschätzen. Lassen Sie sich nicht von meinem Schnurrbart irreführen. Ich habe ihn mir wachsen lassen, um die Mannschaften zu beeindrucken, und mittlerweile einfach keine Lust mehr, ihn abzunehmen. Tarnung. Paßt außerdem gut zu einem Homburg.«

Nigel griff die Anspielung auf. »Sie sind nach Ihrer Auseinandersetzung mit dem Generalgouverneur aus der Armee ausgeschieden?«

»Ja.«

»Haben Sie etwas dagegen, wenn ich Ihnen eine sehr direkte Frage stelle, Sir?«

»Fragen Sie ruhig, wir werden dann schon sehen.«

»Ihre Angriffe gegen General Blair-Chatterley in diesem Buch – war das, nun ja, wie soll ich sagen, eine Kritik *pro bono publico,* oder haben Sie etwas gegen ihn persönlich?«

»Beides. Er gehört einfach an den Pranger. Außerdem war einer der beiden jungen Offiziere, die mit ihren Männern in der Kaserne von Ulombo bei lebendigem Leibe verbrannten, ein Schützling von mir.«

Ein kurzes Schweigen trat ein. Der General fixierte grimmig den Band Proust, der neben ihm auf dem Tisch lag.

»Verstehe«, sagte Nigel gleich darauf. »Das macht die ganze Sache noch schwieriger.«

»Inwiefern?«

»In dem Verleumdungsprozeß kann der Kläger behaupten, Sie hegten einen persönlichen Groll gegen ihn. Schwer für Sie, zulässige Meinungsäußerung geltend zu machen.«

»Der Kläger wird vielleicht feststellen, daß diese Behauptung umgekehrt genauso gilt«, sagte der General sanft.

»Er hegte einen Groll gegen Sie? Schon vor Erscheinen des Buches?«

»Mein Bericht über die politischen Unruhen in der Kolonie und die militärischen Maßnahmen, die man dagegen hätte ergreifen müssen – keineswegs schmeichelhaft für den alten B.-C.«

»Aber er wurde doch –«

»Ja, gewiß, er wurde reingewaschen, nachdem das Kind in den Brunnen gefallen war. Eine Menge Einfluß an hoher

Stelle hat er, der Gute.« General Thoresbys Stimme wurde zum Stakkato. »Eine einzige Schönfärberei. Ein einziges Vertuschungsmanöver. Und zwar aus Gründen der hohen Politik. Ich finde Politiker zum Speien.«

»Verstehe.«

»Was verstehen Sie, mein Freund?« Die blauen, hellwach leuchtenden Augen blickten mit einemmal durchdringend.

»Sie *wollen,* daß dieser Verleumdungsprozeß stattfindet. Sie wollen, daß Blair-Chatterleys Unfähigkeit ans Licht kommt – daß die ganze Tünche abgekratzt wird –, und das geht nur durch einen Verleumdungsprozeß. Obwohl er Sie finanziell ruinieren könnte. Das nenne ich Gemeinsinn.«

»Eins kann ich Ihnen versichern. Ich hätte es ganz genauso gemacht, wenn dieser junge Freund von mir nicht da draußen ums Leben gekommen wäre.«

»Gewiß. Ich will Sie auch gar nicht kritisieren; aber Wenham & Geraldine und die Druckerei – sie haben nicht darum gebeten, in Ihren Privatkrieg mit hineingezogen zu werden.«

Nun kam das Draufgängerische, Piratenhafte an General Thoresby zum Vorschein. »Sie müssen es eben darauf ankommen lassen. Verlage sind doch gegen Verleumdung versichert, oder? Außerdem können sie sich darauf berufen, daß sie sich alle Mühe gegeben haben, die entsprechenden Stellen aus dem Buch zu nehmen.«

»Das ist rechtlich irrelevant. Sie wollen sich außergerichtlich vergleichen.«

»Da wird der alte B.-C. nicht mitmachen«, erwiderte der General mit hämischer Freude. »Das traut er sich nicht. Die Sache hat schon zu weite Kreise gezogen. Er wird wohl oder übel mitspielen müssen. Nehmen Sie noch einen Kognak?«

»Nein, danke. Und worauf wollen Sie sich berufen?«

»Das habe ich schon mit meinem Rechtsverdreher besprochen. Er ist angewiesen, geltend zu machen, daß ich in diesen Passagen die Wahrheit geschrieben habe, und zwar im Interesse der Öffentlichkeit.«

»Tja, das ist Ihr Problem. Können Sie Ihre Behauptungen denn belegen?«

»Mein Lieber, ich habe einen Großteil meiner erzwungenen Muße in den letzten paar Jahren darauf verwendet, Beweismaterial für meine Vorwürfe zu sammeln. Ich habe ein ziemlich umfangreiches Dossier über den alten B.-C. Sogar mein Rechtsverdreher war beeindruckt. Ich bin vielleicht wahnsinnig, aber ich bin kein Narr.«

Nigel zündete sich eine Zigarette an. »Dann wünsche ich Ihnen viel Glück, Sir. Leider bringt mich das bei meinem kleinen Problem kein bißchen weiter.«

»Lassen Sie hören.«

Nigel kam der Bitte in aller Kürze nach.

Die rasche Auffassungsgabe des Generals wurde an seinem Kommentar deutlich: »Also hatte fast jeder im Verlag die Gelegenheit. Dann müssen Sie nach einem Motiv suchen. Irgendein rachsüchtiger Typ vermutlich, der mich schlechtmachen wollte und gar nicht realisiert hat, daß er mir damit einen Gefallen tat.«

»Oder jemand, der dem Verlag schaden wollte. Ja.« Nigel ließ den Blick über die modrig wirkenden Bücher an den Wänden schweifen. »Sind Sie jemals einer Frau namens Miles begegnet – Millicent Miles?«

»Was? Der Schriftstellerin? Und ob! Dumme Ziege. Habe ihr mal den Hintern versohlt – metaphorisch gesprochen.«

Nigel fragte nach Einzelheiten.

General Thoresby fuhr fort: »Anfang 1940 muß das gewesen sein. Mein Bataillon hat an der Ostküste herumgesessen und darauf gewartet, daß der Krieg richtig losgeht. Die Truppe hatte alles ziemlich satt. Man hat uns Leute geschickt, die Vorträge hielten, darunter auch Ihre Miss Miles. Sie hat einen Vortrag über Romane gehalten. Literatur für Minderbemittelte, so in dem Stil. Herablassend. Sie hat sich so weit zu unserem erbärmlichen intellektuellen Niveau heruntergebeugt, daß man ihr Korsett knirschen hörte. Und hat dann noch einen Sermon darüber abgelassen, daß der Krieg etwas Schlechtes ist. Gehörte sich einfach nicht unter den gegebenen Umständen. Kein Mensch weiß besser als der Berufssoldat, daß der Krieg so ziemlich der dümmste Zeitvertreib ist, den sich die Menschheit je ausgedacht hat. Und die Truppe mag es nicht, wenn man sie von oben herab behandelt – die Leute haben vor Wut gekocht, ehe sie noch halb fertig war.« Die Augen des Generals schimmerten erinnerungsselig. »Deshalb haben wir ihr hinterher, als sie in der Messe mit uns gegessen hat, einen ziemlichen Denkzettel verpaßt.«

»Da wäre ich gerne dabeigewesen.«

»Die Dame ist keine Freundin von Ihnen? Gut. Tja, wir hatten ein paar ziemlich gescheite Burschen in unserer Einheit, und ich selbst lese ja auch, wie Sie wissen. Also haben wir eine Gegendemonstration veranstaltet, so ein richtig hochgeistiges Geplänkel. Die Luft schwirrte von Henry James, Proust, Dostojewskij, *Finnegan's Wake* – die ganze Leier. Diese Miles konnte da einfach nicht mithalten. Natürlich ein Fell wie ein Ochse; aber nach einer Weile hat sie dann doch gemerkt, was da mit ihr veranstaltet wurde. Hat ihr überhaupt nicht gefallen. Empörendes Verhalten der brutalen, zügellosen Soldateska. Kultivierte Frau in ihrer ganzen geistigen Nacktheit bloßgestellt. Sah allerdings ganz gut aus, wenn man Pferde mag.«

»Sind Sie ihr seither noch einmal begegnet?«

»Gott sei Dank nicht.«

»Sie nennt Sie immer noch ›Thor‹.«

»Sie nennt mich –? Das ist ja wohl die Höhe! Habe die Frau weder davor noch danach je zu Gesicht gekriegt. Wie sind wir überhaupt auf sie gekommen?«

»Sie hat im Verlag gearbeitet, als Ihre Fahnen manipuliert wurden.«

Das schien ein guter Abgang zu sein, und so erhob sich Nigel, um zu gehen.

»Tja, Wiedersehen, Strangeways. Habe unsere Plauderei sehr genossen. Halten Sie mich auf dem laufenden. Wenn Sie den Übeltäter erwischen, werde ich ihm eine Dankesgabe zukommen lassen; oder ihr, je nachdem.«

Nigels nächstes Gespräch war von ganz anderer Art. Er hatte Mr. Bates, den ehemaligen Herstellungsleiter von Wenham & Geraldine, angerufen und gesagt, er würde gern etwas Geschäftliches mit ihm besprechen. Normalerweise hielt Nigel nichts davon, Gespräche unter Vorspiegelung falscher Tatsachen zu führen; in diesem Fall erschien es ihm jedoch notwendig.

Herbert Bates bewohnte eine Villa in Golders Green. Sein schwarzer Anzug, sein hoher, steifer Kragen und sein ziemlich kummervolles Gesicht verliehen ihm das Aussehen eines

Hausdieners – was er in gewissem Sinne ja auch gewesen war. Überdies hatte er eine förmliche, dezente, respektvolle Art. Eine gedämpfte Persönlichkeit.

»Wenn Sie mir bitte ins Wohnzimmer folgen wollen, Mr. Strangeways. Ich denke, Sie werden es bei diesem unfreundlichen Wetter warm und gemütlich finden.«

Mr. Strangeways erklärte, er habe kürzlich eine bedeutende Erbschaft gemacht, und da ihn die Verlagsarbeit schon immer interessiert habe, denke er nun daran, sich auf diesem Gebiet selbständig zu machen; bis es soweit sei, arbeite er in Mr. Bates' früherem Verlag, um praktische Erfahrungen zu sammeln.

»Und für diesen Zweck hätten Sie kein besseres Haus finden können, wenn ich das sagen darf, Mr. Strangeways.«

»Im Augenblick hängt das Ganze noch sehr in der Luft. Aber wenn sich meine Pläne konkretisieren, Mr. Bates, würden Sie dann erwägen, den Posten des Herstellungsleiters bei mir zu übernehmen? Miss Wenham spricht in den höchsten Tönen von Ihnen.«

Zu seiner ungeheuren Erleichterung stellte Nigel fest, daß kein erwartungsvoller Glanz in Mr. Bates' Augen trat.

»Ich weiß Ihren Vorschlag und Miss Wenhams freundliche Empfehlung sehr zu schätzen, Sir«, erwiderte Mr. Bates mit seiner müden, tonlosen Stimme. »Aber ich fürchte, in meinem Alter –«

»Aber ich bitte Sie, Mr. Bates, Sie können noch keine Sechzig sein. Sie wollen sich doch bestimmt noch nicht endgültig aus dem Arbeitsleben zurückziehen?«

»Einundsechzig, beim nächsten Geburtstag. Ich hatte eigentlich vorgehabt, bis fünfundsechzig im Verlag zu bleiben; aber – äh – es haben sich dann Entwicklungen ergeben, die ein etwas früheres Ausscheiden – äh – ermöglicht haben.«

Nigel bedachte dieses diplomatische Drumherumgerede mit ernstem Nicken. »Ich bin sicher, Miss Wenham und Mr. Geraldine müssen Ihre Entscheidung sehr bedauert haben. Mr. Ryle habe ich noch gar nicht richtig kennengelernt; ich habe allerdings den Eindruck, daß er nicht ganz...« Nigel ließ den Satz verlockend in der Luft baumeln, und nach kurzem Zögern biß Mr. Bates auf den Köder an.

»Er wird sich schon noch an unsere Gepflogenheiten gewöhnen, Sir. Ich muß gestehen, daß ich nicht immer einer Meinung mit ihm war. Ein Verlag ist schließlich keine Fabrik. Nun ja, Jugend hat keine Tugend, wie man so sagt.«

Mr. Bates stieß einen resignierten Seufzer aus. Wenn dieser Mann imstande ist, Ressentiments zu hegen, dachte Nigel, dann können Disteln Feigen tragen. Weiteres dezentes Nachfragen bestärkte ihn in diesem Eindruck, deshalb versuchte er es in einer anderen Richtung.

»Ich habe mich gerade mit General Thoresby unterhalten«, sagte er. »Interessanter Mann.«

Mr. Bates machte ein strenges Gesicht. »Eine Schande! Von einem Mann seines Ranges hätte ich Besseres erwartet. Aber Autoren kann man einfach nicht trauen – windige Burschen, einer wie der andere –, und Dankbarkeit kennen sie auch nicht. Ein bewußter Versuch, uns in einen Verleumdungsprozeß hineinzuziehen.«

»Der Versuch ist gelungen.«

Mr. Bates kannte die jüngsten Entwicklungen, die Nigel nun für ihn zusammenfaßte, noch nicht und war völlig fassungslos. Sein Gesichtsausdruck war der eines alten Hausdieners, der im Keller der Familie eine Leiche findet – schockiert, aber auch ein klein wenig lüstern.

»Und Sie sagen, daß die Verlagsleitung glaubt, es müßte ein Mitarbeiter des Verlages gewesen sein, Sir? Allmächtiger! Der Menschenverstand sträubt sich gegen eine solche Ungeheuerlichkeit. Sie ist in unseren Annalen ohne Beispiel. Ich kann mich noch sehr gut daran erinnern, wie Mr. Protheroe mir die Fahnen an diesem Vormittag hereingab. Nach dem ganzen Ärger mit dem Autor und dem Terminrückstand war ich froh, sie endlich in Druck zu geben. Ich weiß noch, daß ich eine entsprechende Bemerkung gemacht habe, während meine Sekretärin einen Begleitbrief schrieb und die Fahnen verpackte; und Mr. Protheroe – er saß neben mir, genau wie Sie jetzt, Sir, außer daß wir natürlich an meinem Schreibtisch saßen –, Mr. Protheroe hat mit einer Witzelei des Sinnes geantwortet, daß des Kriegers Banner endlich gestürzt sei – ein Ausdruck, den natürlich der Schwan von Avon als erster verwendet hat.«

»Wie überaus interessant.« Nigels Kommentar bezog sich eher auf den Inhalt als auf den Stil dieses Diskurses. »Mr. Protheroe war also die ganze Zeit bei Ihnen, während Sie die Fahnen versandfertig machen ließen?«

»Ganz recht, Sir. Eine Sache von wenigen Minuten. Aber wir haben uns sehr nett unterhalten. Gespräche mit Mr. Protheroe waren mir immer ein Vergnügen, zumal sie ein durchaus seltenes Ereignis darstellten. Ein fähiger Kopf, Mr. Strangeways, schrullig; vielleicht ein wenig exzentrisch, aber scharfsinnig – o ja, ein hervorragender Literaturkenner ist er, unser Mr. Protheroe. Wenn er einmal sein letztes

Manuskript liest, wird das ein trauriger Tag für Wenham & Geraldine sein.«

Nigel dachte ziemlich gereizt, daß er sich die ganze Mühe hätte sparen können, wenn Stephen ihm erzählt hätte, daß er dabeigewesen war, als *Zeit zum Kämpfen* von Mr. Bates' Abteilung abgeschickt wurde. Der ehemalige Herstellungsleiter schied als Verdächtiger eindeutig aus. Abschütteln ließ er sich freilich nicht so leicht. Indem er die Leidenschaft des gehobenen Bediensteten für Klatsch mit der Fähigkeit verband, ihn wie die würdevollen Verlautbarungen altmodischer Diplomatie klingen zu lassen, bot Mr. Bates im Gespräch keinerlei Schlupflöcher, durch die der Besucher entwischen konnte.

Allerdings ließ er sich, wenn schon nicht zum Schweigen, so doch immerhin auf ein anderes Thema bringen, und Nigel brachte ihn auf die derzeitigen Verlagsleiter von Wenham & Geraldine. Liz Wenham war, wie er bereits wußte, die Nichte des Verlagsgründers. Arthur Geraldine war ein Großneffe des seligen John Geraldine. Obwohl Arthur genaugenommen der Seniorpartner war, bildete Liz Wenham nach Ansicht von Mr. Bates die treibende Kraft des Verlags: Sie besitze den Geschäftssinn ihres Großvaters. In ihrem Umgang mit Autoren (bei Erwähnung dieser unerfreulichen, aber unerläßlichen Nebenerscheinung des Verlagsgewerbes verzog Mr. Bates den Mund) habe sie freilich nicht immer eine ganz so glückliche Hand. Hier liege die Stärke von Mr. Geraldine, der »so eine Art« habe und einen Großteil der persönlichen Verhandlungen mit dem *genus irritabile* führe. Mr. Geraldine besitze außerdem die fast schon unheimliche Gabe, im voraus abschätzen zu können, wie sich ein Buch verkaufe. Das sei, wie Mr. Bates unnötigerweise hervorhob, eine ganz wesentliche Voraussetzung für verlegerischen Erfolg. Setze man die Erstauflage zu hoch an, bleibe man auf einer Ladung unverkaufter Bücher sitzen, drucke man dagegen zuwenig, könne man vielleicht nicht rasch genug nachdrucken, um die unerwartete Nachfrage zu befriedigen. Beides bedeute finanzielle Verluste. Mr. Geraldine besitze die unschätzbare Fähigkeit, im voraus die Reaktion des Publikums in verkaufter Auflage abschätzen zu können.

Nach einer Reihe von Anekdoten, die diese Gabe von Mr. Geraldine illustrierten, ging Mr. Bates zu dem neuen Teilhaber über. Basil Ryle war Nachfolger eines gewissen Mr. Charles Wainwright, der im Vorjahr bei einem Autounfall ums Leben gekommen sei. Ryle habe nach dem Krieg seinen eigenen Verlag gegründet. Der habe sich zunächst recht gut angelassen, aber rasch steigende Kosten und das Fehlen einer guten, soliden Backlist hätten ihm den Garaus gemacht. Letztes Jahr, als klargeworden sei, daß er dem Bankrott nahe war, hätten Wenham und Geraldine Verhandlungen mit ihm aufgenommen, schließlich den Bestand und die Geschäftskontakte übernommen und ihm eine Teilhaberschaft angeboten.

»Gehörte Miss Miles sozusagen zu seinem Bestand?« fragte Nigel.

»Er war nicht ihr Verleger; aber ich glaube, er hatte ihre Autobiographie in Auftrag gegeben – oder zumindest darüber verhandelt.«

»Ein wertvoller Besitz.«

»In Hinsicht auf den möglichen Absatz gebe ich Ihnen recht.«

»Aber in anderer Hinsicht nicht?«

»Die Autorin hat, wie ich höre, ein ziemlich bewegtes Leben geführt«, verkündete Mr. Bates.

»Ihr Buch« – Nigel konnte der Versuchung, die Frage zu stellen, nicht widerstehen – »könnte also dazu angetan sein, einem jungen Mädchen die Schamröte ins Gesicht zu treiben?«

»Ich bezweifle, daß es sich dabei um gesunde Lektüre für die ganze Familie handeln wird«, stimmte Mr. Bates zu. »Sie wissen vielleicht, daß die Dame geschieden ist?«

Nigel bekundete angemessenes Entsetzen.

»Dreimal verheiratet. Vom übrigen ganz zu schweigen.«

»Was Sie nicht sagen! Hat sie Kinder?«

»Es gibt einen Sohn aus erster Ehe. Cyprian Gleed. Ein Taugenichts, wie ich zu meinem Bedauern sagen muß. Hat uns vor ein paar Monaten großen Ärger gemacht.«

»Wie? Dem Verlag, meinen Sie?«

»Ja. Er wollte, daß wir ihn bei der Gründung einer Literaturzeitschrift unterstützen. Er ist einer dieser jungen Leute, die nie zur Ruhe kommen – ein Bohemien – ein Schmarotzer der literarischen Welt.«

»Man hat ihn abgewiesen?«

»Gewiß doch. Miss Wenham und Mister Geraldine sind hart geblieben. Aber er hat ihnen eine ganze Weile in den Ohren gelegen, ist immer wieder aufgetaucht, ob mit oder ohne Termin. Seine Mutter machte es nur noch schwieriger: Man hatte ihr ein Arbeitszimmer zur Verfügung gestellt, und wir konnten ihm schlecht den Zugang zu ihr verweigern.«

»Wann war das alles?«

»Vor ein paar Monaten. Mal überlegen, es müßte im Juli gewesen sein.«

»Sie wissen nicht mehr, ob einer dieser Besuche auf den Tag fiel, an dem *Zeit zum Kämpfen* in Druck ging?«

»Leider nein. Aber wenn Sie das interessiert, können Sie es von Miss Sanders, unserer Empfangsdame, erfahren. Sie notiert jeden Besucher.«

4
Ausgeschlossen

Nigel kam, kurz bevor der Haupteingang von Wenham & Geraldine geschlossen wurde, in die Angel Street zurück. In der U-Bahn hatte er die Abendzeitungen überflogen. Eine brachte eine Besprechung von *Zeit zum Kämpfen,* in der die heftige Kritik an Sir Charles Blair-Chatterley zwar erwähnt, aber nicht zitiert wurde; eine andere brachte einen Artikel über die einstweilige Verfügung und den Rückruf des Buches, gefolgt von einem kurzen Bericht über die Unruhen in der Kolonie, nachdem General Thoresby als Oberkommandierender der dort stationierten Truppen abgelöst worden war. Die dritte erwähnte weder das Buch noch den bevorstehenden Verleumdungsprozeß auch nur mit einem Wort.

Die zigeunerhafte Somerville-Absolventin saß an ihrem Schreibtisch im Empfangszimmer. Nigel, der zu dem Schluß gekommen war, daß er sie in seiner Rolle als Fachlektor schlecht um die gewünschte Information bitten konnte, sagte ohne Umschweife: »Mr. Geraldine hat mir gesagt, Sie führen Buch über sämtliche Besucher des Verlags. Würden Sie mir bitte sagen, wer am Nachmittag des 23. und am Vormittag des 24. gekommen ist?«

Das Mädchen schaute verblüfft und ein klein wenig besorgt drein. »Ich weiß nicht recht, ob – das heißt –«

»Rufen Sie Mr. Geraldine an und fragen Sie ihn, ob Sie mir die Information geben dürfen.«

Das tat sie, nahm dann aus einer Schublade ein großes, ledergebundenes Buch und blätterte ziemlich langsam – als wälzte sie zugleich irgendein Problem – die Seiten um. »23. Juli, sagten Sie? Da wären wir. Nachmittag. General Thoresby, Mr. Leeson-Williams, Miss Miles ...« Sie betete eine Liste von etwa einem Dutzend Namen herunter. »24. Juli. Mr. Ainsley, Miss Miles, Mr. Bellison, Mr. Smith, Mr. Ritchie, Mrs. Vane, Miss Holloway, Reverend Dowle. Das sind die, die am 24. bis mittags hier waren.«

Nigel hatte ein fast unmerkliches Zögern zwischen den Namen Bellison und Smith wahrgenommen, ging aber nicht unmittelbar darauf ein. »Das sind alle, ja?« fragte er.

»Ja.« Sie erwiderte seinen Blick mit kühler Unverfrorenheit und ließ zugleich das Buch wieder in die Schublade gleiten. Falls Nigels merkwürdige Bitte sie neugierig gemacht hatte, ließ sie sich jedenfalls nichts anmerken.

Nigel bedankte sich, verließ das Zimmer, klingelte nach dem Fahrstuhl, fuhr damit in den ersten Stock, stieg leise aus und ging die Treppe hinunter.

»Hab' meine Abendzeitungen hier liegenlassen«, sagte er, während er erneut das Empfangszimmer betrat. Vollkommen überrumpelt, hatte Miss Sanders keine Zeit mehr, das ledergebundene Buch oder den Tintenradierer zu verstecken. Zornesröte stieg ihr ins Gesicht, und sie sträubte sich einen Moment gegen seinen Versuch, ihr das Buch abzunehmen, dann ließ sie es achselzuckend los.

Ohne einen Blick in das Buch fragte Nigel: »Wieso haben Sie Cyprian Gleeds Namen wegradiert?«

»Ich habe überhaupt nichts –«

»Nicht sehr helle für eine Einserkandidatin in Geschichte.« Nigel schlug das Buch auf der Seite für den 24. Juli auf, von der ihm zwischen ›Mr. Bellison‹ und ›Mr. Smith‹ der halb wegradierte Name von Miss Miles' Sohn entgegenblickte.

»Wer zum Kuckuck sind Sie eigentlich?« rief das Mädchen aufgebracht. »Ein Rationalisierungsfachmann oder so was? Es ist absolut unerträglich –«

»Warum haben Sie Cyprian Gleeds Namen wegradiert?«

»Ich weigere mich, Ihnen das zu sagen.«

»Gefällt Ihnen bloß der Name nicht? Dafür habe ich Verständnis.«

Diese Provokation hatte den gewünschten Effekt. Das Mädchen sprudelte hervor: »Cyprian ist – Wenn Sie es unbedingt wissen wollen, er hat mich privat besucht. Der Verlag sieht Verehrer während der Arbeitszeit nicht gern, und ich wollte nicht, daß Sie es den Verlagsleitern weitertratschen, da Sie ja anscheinend so eine Art Spion sind.«

»Wenn es ein Privatbesuch war und solche Besuche mit Stirnrunzeln betrachtet werden, dann ist es merkwürdig, daß Sie ihn überhaupt in das Buch eingetragen haben.«

Miss Sanders errötete abermals. »Das passiert ganz automatisch«, sagte sie.

»Auch bei ›Verehrern‹?«

»Sie sind absolut widerlich!«

»Der Ausdruck stammt von Ihnen, nicht von mir. Wie lange hat sich Mr. Gleed im Gebäude aufgehalten, wissen Sie das noch?«

»Er war die ganze Zeit hier in diesem Zimmer«, protestierte das Mädchen.

Nigel gab keinen Kommentar zur Formulierung ihrer Antwort.

»Erinnern Sie sich noch an die genaue Zeit? Und lügen Sie um Gottes willen nicht. Mr. Smith und Mr. Bellison hatten vermutlich Termine, von daher läßt sich die Zeit, zu der Cyprian Gleed gekommen ist, ohnehin fixieren.«

»Er ist so gegen halb elf gekommen, glaube ich, und geblieben ist er etwa – nein, ich weiß es nicht mehr –, aber es war auf keinen Fall sehr lang. Was soll das Ganze überhaupt?«

»Meine Liebe, Sie wissen ganz genau, wovon wir reden.«

»Cyprian ist ein absolut integrer Mensch.«

»Schön. Wieso regen Sie sich dann so auf? Ein integrer Mensch hätte sich niemals an *Zeit zum Kämpfen* zu schaffen gemacht« – Nigel hielt die Fahnen hoch –, »um sich dafür zu rächen, daß der Verlag sich geweigert hat, seine Literaturzeitschrift zu unterstützen. Oder?«

»Cyprian wird völlig verkannt«, sagte das Mädchen kläglich. »Wenn sie ihm nur eine Chance gäben…«

Sie nahm ihre Brille ab und begann, heftig die Gläser zu polieren. Ihre Augen wirkten trübe und seltsam nackt.

»Nun gut«, sagte Nigel lächelnd und gab ihr das ledergebundene Buch zurück, »ich muß dann wieder meinen sinistren Geschäften nachgehen. Noch ist nicht alles verloren. Noch.«

Nigel stapfte nach oben in Stephen Protheroes Zimmer. Dieser bedachte ihn mit einem zerstreuten Blick und steckte dann wieder den Kopf in das Typoskript, das er gerade las. Er schien mit der Nase zu lesen, die unter häufigem Zucken und Schnüffeln wie ein Kolibri über der Seite schwirrte und ab und zu darauf herabfuhr, wie um den Stil des Autors zu erwittern. Nachdem er so mehrere Seiten des Buches verkostet hatte, rief er: »Pfui!«, kritzelte ein paar Worte auf ein Blatt Papier, heftete es an das Typoskript und blickte erneut zu Nigel auf.

»Es heißt, in jedem Menschen stecke ein gutes Buch. Alles Unsinn. Wo sind Sie gewesen?«

»Ich habe mich mit Leuten unterhalten. Zum Beispiel mit Mr. Bates.«

»Und was hat er Ihnen ins Ohr gesäuselt?«

»Er hat gesagt, Sie seien dabeigewesen, als er *Zeit zum Kämpfen* an die Druckerei geschickt hat.«

»Wenn er das sagt, wird es schon stimmen. Wieso?«

»Tja, er kann die Fahnen nicht manipuliert haben: Das hätten Sie gesehen.«

»Aber ich habe Ihnen doch gesagt, daß er dazu gar nicht imstande wäre. Bates ist ein Langweiler, ansonsten aber zu keiner Schandtat fähig.«

»Es gibt einen Unterschied zwischen ›nicht können‹ und ›nicht imstande sein‹. Falls Sie, wie er behauptet, die Fahnen in sein Zimmer gebracht und sich dort mit ihm unterhalten haben, während ein Begleitbrief geschrieben wurde und die Fahnen verpackt wurden, dann beweist Ihre Aussage Bates' Unschuld.«

»Schön. Dann sage ich entsprechend aus.«

»Aber tatsächlich daran erinnern können Sie sich nicht?« fragte Nigel geduldig.

»Das ist zu lange her. Aber ich bin sicher, daß Bates recht hat. Er hat überhaupt keine Phantasie, deshalb kann er sich das nicht eingebildet haben.«

Damit mußte sich Nigel zufriedengeben. Stephens Blick schweifte bereits zu einem anderen Typoskript.

»Ist Miss Miles' Sohn an diesem Vormittag gekommen?« fragte Nigel.

»Der kleine Trottel? Vielleicht, keine Ahnung. Im Sommer hat er den Verlag regelrecht heimgesucht.«

»Sie haben nicht zufällig einen Vermerk darüber, an welchem Tag sein Vorschlag abgelehnt wurde?«

»Nein. Ich frage mal nach.« Stephen wählte eine Nummer auf der Haussprechanlage. »Arthur? Stephen hier. An welchem Tag haben Sie und Liz eigentlich dieses grauenhafte Literaturzeitschriftenprojekt des jungen Gleed abgeschmettert? Sie hatten doch noch eine abschließende Unterredung mit ihm, oder?... Am 21. Juli. Danke.« Stephen wandte sich wieder an Nigel. »Am 21. Juli. Unheimlicher Zufall, wie? Ach so, ehe ich's vergesse, Ryle hat gesagt, er hätte Sie gern kurz gesprochen, wenn Sie zurück sind.«

Nigel ließ den kleinen Mann allein, dessen gnomhafter Kopf in das gelbliche Licht der nackten Glühbirne getaucht war, und begab sich zu Basil Ryles Zimmer. Der Juniorpartner saß an seinem Schreibtisch und konferierte mit einer deprimiert wirkenden Frau mittleren Alters.

»Einen Moment noch, Strangeways. Nehmen Sie Platz.« Ryle reichte der Frau den Abzug einer Anzeige. »Das stammt doch von Ihnen, Miss Griffin? Sehen Sie sich das noch mal an. Glauben Sie wirklich, daß auch nur eine Menschenseele sich aufgrund dieser Anzeige für das Buch interessiert? ›Ein zauberhafter Roman von junger Liebe, der in East Anglia spielt.‹ Bringt das Blut in Wallung, was? Erfüllt einen mit rasender Neugier.«

»Also, ich bin überzeugt, daß –«

»Wir bezahlen 25 Pfund für den Platz. Wenn die Anzeige nicht die Aufmerksamkeit des Lesers erregt, können wir das Geld genausogut einem Heim für herrenlose Hunde spenden.«

»Wie wäre es mit ›Eine Heidin auf der Heide‹?« schlug Nigel vor.

Miss Griffin nahm den Vorschlag ohne Lächeln auf. »Ich glaube nicht, daß das Mr. Geraldine –«

»Wir verkaufen das Buch nicht Mr. Geraldine«, unterbrach Ryle. »Wir versuchen, es einem Haufen Eseln zu verkaufen, die viel lieber fernsehen. Moment – wie heißt die Heldin doch gleich? Helen. Das war ja nicht anders zu erwarten. ›Besser als fernsehen?‹ So was in der Art? Nein. Sie würden sich jederzeit fürs Fernsehen entscheiden. Ich hab's – ›Die Geschichte von Helen, die alle Herzen bricht‹.«

»Aber Mr. Ryle, eigentlich bricht sie –«

»Natürlich nicht. Aber 90 Prozent der Romanleser sind Frauen, und 99 Prozent davon gefällt die Vorstellung, selbst eine Spur gebrochener Herzen zu hinterlassen. Das wäre es dann, Miss Griffin.«

Mit einem Blick, der eher an das Brechen von Knochen als das Brechen von Herzen denken ließ, zog Miss Griffin sich zurück.

»Das Problem bei diesem Verlag ist, daß man alles mit soviel Takt anbieten muß wie ein Butler seinen Rot- oder Weißwein.« Basil Ryle fuhr sich durch seinen roten Schopf und wirkte mit einemmal tatsächlich sehr jung. »Na, wie kommen Sie voran?«

Nigel gab ihm einen zensierten Bericht von seinem Gespräch mit General Thoresby und einen ausführlicheren von der Unterhaltung mit Mr. Bates. »Bates kann man wohl außer acht lassen.«

»Ja, wahrscheinlich.« Ryle kaute auf den Nägeln. Er wirkte nervös; als Energiebündel war er das fraglos auch. »Aber wie sieht es mit Indizien aus? Zum Beispiel Fingerabdrücke? Die Handschrift? Darum müßte man sich doch als erstes kümmern.«

»Ich habe einen der Handschriftenexperten von Scotland Yard gebeten, sich die Fahnen heute abend anzusehen. Er ist mit mir befreundet. Aber ein einziges, zweimal in Druckbuchstaben geschriebenes Wort wird uns wahrscheinlich nicht sehr weit bringen. Und Fingerabdrücke? Erstens werden die Fahnen davon wimmeln. Und zweitens, glauben Sie ernsthaft, die Verlagsleitung würde erlauben, daß ich jedem im Hause die Fingerabdrücke abnehme?«

»Warum nicht?«

»Einschließlich Miss Miles?«

»Millicent? Was hat denn sie damit zu tun?«

Ryles Ton war scharf. Unter Anspannung war etwas leicht Grobes aus seinen Vokalen herauszuhören. Ein Junge aus der Provinz mit kleinbürgerlichem Elternhaus, der es zu etwas gebracht hat – das erklärt die Art und Weise, wie er sich gegenüber Untergebenen wie Miss Griffin aufspielt, dachte Nigel: Er ist empfindlich, man muß ihn wie ein rohes Ei behandeln. Einen Moment lang musterte er den rothaarigen jungen Mann, der seinen Stuhl gegen die Wand gekippt hatte – ordentlicher dunkler Anzug, weicher Kragen und zerknitterte Krawatte.

»Miss Miles hatte ein Motiv, genaugenommen sogar zwei.«

»Ein Motiv? Nun hören Sie aber auf.«

»Sie ist während des Krieges in aller Öffentlichkeit von General Thoresby gedemütigt worden. Und dieser Verlag hier hat sich geweigert, einige ihrer Romane nachzudrucken.«

»Das nennen Sie Motiv?«

»Für eine selbstsüchtige und rachsüchtige Frau könnte es durchaus eins sein.«

Basil Ryle stieß sich von der Wand ab, so daß die Vorderbeine seines Stuhls mit lautem Knall auf dem Boden landeten. »Sie markieren hier den großen Menschenkenner, wie?« begann er unheilverkündend. »Nun passen Sie mal auf – ja, was ist denn?«

Eine attraktive Blondine war ins Zimmer gekommen.

»Ihre Briefe, Mr. Ryle.«

»Zum Teufel mit den Briefen!«

»Sie haben gesagt, sie sollen mit der 6-Uhr-Post weg. Jetzt ist es fünf vor sechs.«

Basil Ryle fing an, einen Stapel Briefe zu unterschreiben, den sie in einem Ordner auf seinen Schreibtisch gelegt hatte. »Wahrscheinlich sind Sie um sechs mit Ihrem Freund verabredet.«

Die kleine Neckerei klang merkwürdig künstlich und nicht überzeugend, als hätte er sie in einem Fernkurs gelernt. Die blonde Sekretärin blickte mit mütterlichem, fast schon innigem Ausdruck auf seinen gesenkten Kopf hinab. Was Mädchen angeht, hat er zwei linke Hände, dachte Nigel, trotzdem fühlen sie sich zu ihm hingezogen.

»›Kolophon‹ schreibt sich nur mit einem ›l‹, Daphne. Schon gut, ich habe es verbessert… Hier, bitte. Nun gehen

Sie mal schön, und daß er sich Ihnen gegenüber keine Freiheiten herausnimmt.«

»Gute Nacht, Mr. Ryle.«

Als das Mädchen gegangen war, spielte Ryle an den Schreibtischschubladen herum und platzte dann plötzlich heraus: »Haben Sie ein bißchen Zeit? Gehen wir was trinken. Ich habe dieses Büro satt.«

Sie verließen das mittlerweile stille Gebäude, in dem nur noch ein, zwei Flurlampen brannten, durch den Nebeneingang. Die Nachtluft war feuchtkalt, aber Ryle atmete sie in tiefen Zügen ein.

»Schon besser«, sagte er; dann wies er mit dem Kopf Richtung Themse. »Ich hätte nie gedacht, daß ich noch einmal einen Fluß sehen will. Mein Vater war Schweißer im Hafen von Tynemouth. Eines der Opfer der Weltwirtschaftskrise. Einfach vor die Hunde gegangen. Der arme alte Dad.« Während er im Lampenlicht zur eleganten Fassade in der Angel Street aufblickte, trug sein Gesicht einen zugleich erfreuten und skeptischen Ausdruck, als könnte er immer noch nicht recht an das glückliche Schicksal glauben, das ihn hierhergebracht hatte. »Mein Dad war ein großer Leser. Hatte nach 1930 auch massenhaft Zeit dazu. Außerdem war die Leihbücherei geheizt. Aber Bücher kann man nicht essen.«

Er führte Nigel in die Bar eines kleinen Pubs, das versteckt zwischen Angel Street und The Strand lag. »Das Lokal hier kennen nicht viele. Hier können wir uns in aller Ruhe unterhalten.« Die Bar war tatsächlich leer, und sie hatte mit ihren hochlehnigen Wandbänken und dem munter prasselnden Kaminfeuer ein ländliches Gepräge. Ryle bestellte für sich selbst einen doppelten Whisky und etwas zum Nachspülen und für Nigel einen Genever.

»Millicent Miles«, sagte er abrupt. »Sie kennen Sie gut?«

»Ich habe sie erst heute kennengelernt.«

»Tja, ich kenne sie. Und ich sage Ihnen, sie wird sehr verkannt. Sie hat es in ihrer Jugend nicht leicht gehabt, genau wie ich. Das hinterläßt Narben. So ein Intellektueller wie Protheroe kann leicht die Nase über ihre Bücher rümpfen. Natürlich ist das alles Eskapismus –«

»Wieso Eskapismus?«

Laut Basil Ryle war Millicent Miles die Tochter einer Schlampe und eines Säufers, der bankrott ging, als sie gerade ins Teenageralter kam. Ihre Eltern hätten sich unaufhörlich gestritten, die Stimmung des Vaters sei unberechenbar gewesen. Er pflegte das kleine Mädchen zu schlagen und gleich darauf vor alkoholisierter Reue zu hätscheln, und die Mutter habe sie wie ein unbezahltes Dienstmädchen behandelt. Millicent sei mit siebzehn von zu Hause weggelaufen und habe Arbeit als Verkäuferin gefunden. Ihre unglückliche, unterdrückte Kindheit habe die Phantasien hervorgebracht, die sie später zum Liebling der Leihbüchereien machten.

»Sie haben ihre Autobiographie gelesen?« fragte Nigel.

»Nein. Sie hat mir das alles erzählt.« Während seiner Schilderung hatte Ryle mehrere Whiskys hinuntergekippt, die allmählich Wirkung zeigten. »Sie halten sie wahrscheinlich für einen hartgesottenen Typ. Da liegen Sie völlig falsch. Unter der Oberfläche ist sie sehr viel verletzlicher als die meisten sensiblen Pflänzchen beiderlei Geschlechts, denen man so begegnet.«

»Wann haben Sie sie kennengelernt?«

»Und einsam ist sie auch. Bei einer dieser literarischen Cocktailpartys. Vor ein paar Jahren. Bevor ich mich selbständig gemacht habe. Ich sage zu ihr: ›Sie sehen einsam aus.‹ Einfach so, zu einer Wildfremden – weiß nicht, was damals in mich gefahren ist. Und sie sagt: ›Sie sind der erste Mann, dem das auffällt.‹ Mir war klar, daß sie mit Männern schlechte Erfahrungen gemacht hat. Glauben Sie ja nicht alles, was man Ihnen über sie erzählt.«

»In Ordnung.«

»Wie war das?«

»Ich habe gesagt: ›In Ordnung.‹«

»Schön. Trinken Sie noch einen. Doch, ich bestehe darauf. Noch einen Genever?... Wo waren wir stehengeblieben? Ach so, ja. Schlechte Erfahrungen. Wissen Sie, mit neunzehn ist sie von einem Mann verführt worden; hat versprochen, sie zu heiraten – die übliche Geschichte – und sie dann sitzenlassen; das Kind kam tot zur Welt. Ja, ja, sie hat einiges mitgemacht. Hat ein Jahr später einen Börsenmakler oder so was geheiratet, um der Armut zu entkommen. Damals hat sie auch zu schreiben angefangen. Um von dem Börsenmakler wegzukommen, wenn Sie mich fragen.«

»Sie hat einen Sohn von ihm, nicht wahr?«

»Cyprian. Ja.«

»Wie ist er so?«

»Ein Schwamm.« Sein Alkoholkonsum hatte Ryle zügig durch das angeregte in das melancholische Stadium befördert. »Saugt ihr Geld auf wie Wasser.«

»War er sehr verärgert, als Wenham & Geraldine sein Zeitschriftenprojekt abgelehnt hat?«

»Vermutlich.« Ryle hatte das Interesse an dem vortrefflichen Cyprian bereits wieder verloren. »Das ist auch ein Grund dafür, warum ich will, daß der Verlag einige ihrer Romane neu auflegt. Sie braucht das Geld. Sie ist nämlich aberwitzig großzügig: hat damals sogar angeboten, in meinen Verlag zu investieren, aber dazu war es schon zu spät.«

»Es gibt aber auch noch andere Gründe?« faßte Nigel nach.

Basil Ryle starrte ihn eulenhaft an. »Sie können einem wirklich ein Loch in den Bauch fragen. Wie eines dieser Bloomsbury-Fossilien. Ständig am Stochern und Stokeln, als wäre eine persönliche Beziehung ein Stück Fleisch auf einem Grill. Waren Sie im Krieg?«

»Nur am Rande.«

»Ich habe mal eine Panzerbesatzung gesehen, nachdem es den Panzer erwischt hatte. Das nenne ich gegrillt! Wissen Sie, was mit Ihrer Generation nicht stimmt? Sie glauben an Güte, Freundlichkeit, Anstand. Unter ansonsten gleichen Umständen wird sich der Anstand immer durchsetzen – das glauben Leute wie Sie. Absolut lachhaft.«

Nigel ließ das auf sich beruhen. Er brachte Ryle dazu, über seinen Start im Verlagsgewerbe zu reden.

Ryle war gleich nach dem Krieg in eine Werbeagentur eingetreten und hatte sich rasch hochgearbeitet. Millicent Miles' dritter Ehemann sei einer ihrer Kunden gewesen – ein wohlhabender, literarisch interessierter Fabrikant; er habe Ryle sympathisch gefunden und ihm, als er von seinem Ehrgeiz erfuhr, Verleger zu werden, die nötige finanzielle Unterstützung zur Gründung eines Verlages verschafft. »Es war wie im Märchen«, sagte Ryle. »Bloß das Ende, das war nicht märchenhaft.«

Nigel konnte sich vorstellen, wie Millicent Miles' Interesse dem strebsamen jungen Mann aus der Provinz geschmeichelt und wie die Welt, in die sie ihn einführte, ihn ein wenig geblendet hatte. Und sie hatte zweifellos dafür gesorgt, daß er ihr nicht von der Seite wich: Ohne einen Kometenschweif von Männern kam sie nicht aus. Aber wie hatte sie ihn so lange für sich einnehmen, wie ihre Härte und ihren Egoismus so lange vor ihm verbergen können? Er mußte wohl einen weichen, einen romantischen Zug haben; vielleicht hatte es aber auch etwas mit dem Anstand zu tun, von dem er nichts zu halten behauptete – eine Loyalität, aufgrund derer er die Augen verschloß.

Als Nigel das Gespräch wieder auf Millicent Miles brachte, erfuhr er, daß sie sich von ihrem ersten Mann, dem Börsenmakler, der mittlerweile verstorben war, hatte scheiden lassen; ihr zweiter, ein neurotischer Rennfahrer, hatte sich erschossen; der dritte, Basils Gönner, hatte sich vor einem Jahr von ihr scheiden lassen.

»Sie hat das Gefühl, sie ist dazu verdammt, nie Erfolg damit zu haben, nie für längere Zeit glücklich zu sein«, sagte Ryle. »Armes Mädchen. Sie ist nämlich unter dieser ganzen Tarnung noch ein Mädchen.«

O je, o je, dachte Nigel, du bist also in sie verliebt; du siehst dich als den Auserwählten, der die Scherben aufliest und sie wieder zusammensetzt.

»Das ist ein weiterer Grund, warum ich ein paar von ihren Romanen wieder auflegen möchte«, fuhr Ryle fort. »Es trägt vielleicht dazu bei, ihre Moral zu heben. Und, wie gesagt, solange dieser Blutsauger Cyprian an ihr hängt, braucht sie Geld.«

»Aber Ihre Kollegen sind dagegen?«

»Geraldine hat keine Einwände. Liz Wenham ist davon nur mäßig begeistert, muß ich zugeben. Aber das eigentliche Hindernis ist Protheroe.«

»Aber er hat doch bestimmt nicht so viel Mitspracherecht bei der Entscheidung, was Sie veröffentlichen?«

Basil stand auf, stocherte heftig im Feuer, lehnte sich dann an den Kaminsims und starrte ohne Begeisterung auf eine Reklame, auf der eine nackte junge Frau dem Publikum eine Flasche perlenden Cidre anbot.

»Protheroe ist seit fünfundzwanzig Jahren der literarische Berater des Verlags«, sagte er schließlich. »Und es stimmt, daß er niemals ein Buch abgelehnt hat, das dann bei einem anderen Verlag ein Erfolg wurde. Das muß man ihm lassen. Aber so langsam setzt er ein bißchen Staub an; hat für nichts einen Blick, was nicht ›geschrieben‹ ist, wie er das nennt – jedenfalls nichts Belletristisches. Aber Gutgeschriebenes ist nun mal auf dem Rückzug. Wie auch immer, die Antwort lautet, daß meine Kollegen nichts annehmen, wenn er absolut dagegen ist, es sei denn, sie sind beide davon begeistert.«

»Von Miss Miles' Autobiographie waren sie also begeistert?«

»Nicht übermäßig. Aber ich hatte mit ihr einen Vertrag darüber abgeschlossen, als ich noch meinen eigenen Verlag hatte, deshalb mußte Wenham & Geraldine sie wohl oder übel übernehmen.«

»Über Protheroes Leiche?«

»Nein. Deswegen hat er kein Theater gemacht, glaube ich, sondern nur wegen der Romane. Allerdings scheint er Millicent auf dem Kieker zu haben.«

»Irgendeine Sache von früher? Vielleicht kennen sich die beiden schon länger –«

»Nein. Ich habe Millicent gefragt, und sie hat gesagt, sie hat ihn erst im Sommer kennengelernt. Abgehalfterter kleiner Wicht. Was hat er denn schon zustande gebracht? Einen einzigen schmalen Gedichtband.«

»Möglicherweise einen bedeutenden.«

»Ach ja? Ich habe ihn gelesen. Nichts als Lust und Ekel. Venus und Essig.« Basil Ryle drückte dem Mädchen auf der Reklame langsam das glühende Ende seiner Zigarette gegen den Bauch. »Sex!« brummelte er. »Warum können sie sich das nicht für die Dunkelheit aufheben?«

5

Angehängt

Am nächsten Morgen, einem Donnerstag, bog Nigel Strangeways kurz vor halb zehn in die Angel Street ein. Es war einer jener grauen Tage, an denen der Horizont wie ein schmutziges Geschirrtuch aussah und Häuser und Bäume, der Fluß und die Brücken allesamt wie mit einem Fettfilm überzogen wirkten; in der Luft draußen lag metallische Kälte und leichter Frost in Miss Sanders' Stimme, als sie seinen Gruß erwiderte. Mr. Gleed, verkündete sie freudlos, wünsche ihn zu sprechen und komme zu diesem Zweck um elf Uhr.

»Gut. Das erspart mir viel Mühe. Bitten Sie ihn, seinen Schlagring bei Ihnen in Verwahrung zu geben.«

Miss Sanders runzelte ob dieser Schnodderigkeit die Stirn. Man konnte sich den mißbilligenden Blick vorstellen, den sie auf einen Dozenten geworfen haben würde, der in einem Kolloquium eine frivole Bemerkung über ein ernsthaftes Thema machte. Wie überaus ernst die Jungen sind, dachte Nigel, während er nach oben ging. Man vergißt es immer wieder. Basil Ryle gestern abend mit seiner strafenden Äußerung über Sex, aber das ist der altmodische Puritanismus der Arbeiterklasse; und außerdem kann er sowieso nicht viel älter als dreißig sein; vielleicht emotional unterentwickelt? – Das wird sich weisen.

Stephen Protheroe war schon an der Arbeit, schnupperte sich durch ein voluminöses Typoskript und erwiderte Nigels Gruß geistesabwesend. Ein Wort erregte seine Aufmerksamkeit. Seine lange Nase fuhr auf das Blatt herab wie der Schnabel eines Spechts. »Schon wieder so einer, der ›uneigennützig‹ schreibt, wenn er ›unparteiisch‹ meint«, fauchte er. »Diese Sprachverhunzung ist unerträglich.«

»Worte haben auch schon früher ihre Bedeutung verändert.«

»Darum geht es nicht. Es geht darum, daß es für ›uneigennützig‹ kein Synonym gibt. Wir können es uns nicht leisten, das Wort zu verlieren.«

»Vielleicht haben wir verloren, was das Wort bedeutet.«

»Uneigennützigkeit? Als Ideal? Gut möglich.« Das Gesicht des kleinen Mannes war plötzlich traurig – von einer Traurigkeit gezeichnet, wie sie Nigel noch selten gesehen hatte: die schwarzen Augen, die nach unten gezogenen Mundwinkel verwandelten es in eine tragische Maske. Es war von tiefen Furchen durchzogen – Flußbetten, gehöhlt von längst ausgetrockneten, reißenden Gefühlsströmen.

»Sie haben nicht zufällig ein *Who's Who,* oder?«

Stephen tauchte aus den Untiefen von Kummer, Bedauern und Reue wieder auf, in denen er versunken war. »Im letzten Zimmer hinten im Flur stehen Nachschlagewerke«, sagte er.

Nigel ging hinaus, vorbei an Miss Miles' Tür (die Schreibmaschine im Zimmer war stumm) und betrat den großen Raum dahinter. Eine junge, zerzauste, aber attraktive Blondine, die erheblich weniger gelehrt aussah als die meisten weiblichen Angestellten des Verlags, kämmte sich gerade mit Hilfe eines Taschenspiegels die Haare.

»Ooh«, stieß sie in einer Art kultiviertem Aufjaulen hervor. »Jetzt haben Sie mich aber erschreckt.«

»Bitte bleiben Sie sitzen. Mein Name ist Strangeways, und ich arbeite in Mr. Protheroes Zimmer. Ich bräuchte ein *Who's Who*.«

Das Mädchen schien von dieser Bitte völlig überfordert zu sein.

»Tja, ich weiß nicht, ob – eigentlich bin ich nämlich gar nicht hier.«

»Heißt das, Sie sind ein Geist?«

Die blauen Augen des Mädchens öffneten sich unglaublich weit. »Ach was, nein, woher denn. Eigentlich bin ich unten.«

»Sie setzen mich in Erstaunen.«

»Ich arbeite in der Fakturierung. Aber Jeanie ist krank, deswegen bin ich jetzt hier. Was wollten Sie gleich noch mal?«

»Ein *Who's Who*.«

»Wie? Was für'n Ding?«

»Ein Nachschlagewerk mit dem Titel *Who's Who*.«

»Ach so, ein *Buch*.« Das Mädchen ließ einen verzweifelten Blick durchs Zimmer schweifen, an dessen Wänden vom Boden bis zur Decke Bücher standen. »*Hier* haben wir mit Büchern gar nichts zu tun.« Sie suchte an der Decke nach einer Eingebung. »Mr. Protheroe – der kennt sich mit den Büchern aus. Versuchen Sie's doch einfach mal bei ihm.«

»Aber Mr. Protheroe hat mich hierher geschickt.«

»Na, das ist ja vielleicht komisch.«

»Vielleicht, wenn ich selbst die Regale durchsehe –«

»Klar, nur zu.«

»Es hat einen dicken roten Rücken.«

Das Mädchen kicherte. »Sie sind mir vielleicht einer.«

Nigel ließ den Blick über die Regale wandern. Eine mehr als hundert Jahre zurückreichende Sammlung der Publikationen von Wenham & Geraldine. In der hinteren Ecke, am Fenster, zwei Regale mit Nachschlagewerken. Nigel nahm das gesuchte heraus, schlug den Namen Millicent Miles nach und begann, sich Notizen zu machen. Fasziniert beugte sich die Blondine über seine Schulter.

»Ob Johnnie Ray auch da drinsteht?«

»Keine Ahnung. Wer ist das?«

Die blauen Augen öffneten sich so weit, daß Nigel sich in unmittelbarer Gefahr wähnte, darin zu ertrinken. »Wer Johnnie Ray ist? Das ist – Nun machen Sie aber einen Punkt! Sie veräppeln mich.«

»Machen Sie selber einen Punkt.«

»Das ist ein Sänger. Mein Schwarm.«

»Da hat er aber Glück.«

Die Blondine wurde ihrem Schwarm vorübergehend untreu und drückte sich enger an Nigels Schulter, während er sich einem anderen Namen in *Who's Who* zuwandte.

»Wissen Sie, Sie erinnern mich an einen Filmstar – in einem dieser kitschigen alten Filme – ich hab' ihn mal mit meinem Freund zusammen gesehen –, er ist ein Intellektueller, mein Freund, meine ich. Wie hieß er doch gleich? Burgess Meredith.«

»Sagen Sie's nicht weiter«, flüsterte Nigel ihr in das muschelförmige Ohr, »aber ich *bin* Burgess Meredith. Und wer sind Sie?«

»So ein Quatsch! Ach so, verstehe. Susan – Susan Jones. Aber jetzt mal ehrlich, Sie sind doch nicht wirklich – ?«

»Pst!« zischte Nigel. »In Wirklichkeit bin ich ein berühmter Detektiv, ein Privatschnüffler, verkleidet als Nigel Strangeways, der sich als Burgess Meredith verkleidet hat.«

Das Mädchen lachte fröhlich, so daß ihr weißgoldenes Haar seine Wange streifte. »Detektiv! Also, das sind Sie nun ganz bestimmt nicht – das sieht wirklich jeder.«

Als er mit seinen Notizen fertig war und den Band zurückgestellt hatte, sagte Nigel: »Sie sind bestimmt einsam, den ganzen Tag so ganz allein. Na, wenigstens haben Sie reichlich zu lesen.«

»Ich *hasse* Bücher. Von mir aus können Sie sie alle haben. Mein Freund allerdings, der ist ein großer Leser, hat ständig den Kopf in einem Buch. Manchmal krieg' ich wirklich das kalte Grausen.«

»Reine Zeitverschwendung, wenn er ein Mädchen wie Sie hat.«

»Das sag' ich ihm auch immer. Wir sind nur einmal jung, oder? War wirklich nicht persönlich gemeint, Mr. Mer-, Mr. Strangeways.« Sie bedachte ihn mit einem schmachtenden Blick. »Ich stehe sowieso eher auf reife Typen.«

»Seien Sie vorsichtig, kleine Susan. Ich bin im gefährlichen Alter. Und die ganzen Bücher um uns herum wecken die Leidenschaften.«

»Sie sind vielleicht ein Schlimmer!«

Nach ein paar weiteren Sottisen dieser Art erkundigte sich Nigel, ob sie je mit Miss Miles zu tun gehabt hatte.

»Mit dieser hochnäsigen Kuh? Verschonen Sie mich bloß! Ach Gott, sie ist doch wohl keine Freundin von Ihnen, oder?«

»Nein. Mag sie denn kein Mensch hier?«

»Also, unter uns, es heißt, Mr. Ryle wäre ein bißchen – sie wissen schon. Abartig nenne ich so was. Alt genug, um seine Mutter zu sein.«

»Und was ist mit Mr. Protheroe?«

»Och, der kann sie nicht ausstehen. Das weiß jeder. Kurz nachdem sie sich hier eingenistet hat, haben sie sich mal in die Wolle gekriegt.«

»Ach ja? Worum ging es denn da?«

»Ich selber hab's nicht mitbekommen. Aber meine Freundin Jeanie, die ist zufällig gerade einen Moment lang in Mr. Protheroes Zimmer gegangen, als nebenan die Fetzen flogen. Diese Miles ist richtig unverschämt zu Mr. Protheroe geworden.«

»Wie das?«

»Na ja, Jeanie hatte nicht genug Zeit, um mitzukriegen, worum es eigentlich ging. Aber sie hat gehört, wie Miss Miles ihn ›Glupscher‹ genannt hat. Ganz kalt und fies, wie Bette Davis. Na ja, ein Marlon Brando ist er ja nun wirklich nicht, aber –«

»War Jeanie sich sicher, daß sie ihn so *genannt* hat?«

»Sie hat Miss Miles ›Glupscher‹ sagen hören. Zweimal. Ganz laut. Den Rest hat sie nicht mitgekriegt. Aber bei dem Nasenfahrrad, das Mr. Protheroe trägt, kann man wohl schon davon ausgehen, daß das persönlich gemeint war.«

»Es ist nicht sein Spitzname hier?«

»Aber nein. Manche nennen ihn ›die Krabbe‹, glaube ich.«

»Glupscher. Wer trägt denn sonst noch große Brillen?«

»Na ja, Motorradfahrer. Und –«

»Sie werden gleich Glupschaugen machen, wenn ich Ihnen sage, daß Miss Miles' zweiter Mann Rennfahrer war.«

Mit diesem zufriedenstellenden Abgang verabschiedete sich Nigel von Susan Jones, deren Augen so groß und blau wie die Swimming-pools von Hollywoodstars waren.

Die nächste Viertelstunde verbrachte Nigel mit einer geführten Besichtigungstour des Gebäudes. Er wollte sich dessen genaue Anlage klarmachen, und Stephen Protheroe bekundete Erleichterung darüber, eine Zeitlang von seinen Manuskripten wegzukommen. Beginnend im dritten Stock – dem Lektorat plus Handbibliothek und ein Arbeitsraum –, begaben sie sich anschließend in den zweiten, wo die Verlagsleiter, ihre Sekretärinnen und die Werbeabteilung residierten. Der erste Stock beherbergte die rein technischen Abteilungen des Verlags, wie Herstellung, Buchhaltung, Fakturierung etc. Im Erdgeschoß schließlich befanden sich das Empfangszimmer, der Vertrieb, der große Raum, in dem unter Neonlicht und zu leichter Unterhaltungsmusik die Packer arbeiteten, und dahinter ein noch größerer Lagerraum.

»Das wäre es also«, sagte Stephen, als sie zurückgekehrt waren. »Einfach, aber symbolisch. Im dritten Stock die Aufklärung, unten der Mammon, und dazwischen eingeklemmt die Verlagsleitung.«

Sein Führer wurde überall mit dem Respekt empfangen, der eigentlich nur einem Verlagsleiter gebührte; dieser Respekt aber hatte nichts Unterwürfiges – Stephen war offensichtlich beliebt; und soweit es Nigel beurteilen konnte, hatten die Angestellten auch untereinander ein gutes Verhältnis. Stephen hatte sich, was die Vorgänge in anderen Abteilungen anging, eher vage geäußert, Nigels spezielle Fragen jedoch ohne Mühe beantwortet.

In der nun folgenden halben Stunde beschäftigte sich Nigel mit dem Ordner auf seinem Tisch. Er enthielt die Daten, um die er am Vortag gebeten hatte: eine Liste der Angestellten mit ihrer jeweiligen Dienstzeit und ihren Aufgaben und einen Stapel Rentenformulare, auf die jeder Angestellte in Druckbuchstaben seinen Namen geschrieben und darunter seine Unterschrift gesetzt hatte. Nigel hatte sich davon keinerlei Hinweise erhofft, und er bekam auch keine. Er hatte diese Daten hauptsächlich deshalb erbeten, um einen tüchtigen Eindruck zu machen. Er steckte die Rentenformulare in einen großen Umschlag. Vielleicht konnte ja sein Freund bei Scotland Yard etwas damit anfangen, obwohl für Nigel eine Druckschrift wie die andere aussah.

»Können Graphologen Druckbuchstaben identifizieren?« fragte Stephen Protheroe, der in diesem Moment von seiner Arbeit aufgeblickt hatte.

»Fast unmöglich, würde ich meinen, jedenfalls bei einem einzigen kurzen Wort wie ›stet‹. Wenn natürlich irgendeine Eigenart vorliegt, zum Beispiel ein von rechts nach links gezogener Querstrich beim T oder ein Aufstrich bei einem Buchstaben, der normalerweise mit einem Abstrich geschrieben wird – das würden sie schon merken.«

»Habe ich mir gedacht. Wie wollen Sie eine solche Untersuchung dann überhaupt anpacken?«

»Ich suche nach einem Motiv. Und nach der Gelegenheit. Das grenzt es schon ein ganzes Stück ein. Apropos – Cyprian Gleed kommt in Kürze zu mir. Wo kann ich –«

Protheroe wies mit dem Daumen über seine Schulter. »Da drin, wenn Sie wollen. Die Medusa scheint ihren Charme heute morgen anderswo zu versprühen. Was will er denn?«

»Wir werden sehen. Sind Sie eigentlich je ihrem zweiten Mann über den Weg gelaufen?«

»Der junge Gleed stammt von ihrem ersten.«

»Ich weiß. Ich meine aber den Rennfahrer.«

»Nein. Ich bin kein Habitué der Boxen.«

»Hat sich erschossen, wie ich hörte.«

»Wundern würde es mich nicht.« Stephen Protheroes Mund machte die gewohnten fischartigen Knabberbewegungen. »Manche begehen Selbstmord, andere werden in den Selbstmord getrieben.«

Das Telefon klingelte. Mr. Gleed war da und wollte Mr. Strangeways sprechen. »Schicken Sie ihn in das Zimmer, in dem Miss Miles arbeitet«, sagte Protheroe.

Die Gestalt, die gleich darauf dort eintrat, war alles andere als anziehend: ein junger Mann, kaum mehr als einen Meter fünfzig groß, in Röhrenhosen und fleckigem Dufflecoat, dessen ohnehin schon teigiges Gesicht durch den schwarzen Zottelbart und den schwarzen Sombrero noch weißer wirkte.

»Sie sind Strangeways, stimmt's?« blaffte er aggressiv, so daß die Zähne unterm Bart weiß blitzten. »Wie zum Teufel kommen Sie dazu, Miss Sanders zu beleidigen?«

»Nehmen Sie Platz, dann erzähle ich es Ihnen. Zigarette?«

Cyprian Gleeds Hand streckte sich automatisch nach dem angebotenen Päckchen aus, dann zog sie sich zurück.

»Danke, nein. Ich lasse mich nicht einseifen.«

Nach seinem Äußeren zu urteilen, überlegte Nigel, hielt Gleed ganz generell nichts von Seife. Der junge Mann hatte sich in den Lehnstuhl plumpsen lassen, er zitterte heftig, und weil er sich über sein Zittern ärgerte, zitterte er nur um so mehr.

»Mit welchem Recht haben Sie Miriam – Miss Sanders – unter Druck gesetzt, Ihnen –«

»Ich habe sie nicht unter Druck gesetzt. Sie hat mich angelogen, und das habe ich ihr nachgewiesen. Dazu habe ich jedes Recht. Der Verlag hat mich beauftragt, Nachforschungen über die kürzlich aufgetretenen Schwierigkeiten anzustellen.«

»Was für Schwierigkeiten?«

»Ihre Mutter hat Ihnen doch bestimmt von dem Verleumdungsprozeß erzählt –«

»Ach, das meinen Sie. Sie glauben also, das rechtfertigt Ihre Gestapomethoden und – Aber was habe ich eigentlich damit zu tun?«

Cyprian Gleed, urteilte Nigel, war der Typ von moralischem Schwächling, der sich ständig in Aggressivität hineinsteigern muß, um seinen Mangel an Selbstbewußtsein vor anderen zu verbergen.

»Sie haben deshalb damit zu tun«, erwiderte Nigel ruhig, »weil Sie zu einer Zeit, zu der die Fahnen manipuliert worden sein können, hier im Gebäude waren und weil der Verlag ein paar Tage zuvor ein Projekt von Ihnen abgelehnt hatte.«

Cyprians Stimme klang verächtlich. »Als Privatdetektiv, oder wie immer Sie sich schimpfen, haben Sie wohl ganz zwangsläufig die Mentalität eines Schlüssellochguckers. Glauben Sie im Ernst, daß es mich auch nur einen Deut interessiert, ob sich irgendein mickriger General in die Nesseln setzt?«

»Warum sind Sie wiedergekommen, *nachdem* Ihr Projekt abgelehnt worden war?«

»Ich habe Miriam besucht.«

»Aber Sie sind auch nach oben gegangen.«

Nigel ließ den Satz wie eine Feststellung klingen, obwohl er bislang noch keinen Beweis dafür hatte.

»Und wenn schon! Ich darf ja wohl meine eigene Mutter besuchen, oder?« Sein Ärger darüber, daß er sich eine Antwort hatte entlocken lassen, machte sich in einem neuerlichen Zornesausbruch Luft. »Und wie zum Henker komme ich überhaupt dazu, Ihre Fragen zu beantworten?«

»Kein Mensch zwingt Sie dazu. Aber wieso sollten Sie eigentlich nicht kooperieren? Oder hegen Sie Wenham & Geraldine gegenüber irgendwelche Rachegefühle?«

Der junge Mann verdrehte die Augen, ein Tick, der an seine Mutter erinnerte. »Falls Sie ernsthaft glauben, als Autor hat man nichts Besseres zu tun, als sich wegen irgendwelcher Ablehnungsschreiben Rachegefühlen hinzugeben –«

»Also, ich hätte ganz bestimmt welche.«

Für einen Augenblick verdutzt, reagierte Gleed auf Nigels Ehrlichkeit mit einer Tirade über das ›Establishment‹. Dabei, so schien es, handelte es sich um eine übermächtige, mysteriöse Gruppe reaktionärer und gerissener Menschen – Lektoren, Verleger und Autoren –, die wie ein Geheimbund in der literarischen Welt operierten, ihre eigenen Interessen förderten und die Bemühungen eines jeden, der nicht zu diesem Kreis gehörte, blockierten. Männer wie Stephen Protheroe, erklärte er, seien die Stützen dieser Gaunerbande – graue Eminenzen, die die Literaturpolitik bestimmten, Trends steuerten, ihren Spezis Jobs besorgten, die Außenseiter abwürgten. Das ›Establishment‹ habe seinen Sitz in

London, aber es verfüge auch in der Provinz über Agenten. Es beherrsche nicht nur das Verlagswesen, die Literaturseiten der großstädtischen Tages- und Wochenzeitungen, sondern auch die BBC, den Arts Council, den British Council und die älteren Universitäten. Es sei um so bedrohlicher, als seine Angehörigen sich seiner Existenz gar nicht bewußt seien oder zumindest so täten. Als selbsternannte Oligarchie erweiterten sie auf subtile Weise ihren Einfluß oder wahrten skrupellos ihre eigenen Interessen, hätten als einzelne jedoch ebensowenig ein Bewußtsein von ihren gemeinsamen Zielen wie Korallentiere oder Rauchpartikel. Um diese sinistre, wenn auch amorphe Gruppe bloßzustellen und zu bekämpfen, habe Cyprian eine Literaturzeitschrift gründen wollen.

Er sprach mit echter Überzeugung; aber Nigel fand seine Ansichten gleichwohl öde und unterbrach ihn schließlich: »Tja, das mag ja alles sein. Aber das liegt außerhalb meiner derzeitigen Aufgabe. Ich habe es mit einer Frage der Ausscheidung zu tun.«

»Ihre Verdauungsprobleme interessieren mich nicht«, fauchte Cyprian, verärgert darüber, daß man ihm ins Wort gefallen war.

»Sie hatten die Gelegenheit und ein Motiv.«

»Ein Motiv? Ich kenne Ihren blöden General ja nicht einmal.«

»Nein. Aber als Guerillaführer –«

»Was soll denn das nun –?«

»Als Kämpfer in diesem Heiligen Krieg gegen das Establishment muß Ihnen natürlich daran liegen, dessen einflußreichste Mitglieder auszuschalten. Sie haben mir gerade erzählt, daß eines davon Stephen Protheroe ist.« Nigel hatte bemerkt, daß das Schiebefenster offen war; er hoffte, Stephen bekam ordentlich etwas zu hören. »Mr. Protheroe war für die Fahnen zuständig. Er hatte bei weitem die beste Gelegenheit zu dem schmutzigen Trick und mußte zwangsläufig unter stärksten Verdacht geraten. Ihnen war klar, Mr. Gleed, daß Sie eine gute Chance hatten, ihn um seinen Job zu bringen, wenn Sie die verleumderischen Stellen mit einem ›stet‹ markierten.«

Nach längerem verblüfftem Schweigen fand Cyprian Gleed seine Stimme wieder. »Aber das ist doch absolut –« Er wollte »aberwitzig« sagen, aber das zu sagen wäre dem Eingeständnis gleichgekommen, daß seine Vorstellung von einem Establishment ihrerseits aberwitzig war. »Ich habe wirklich keine Lust, darüber zu reden. Ich bin nur hierhergekommen, um von Ihnen eine Entschuldigung für Ihr unverschämtes Verhalten gegenüber Miss Sanders zu verlangen.«

»Dann sind Sie umsonst gekommen. Guten Morgen.«

Erneut zitternd, kratzte sich Cyprian an seinem wuchernden Bart. »Nun gut, ich werde die Verlagsleitung von Ihrem Benehmen in Kenntnis setzen.«

Nigel ignorierte das, spannte ein Blatt Papier in die Schreibmaschine ein und begann zu tippen. Er war sich ziemlich sicher, daß Cyprian nicht gekommen war, um für Miss Sanders eine Lanze zu brechen. Cyprian wirkte schwerlich wie der ritterliche Typ. Nachdem er unter verstohlenen Blicken eine Weile Nägel gekaut hatte, sagte der junge Mann: »Vielleicht war ich etwas zu direkt.«

Nigel hörte auf zu tippen und sah ihn schweigend an.

»Eigentlich habe ich nichts dagegen, über Ihr Problem zu reden.«

Ich hatte recht, dachte Nigel, er ist hergekommen, um mich auszuhorchen. Aber in wessen Interesse? Dem seiner Mutter? Seinem eigenen?

Nigels Fragen beantwortete Cyprian nun anscheinend ganz offen. Ja, er sei am Vormittag des 24. Juli zu Wenham & Geraldine gekommen. Er meine, so gegen halb elf. Nach ein paar Worten mit Miriam sei er nach oben gegangen. Wieso? Er habe seine Mutter besucht. Wieso? Nun ja, er sei ein bißchen knapp bei Kasse gewesen und habe einen Vorschuß auf sein Unterhaltsgeld gewollt. Zu Hause habe er sie nicht mehr angetroffen, weil sie schon zum Verlag unterwegs gewesen sei. Woher er das noch so genau wisse, wo es doch schon Monate her sei? Er habe den entsprechenden Kontrollabschnitt im Scheckheft seiner Mutter überprüft, und aus dem gehe hervor, daß sie ihm den Vorschuß am 24. gegeben habe.

»Sie haben Glück gehabt«, bemerkte Nigel. »Ich kann mir nicht vorstellen, daß es viele Schriftsteller gibt, die es mögen, wenn sie mit der Bitte um Geld bei ihrer Arbeit unterbrochen werden.«

»Aber das gehörte doch zu meinem Plan. Ich habe gleich beim Hereinkommen angefangen, eine Seite ihres Typoskripts zu lesen, und ihr kräftig Honig ums Maul geschmiert«, sagte Cyprian mit entsetzlicher Offenheit. »Ihre Eitelkeit ist selbst für eine Schriftstellerin anormal. Und sonst interessiere ich mich auch nicht für ihre Arbeit – sie ist natürlich vollkommen wertlos. Tja, und es hat geklappt.«

»Aha.«

»Sobald ich den Scheck hatte, bin ich abgehauen, ehe sie sich's anders überlegen konnte. Sie sehen also, ich hätte überhaupt nichts mit den Fahnen anstellen können, selbst wenn ich gewollt hätte. Ich war die ganze Zeit bei ihr hier drin. Sie wird sich wohl noch daran erinnern, wenn Sie sie fragen.«

»Aber Sie hätten kurz ins Zimmer nebenan flitzen können, ehe Sie zu Ihrer Mutter gingen.«

»Hätte ich. Aber das hätte mir auch nichts genützt – wenn ich die Fahnen hätte manipulieren wollen.«

»Weil Mr. Protheroe da war?«

»Nein. Weil meine Mutter da war.«

Ohne sich etwas von dem Gefühl anmerken zu lassen, das diese Aussage in ihm hervorrief, stand Nigel auf und schloß das Schiebefenster.

»Woher wissen Sie das?«

»Ich habe sie durch das kleine Fenster da gesehen.«

»Wie sie mit Protheroe geredet hat?«

»Nein. Sie war allein. Sie wollte sich einen Radiergummi borgen. Sie war gerade dabei, auf seinem Schreibtisch danach zu suchen, als ich durch das Fenster geguckt habe. Auf meinen Zuruf hin ist sie dann gleich hierhergekommen. Sie kann mir also ein Alibi geben.«

Nigel betrachtete Cyprian so unverwandt, daß Cyprian die Augen verdrehte und hinzufügte: »Ehrlich. Sie brauchen sie bloß zu fragen. Na ja, womöglich erinnert sie sich nicht daran, aber –«

»Ich zweifle nicht an Ihren Worten.« Nigel fuhr fort, ihn zu mustern. Cyprian war eindeutig *capable de tout;* aber wußte er eigentlich, was er da sagte? »An Ihren Worten zweifle ich nicht. An dem Radiergummi möglicherweise schon.«

»Was soll das heißen?«

»Ihre Mutter hätte sich an den Fahnen zu schaffen machen können«, sagte Nigel rundheraus. Cyprian Gleed nahm die Unterstellung ohne die moralische Empörung auf, die er im Falle von Miriam Sanders an den Tag gelegt hatte; tatsächlich trat sogar so etwas wie ein Schimmer in seine Augen – ein tückischer, berechnender Schimmer, den er sogleich unterdrückte.

»Ja, das hätte sie wohl. Auf den Gedanken bin ich noch gar nicht gekommen.«

»Halten Sie das denn für möglich?«

»Tja, psychologisch würde ich es ihr ohne weiteres zutrauen. Frauen dieses Typs genießen es manchmal, Unheil zu stiften, wissen Sie. Vielleicht sind es auch die Wechseljahre.«

»Wegen wem würde sie denn Unheil stiften wollen?« fragte Nigel, stand auf und begab sich in die hintere Ecke des Zimmers, um den abscheulichen jungen Mann außer Reichweite seines Stiefels zu bringen.

»Och, einfach Unheil ganz allgemein. Unheil um des Unheils willen.« Cyprian war offenbar im Begriff, das Thema zu vertiefen, als die Tür aufsprang und der Gegenstand des Gesprächs hereinrauschte.

»Ich habe dir doch gesagt, du sollst dich hier nicht mehr blicken lassen«, sagte sie schroff. »Es ist zwecklos. Du bekommst keinen Penny.« Erst jetzt wurde sich Miss Miles Nigels Anwesenheit bewußt. Wie eine Leuchtreklame schien ihre Persönlichkeit zu erlöschen und dann in ganz anderem Muster wieder aufzuleuchten, und das alles in einem kurzen Augenblick. »Ah, guten Morgen, Mr. Strangeways. Bitte vielmals um Entschuldigung, daß ich störe. Ich wußte gar nicht, daß Sie sich kennen.«

»Tun wir auch nicht«, sagte Cyprian. »Strangeways war gerade dabei, ein Gespräch mit mir zu führen –«

»Ich bin ja so froh. Cyprian ist nämlich das Familiengenie. Ich weiß, er wäre einfach hervorragend, wenn ihm jemand die Arbeit gäbe, die ihm liegt – nicht wahr, mein lieber Junge?«

»Nicht so ein Gespräch«, erwiderte der liebe Junge säuerlich. »Strangeways ist Detektiv.«

Millicent Miles legte ihre Handtasche auf den Tisch und setzte sich. Ihr Sohn fläzte sich immer noch in dem Sessel und betrachtete sie mit dem Blick eines Menschen, der miterlebt, wie eine schwierige Rechnung schließlich doch noch richtig gelöst wird.

»Ein Detektiv?« sagte sie. »Nein, wie faszinierend! Da wäre ich nie draufgekommen. Und Sie haben den armen Cyprian ausgequetscht?«

Der junge Gleed grinste. »Wir haben uns über Unheil im allgemeinen unterhalten – und im besonderen, *Mutter.*« Das letzte Wort schoß in giftig ironischem Ton hervor. »Brauchen Sie mich noch, Strangeways?«

»Nein. Guten Morgen.«

Cyprian Gleed griff nach seinem schwarzen Sombrero. Von der Tür aus bedachte er seine Mutter mit einem verschleierten Blick, warf ihr einen Handkuß zu und ging.

»Wenn er doch bloß etwas Vernünftiges anfangen würde. Er ist sehr talentiert, aber leider hält es ihn nirgendwo lange. Ich gebe mir die Schuld daran.«

»Aber nicht doch.«

»Das ist sehr lieb von Ihnen.« Sie seufzte und warf ihm einen naiv flehenden Blick zu. »Aber er war das Kind einer zerrütteten Ehe. Vielleicht wäre alles anders gekommen, wenn ich mich nicht von seinem Vater hätte scheiden lassen. Obwohl ich weiß Gott Grund genug dazu hatte. Aber warum soll ich Sie mit meinen kleinen Problemen behelligen?«

Nigel stellte sich vor, daß die Dialoge in Millicent Miles' Bestsellern sich wohl nach ganz ähnlichem Muster gestalteten. Deren Autorin fuhr fort: »Sie stellen vermutlich Nachforschungen über diese Geschichte mit Thors Buch an?«

»Ja. Ihr Sohn hat mir erzählt –«

»Sie sind ein sehr ungezogener Mensch. Sie haben mir weisgemacht, Sie wären ein neuer Lektor, und ich hatte gehofft, Sie überzeugen den Verlag, diese Romane von mir wieder aufzulegen.«

»Da kann ich Ihnen leider nicht helfen. Aber in Mr. Ryle haben Sie einen starken Befürworter.«

»Ach ja, Basil«, sagte sie wegwerfend. »Ja, vermutlich. Er ist sicher ein sehr beharrlicher junger Mann. Aber es ist alles so schwierig.« Sie seufzte erneut. »Ich habe mich oft gefragt, ob es so gut ist, persönliche Beziehungen zu seinem Verlag zu haben. Vielleicht sollte man alles auf rein geschäftlicher Grundlage belassen.«

Nigel nahm diese empörende Rede ohne Kommentar auf. Ob man sie aus ihrer Selbstgefälligkeit, Selbsttäuschung oder was auch immer herausreißen konnte?

»Ist Ihr Sohn ein unverbesserlicher Lügner?«

»Also wirklich, Mr. Strangeways!«

»Kann ich mich auf seine Aussage verlassen?«

»Was denn für eine Aussage? Ich verstehe nicht.«

»Er hat mir gesagt, er habe Sie an dem Vormittag, an dem die Fahnen geändert wurden, in Mr. Protheroes Zimmer gesehen – Sie praktisch auf frischer Tat ertappt.«

Nigel setzte es ihr in allen Einzelheiten auseinander. Miss Miles' Gesicht zeigte eine Abfolge verschiedener Emotionen, aber er konnte nicht erkennen, inwieweit sie echt waren. Es war ebensogut möglich, daß sie sie wie neue Hüte anprobierte und verwarf. Ihre Wahl fiel schließlich auf die der verletzten Mutter. »Oh, Cyprian! Wie konntest du nur?« sagte sie mit gebrochener Stimme. »In was für Zeiten leben wir, wenn die Kinder gegen ihre Eltern aussagen, und das auch noch falsch!«

»Sie waren also gar nicht in Protheroes Zimmer?«

»Wie soll ich mich denn daran noch erinnern? Das ist Monate her. Und ich war zigmal da drin.«

»Ihr Sohn hat Sie seinerzeit um einen Vorschuß auf sein Unterhaltsgeld gebeten. Hilft das Ihrer Erinnerung auf die Sprünge?«

»Leider nein«, erwiderte sie mit bekümmerter, gedämpfter, entwaffnender Würde. »Das ist nämlich schon oft passiert. Cyprian verschuldet sich ständig. Ich kann mir gar nicht vorstellen, wofür er sein Geld ausgibt. Ach Gott, er hat Sie doch nicht etwa angepumpt?«

»Nein... Bitte nehmen Sie es mir nicht übel, wenn ich das frage – aber haben Sie die verleumderischen Stellen in *Zeit zum Kämpfen* eigentlich je gesehen?«

Ihre Stirn runzelte sich vor Konzentration. »Lassen Sie mich überlegen. Davon gewußt habe ich natürlich. Mr. Protheroe hat mir erzählt, was Thor in etwa geschrieben hat. Und bestimmt habe ich die Fahnen auf seinem Schreibtisch herumliegen sehen. Aber –«

»Und Sie haben mit Ihrem Sohn darüber geredet?«

»Ich denke schon.« Ihre grünen Augen öffneten sich weit. »Aber Sie glauben doch wohl nicht, daß Cyprian so etwas tun würde?«

Ihrer Stimme fehlte es an Überzeugung, was nach Nigels Meinung beabsichtigt war. Er verspürte einen tiefen Widerwillen: Wenn man mit falschen Fuffzigern wie Millicent Miles und ihrem Sohn sprach, kam man sich selbst wie besudelt vor. Er war drauf und dran, die Sache hinzuwerfen.

»Ich versuche, die Leute auszuschließen, die es nicht getan haben können«, sagte er. »Physisch oder psychologisch. Kennen Sie Mr. Geraldine schon lange?«

Sie gab ihr rasselndes, gewissermaßen hemdsärmeliges Lachen von sich. »Also, ihn können Sie nun wirklich nicht verdächtigen! Ich habe ihn vor vielen Jahren kennengelernt. Unter ziemlich seltsamen Umständen. Und ihn dann erst kürzlich wiedergesehen. Warum?«

»Ich stochere mit der Stange im Nebel herum – um Verbindungen zu finden. Gibt es zum Beispiel, abgesehen von der verlegerischen Beziehung, eine Verbindung zwischen Mr. Geraldine und General Thoresby?«

»Ich habe keine Ahnung.«

Millicent Miles verlor sichtlich das Interesse. Ihr Ausdruck hatte etwas nach innen Gerichtetes angenommen, als versuchte sie sich über ihre Vorgehensweise schlüssig zu werden. Dann verhärtete sich ihr Gesicht.

»Ich muß sagen, diese zweite verleumderische Stelle ist

wirklich wunderbar«, meinte Nigel. Er begann daraus zu zitieren. »›Aber der Gouverneur, der sich lieber mit angenehmeren Aufgaben wie Cocktailpartys … beschäftigte, ergriff keinerlei Maßnahmen, außer daß er das Militär … behinderte. Seine kriminelle Untätigkeit hatte den Verlust zahlreicher Menschenleben und eine erhebliche Vernichtung von Eigentum zur Folge. Das Massaker in der Kaserne von –«

»›Holocaust‹«, unterbrach ihn Miss Miles mit zerstreuter Stimme.

»Doch wohl eher ›Massaker‹?«

»Nein, ›Holocaust‹. Ich habe ein ausgezeichnetes Gedächtnis für Worte.« Sie war auf einmal ganz bei der Sache. »Ich erinnere mich ganz genau daran, wie Stephen mir die Stelle vorgelesen hat. Es ist mir im Gedächtnis haftengeblieben – das Wort ›Holocaust‹ –, ich kann mir einfach nicht merken, wie man das schreibt. Aber meine Orthographie ist sowieso fürchterlich.«

Ein paar Minuten später ließ Nigel sie allein. Er konnte nicht wissen, daß eine der Fragen, die er an diesem Vormittag gestellt hatte, direkt zu einem Mord führen würde.

6

GETILGT

»Welche Maßnahmen würden Sie ergreifen, wenn ich Ihnen sagte, daß es Stephen Protheroe war, der die Fahnen manipuliert hat?«

»Ich würde es nicht glauben«, sagte Liz Wenham. »Von allem anderen einmal abgesehen, ist sein ganzes Leben mit diesem Verlag verknüpft. Es ist ganz und gar unvorstellbar.«

»Aber angenommen, ich lieferte Ihnen unumstößliche Beweise?« beharrte Nigel.

»Tja, dann müßten wir uns von ihm trennen«, sagte Arthur Geraldine nach kurzem Schweigen. »Doch, Liz, das müßten wir. Aber Sie haben doch sicherlich keine –«

»Und es fiele ihm schwer, eine andere Stelle zu finden?«

»Eine andere Stelle wie diese hier – ja.«

»Aber uns zu verlassen wäre natürlich bei weitem der schwerste Schlag für ihn«, sagte Liz. »Und zwar nicht nur in finanzieller Hinsicht.«

»Und wir waren uns einig, daß er unendlich viel mehr Gelegenheit zur Tat hatte als jeder andere hier?«

»Ja, aber...« Von Nigels ungeheuerlicher Vermutung schockiert, begannen die beiden Verlagsleiter aufeinander einzureden.

»Einen Moment, bitte«, unterbrach er sie. »Stephen hatte keinerlei erkennbares Motiv, sagen Sie. Einverstanden. Aber vielleicht hatte irgendwer ein sehr starkes Motiv, Stephen zu diskreditieren, zu ruinieren. Wir sind immer von einem Täter ausgegangen, der entweder dem Verlag oder General Thoresby schaden wollte. Aber bislang wissen wir nur, daß Miss Miles vor fünfzehn Jahren vom General öffentlich gedemütigt wurde und daß der Verlag im Juli ein Projekt ihres Sohnes abgelehnt hat. Als Motiv erscheint mir beides geradezu grotesk unzureichend.«

»Ganz Ihrer Meinung.«

»Andererseits ist Stephen Protheroe in diesem Hause das Haupthindernis für eine Neuauflage von Miss Miles' Romanen. Man hat sie während der fraglichen Zeit allein in seinem Zimmer gesehen. Sie wußte von den verleumderischen Stellen – wie ich Ihnen bereits sagte, ist die Tatsache, daß sie seinerzeit das Wort ›Holocaust‹ gebraucht hat, schlechterdings nur als Freudscher Versprecher zu erklären. Im Juli war sie noch nicht lange genug hier, um zu wissen, daß Sie Protheroe niemals auf einen bloßen Verdacht hin, und sei er noch so stark, an die Luft setzen würden.«

»Aber das ist alles so melodramatisch und trivial«, sagte Liz Wenham. »Ich mag Millicent Miles nicht sonderlich, aber ich kann mir einfach nicht vorstellen, daß sie so etwas tut, bloß damit ihre Romane neu aufgelegt werden.«

»Wenn das ihr einziges Motiv wäre, gäbe ich Ihnen recht. Aber ich bin davon überzeugt, daß sie irgendeinen tieferen Groll gegen Stephen hegt.«

»Woher denn? Die beiden kennen sich doch erst seit ein paar –«

»Das behaupten sie. Ich glaube es nicht. Sie hassen sich wie die Pest. Sie reden miteinander, wie wenn – mit einer Art

Vertraulichkeit, wie nur Verachtung oder Haß sie hervorbringt – als wären sie damit alt geworden.«

Arthur Geraldines an einen Haifisch erinnernder Mund verzog sich zu einer Grimasse. »Sie mögen recht haben. Aber warum sollten sie so tun, als hätten sie sich erst hier kennengelernt?«

»Ganz recht, warum? Mir schwirrt der Kopf vor lauter Warums. Warum, zum Beispiel, gestattet der Verlag Miss Miles, sich hier auf unbestimmte Zeit häuslich niederzulassen? Schließlich ist sie schon vor Monaten mit ihrem Umzug fertig geworden.«

Der Seniorpartner schaute ein wenig beunruhigt drein. »Es liegt in der Verlagstradition, daß wir für unsere Autoren stets ein Zimmer verfügbar halten.«

»Tatsache ist, daß sie extrem schwer loszuwerden ist«, sagte Liz Wenham. »Ich habe oft genug mit dem Zaunpfahl gewunken. Du mußt es ihr ganz unmißverständlich sagen, Arthur. Das wolltest du schon im September.«

»Warum wollte sie wohl weiter hierbleiben?« fragte Nigel.

»Aus Knauserigkeit. So verbraucht sie nicht ihren eigenen Strom.«

»Nun hör aber auf, Liz, so schlimm ist sie auch wieder nicht.«

»Oder um an Ort und Stelle zu sein, wenn die Fahnen von *Zeit zum Kämpfen* kamen, weil sie hoffte, irgendwie an sie heranzukommen und Stephen Protheroe anschwärzen zu können«, gab Nigel zu bedenken. »Warum sollte sie sonst Zimmernachbarin eines Mannes bleiben, den sie verabscheut?«

Sie saßen in Mr. Geraldines Zimmer, wo Nigel kurz nach

seinem Gespräch mit Millicent Miles hinbeordert worden war, um einen Zwischenbericht zu geben. Er hatte ihnen gesagt, daß eine Identifizierung der Handschrift in diesem Fall unmöglich und eine Überprüfung der Fingerabdrücke wahrscheinlich sinnlos war. Abgesehen vom Autor, vom Setzer und von Nigel selbst, hatten mindestens ein halbes Dutzend Verlagsangehörige die Fahnen legitimerweise in Händen gehabt. Falls der Täter jemand war, der keinen legitimen Grund hatte, sich mit den Fahnen zu befassen, hatte er vermutlich darauf geachtet, keine Fingerabdrücke zu hinterlassen. Er, Nigel, sei durchaus bereit, jedem Mitarbeiter des Verlags die Fingerabdrücke abzunehmen, wenn sie darauf bestünden, aber Geraldine und Liz Wenham waren übereingekommen, daß es bei so geringen Erfolgsaussichten weder den Aufwand noch das böse Blut lohne, das dergleichen bei den Mitarbeitern geben würde. Man beschloß daher, nur diejenigen, die berechtigterweise mit den Fahnen zu tun gehabt hatten, vertraulich zu bitten, sich von Nigel einen kompletten Satz Fingerabdrücke abnehmen zu lassen. Sollten sich dann auf den Fahnen noch andere Abdrücke finden, würden die Verlagsleiter entscheiden, welche Maßnahmen zu ergreifen seien, um sie zu identifizieren.

»Ich wäre gern dabei, Arthur, wenn du Miss Miles um ihre Fingerabdrücke bittest«, sagte Liz mit liebenswürdigem Feixen.

»Gott bewahre, daß es dazu kommt!«

Der Seniorpartner begann eindeutig zu bereuen, daß er die Untersuchung überhaupt je in Gang gebracht hatte. Mit den Präliminarien des Verleumdungsprozesses beschäftigt, machte er an diesem Tag einen etwas gedankenverlorenen

Eindruck, ohne es jedoch an seiner altmodischen Höflichkeit fehlen zu lassen. Er kam immer wieder auf General Thoresbys höchst unmoralisches Verhalten zurück. »So hören Sie doch, Strangeways. Sie haben selbst gesagt, er hat Ihnen gegenüber praktisch zugegeben, daß er einen Verleumdungsprozeß provozieren wollte. Einfach unerhört, so etwas! Ich werde unsere Anwälte anweisen, daß sie das zur Sprache bringen.«

»Dafür gibt es keine anderen Zeugen. Er könnte vor Gericht bestreiten, daß er das gesagt hat. Dann stünde mein Wort gegen seins.«

»Er scheint mir von allen das beste Motiv dafür zu haben, die Fahnen zu manipulieren«, sagte Liz.

»Ja. Aber er selbst kann es nicht gewesen sein. Und können Sie sich vorstellen, daß Protheroe oder Ryle oder der Drucker sich von ihm bestechen ließen, es zu tun? Außerdem hat er mir gesagt, er war es nicht, und ich glaube ihm.«

Kurzes Schweigen trat ein; dann meinte Liz: »Womit wir wieder bei Miss Miles oder ihrem Sohn oder Stephen wären... Andere Kandidaten haben Sie nicht?« fügte sie hinzu, als Nigel keine Antwort gab.

Einen hatte Nigel noch, aber er war derzeit nicht bereit, über ihn zu reden. »Nein«, sagte er. »Warten wir erst einmal ab, was sich aus der Untersuchung der Fingerabdrücke ergibt.«

»Und wenn sich nichts daraus ergibt?«

»Dann würde ich Ihnen raten, die Untersuchung einzustellen. Ich könnte Tage und Wochen und eine Menge von Ihrem Geld damit vertun, in der Vergangenheit herumzuwühlen, um irgendeine Verbindung zwischen Protheroe und

Miss Miles zu finden. Aber würde sich das wirklich lohnen?«

»Ich mag es nicht, Dinge aufzuwühlen. Man weiß nie, worauf man dabei stößt«, sagte Liz mit ihrer direkten Art. »Vielleicht würden Sie ja feststellen, daß Arthur ein Bordell geführt hat und Millicent eine der Insassinnen war.«

Geraldines breites, rosiges Gesicht wurde noch rosiger. »Also wirklich, Liz, du kommst vielleicht auf Gedanken. Wie packen wir denn nun diese Fingerabdruck-Geschichte an?«

Sie diskutierten eine Zeitlang über das Procedere; dann ging Nigel nach Hause, um seine Ausrüstung zu holen. Nach dem Lunch nahm er den Verlagsleitern, Protheroe und zwei Mitarbeitern, durch deren Hände die Fahnen gegangen waren, die Fingerabdrücke ab. Keiner davon erhob irgendwelche Einwände, ebensowenig wie Mr. Bates, General Thoresby und der Betriebsleiter der Druckerei, als Liz Wenham ihnen telefonisch erklärte, daß es schlicht und einfach darum gehe, sie ausschließen zu können. Letztere suchte Nigel der Reihe nach auf, und bis sechs Uhr besaß er von sämtlichen Beteiligten einen kompletten Satz Fingerabdrücke. Es war klar, daß er erst nach dem Wochenende wieder in den Verlag kommen würde, da die langwierige Aufgabe, auf den rund 250 Seiten von *Zeit zum Kämpfen* latente Fingerabdrücke zu sichern und sie mit den von ihm gewonnenen zu vergleichen, nahezu zwei Tage in Anspruch nehmen würde.

Er arbeitete an diesem Tag bis Mitternacht mit Graphitpulver, Einblaseapparat und Vergrößerungsglas. Zunächst nahm er sich die Seiten mit den verleumderischen Stellen vor, was neben zahlreichen verwischten und unbrauchbaren Abdrücken ein paar erbrachte, die er General Thoresby, Stephen Protheroe, Basil Ryle und dem Setzer zuordnen konnte. Er arbeitete den ganzen Freitag bis zur Teezeit an der undankbaren Aufgabe und dachte mehr als einmal verdrießlich, daß derlei Routinearbeiten eigentlich von der Polizei erledigt werden müßten. Bis vier Uhr hatte er Seite 200 erreicht, und das einzige Resultat seiner Bemühungen waren mörderische Kopfschmerzen und die Überzeugung, daß er eine Erkältung ausbrütete. Er rief Clare Massinger an.

»Nigel hier. Ich habe miese Laune. Kann ich zum Tee kommen?«

»Na schön. Kauf unterwegs einen Madeira-Kuchen, ja?«

Fünf Minuten später war er in Clares Atelier. Einen Tonkopf auf einem Ständer anstarrend, hob sie noch ein paar Momente nach seinem Eintreten nicht den Kopf, so daß er Zeit hatte, zum wiederholten Mal das über ihre Schultern fallende, unglaublich glänzende schwarze Haar und das blasse, exquisite Gesicht im Profil zu bewundern. Nach ein paar bösen Worten an die Adresse des Kopfs kam Clare zu Nigel herüber.

»Kuß bekommst du keinen«, sagte er. »Ich glaube, ich kriege eine Erkältung.«

»Ich mag deine Erkältungen.« Dann trat sie einen Schritt zurück, beäugte ihn mit dem gleichen distanzierten, konzentrierten Blick, mit dem sie auch ihre Modelle bedachte, und sagte: »Ja, du siehst ziemlich aufgelöst aus. Wahrscheinlich bist du wieder in feuchten Socken herumgelaufen.«

»Schimpf nicht mit mir.«

»Schluck lieber zwei Aspirin zu deinem Tee. Und nimm Nasentropfen, falls deine Nebenhöhle wieder anfängt, verrückt zu spielen.« Sie durchwühlte einen Schrank, der voller Mallappen zu sein schien, und förderte ein kleines grünes Fläschchen mit einer Pipette zutage. »Nein, nicht so. Leg dich aufs Sofa, laß den Kopf nach hinten über den Rand hängen wie Desdemona, nachdem sie erstickt ist, und spritze es dir dann in die Nasenlöcher. Das Zeug gelangt nur in deine Nebenhöhle, wenn du mit dem Kopf nach unten liegst. *Nein!* Doch nicht eine ganze Pipette voll – bloß ein paar Tropfen. Kannst du denn nicht mal halblang machen?«

Mit über den Sofarand baumelndem Kopf überlegte Nigel, daß es nur wenig angenehmere Erfahrungen gab, als von einer schönen Frau tyrannisiert zu werden. Er setzte sich auf und teilte ihr diese Erkenntnis mit.

»Ich tyrannisiere dich nicht«, sagte sie. »Ich habe nur keine Lust, dich am Hals zu haben, während du über deinen armen Kopf jammerst.«

Während Clare Tee kochte, ließ Nigel den Blick durch das Atelier schweifen und dachte: Mein außerhäusiges Zuhause – und was für ein Schweinestall. Ich könnte nie mit einer Frau zusammenleben, die einen offenen Topf *foie gras* auf einem Regal neben einer offenen Dose Terpentin stehen hat. Überall lagen Kochutensilien, Gipsabgüsse, halbgerauchte Zigaretten, teure Kunstbände, Tonklumpen herum. Ein Overall mit Tonflecken hing an einem Haken neben einem wunderschönen, veilchenblauen Dior-Mantel. Ein Bord, das die ganze Breite einer Wand einnahm, bot einer Herde jener kleinen, stilisierten Tonpferde mit schlauchartigen Mäulern Platz, die Clare fast automatisch formte, während ihr Verstand sich mit anderem beschäftigte. Auf einem Sockel in einer Ecke stand ihr anerkanntes Meisterstück – der Bronzekopf eines Jungen mit spitzem, keckem Gesicht, die Lippen geschürzt, als wäre er im Begriff, eine Melodie zu pfeifen oder irgendeine ätzende, nicht druckreife Schlagfertigkeit von sich zu geben. Es war der Kopf des Jungen Foxy, der vor sechzehn Monaten, im Zuge der Ereignisse, die in einer melodramatischen Szene in der Albert Hall kulminiert hatten, so überstürzt in ihr Leben getreten war.

»Foxy macht sich gut.«

»Ja. Er ist gestern zum Tee hereingeschneit. Hat sich nach dem Chef erkundigt. Ich habe ihm gesagt, du bist mit Ermittlungen beschäftigt. Verdammt, wenn ich doch bloß das Kuchenmesser ermitteln könnte.«

»Es liegt in der zweiten Schublade deiner Frisierkommode, im Schlafzimmer.«

»Tatsächlich? Wie ist es denn dorthin gekommen?... Ach, du machst dich bloß über mich lustig!«

Clare, die auf der Suche nach dem Kuchenmesser im Atelier herumgestrichen war, wirbelte plötzlich herum und schlug Nigel dabei unabsichtlich die Teetasse aus der Hand.

»Verdammt noch mal, warum bin ich bloß so ungeschickt!« jammerte sie, hob die Tasse auf und tupfte Nigel mit dem Tuch ab, das sie um den Hals getragen hatte.

»Du bist nicht ungeschickt. Du bist überaus anmutig. Wenn du gegen Sachen stößt, dann kommt darin nur dein impulsives Wesen zum Vorschein.«

Nach dem Tee legte sich Nigel mit dem Kopf in Clares Schoß auf das Sofa. Ihre Finger streichelten und kneteten seine Schläfen: Er fühlte sich wie ein Stück Ton, das zum

Leben erweckt wird. Sie hatte kantige Hände mit kurzen Fingern, kräftig, aber auch von schmelzender Zartheit. Nigel küßte eine davon.

»Sie sind häßlich, wie?« sagte sie. »Deswegen mühe ich mich auch so mit ihnen ab.«

»Wenn das häßlich ist, wäre ich auch gern häßlich.«

»Aber das bist du. Geradezu scheußlich. Auf interessante Weise. Dein Gesicht ist schief. Aber Symmetrie ist langweilig. Geht es dir jetzt besser?«

»Viel besser.«

»Manchmal frage ich mich, warum ich dich nicht heirate«, sagte Clare träumerisch. »Daß ich nicht gefragt werde, ist jedenfalls nicht der Grund.«

»Oder daß du nicht fragst.«

»Willst du denn?«

»Ich könnte in diesem Chaos nicht leben, liebste Clare. Ich würde wahnsinnig werden.«

Ihre dunklen Augen weiteten sich. »Aber ich bitte dich doch nicht, mit mir *zusammenzuleben.* Das wäre mir überhaupt nicht recht. Ich wollte nicht, daß du die ganze Zeit hier herumstreichst und aufräumst. Ich habe ›heiraten‹ gesagt. Ich liebe mein Chaos nämlich.«

»Das Chaos ist für dich also eine notwendige Voraussetzung für künstlerisches Schaffen?«

Clare nickte, und das kohlrabenschwarze Haar tanzte über sein Gesicht. »Aufgeblasener alter Wichtigtuer«, murmelte sie liebevoll.

»Soll ich dir alles über meinen Fall erzählen?« fragte Nigel gleich darauf.

»Das fände ich sehr schön.«

Nigel verfügte sich zu einem Lehnstuhl und nahm, nachdem er einen großen Ammoniten, einen Aschenbecher und ein angebissenes Brötchen von der Sitzfläche entfernt hatte, darauf Platz. Dann erzählte er ihr in aller Ausführlichkeit von der Verleumdungsaffäre bei Wenham & Geraldine. Wie eine Katze auf dem Sofa zusammengerollt, die Augen mit dem Blick einer Katze unverwandt auf ihn gerichtet, hörte Clare konzentriert zu.

»Tja, das nenne ich sehr interessant, wenn auch auf unspektakuläre Weise«, sagte sie, als er fertig war. »Dieser Basil Ryle will mir nicht so recht gefallen.«

Nigel warf ihr einen aufmerksamen Blick zu. Eigenartig, daß sie ausgerechnet den Verdächtigen herausgriff, den er den anderen Verlagsleitern am Vormittag verschwiegen hatte.

»Ich denke, er ist dabei, in sein Verderben zu laufen«, fuhr sie fort.

»Wieso?«

»Du sagst, er ist in diese Miles verliebt. Ich weiß zufällig, daß sie ein Miststück reinsten Wassers ist.«

»Du *kennst* sie?«

»Nein, ich habe nur von ihr gehört. Sie hat eine einzige konstante, dauerhafte Leidenschaft, eine einzige Busenfreundin – sich selbst. Bestimmt hat sie diesen Ryle am Gängelband. Wenn er den Verlag nicht dazu bringt, ihre Bücher neu aufzulegen, wird sie das Band durchschneiden. Wenn es ihm gelingt, hat sie, was sie von ihm will, und läßt das Band einfach los. Der Angeschmierte ist er so oder so, das kannst du mir glauben.«

»Also, ich muß sagen, Clare, manchmal setzt du mich in Erstaunen.«

»Wieso? Liege ich falsch?«

»Nein, ich bin sicher, du liegst vollkommen richtig.«

»Und dieser Ryle scheint mir ein leicht aufbrausender Mensch zu sein. Vermutlich ist er unter seiner Chromschicht verklemmt und altmodisch, hegt ziemlich kitschige, glamourös-ritterliche Vorstellungen von Sex und ärgert sich deswegen halb über sich selbst?«

»Wie lange kennst du ihn schon?«

»Bin ihm nie im Leben begegnet und habe nie von ihm gehört, bis du eben von ihm erzählt hast. Ehrlich.«

Nigel stand auf und begann im Atelier hin und her zu gehen. »Angenommen, Millicent Miles hat zur Bedingung gemacht, daß ihre Bücher neu aufgelegt werden, ehe sie ihn heiratet oder mit ihm ins Bett geht. Das Haupthindernis dafür ist Protheroe. Also hat Ryle ein überaus starkes Motiv dafür, Protheroe zu diskreditieren, ganz abgesehen davon, daß er ohnehin der Meinung ist, daß Stephen – genau wie Bates, der ehemalige Herstellungsleiter – ein rückständiger Mensch ist und an die Luft gesetzt gehört.«

»Ich glaube trotzdem nicht, daß es Ryle war«, sagte Clare.

»Wieso nicht?«

»Er ist schon lange genug im Verlag, um zu wissen, daß Protheroe deren Augapfel ist. Sie würden ihn niemals auf einen bloßen Verdacht hin rauswerfen. Nein, ich denke, es war Protheroe.«

»Aber, Clare, nun –«

»Ja, ich weiß. Von wegen das eigene Nest beschmutzen und dieser ganze Kram. Aber nach deiner Schilderung hört er sich ein kleines bißchen verrückt an. Das wäre jeder, der fünfundzwanzig Jahre lang den ganzen Tag Bücher liest.

Man verliert den Kontakt mit dem, was man so Realität nennt, meinst du nicht? Ich glaube, daß Madame Miles ihn dazu angestiftet hat. Diese ganze öffentlich inszenierte Streiterei – mir kommt das einfach nicht überzeugend vor, außer als Tarnung.«

»Warum sollte sie ihn dazu anstiften?«

»Vielleicht hat sie ihn auch erpreßt.«

»Warum?«

»Um dem General eins auszuwischen. Oder dem anderen General – dem, der den Verleumdungsprozeß angestrengt hat. Sie ist bestimmt ein rachsüchtiger Mensch. Vielleicht ist der andere General –«

»Blair-Chatterley.«

»– vielleicht ist das der Mann, der sie als unschuldiges Mägdelein verführt hat, falls sie das überhaupt je war, was ich sehr stark bezweifle: der geheimnisvolle Fremde, von dem Ryle dir erzählt hat. Also war das bei ihr und Protheroe in Wirklichkeit Schadenfreude, als sie mit dem Wort ›Holocaust‹ herauskam. Vielleicht war das Kind, das sie von Blair-Chatterley bekommen hat, einer der Burschen, die bei diesem Holocaust ums Leben kamen. Ein Rachemotiv, verstehst du?«

»Das Kind kam tot zur Welt. Du phantasierst, meine Liebe. Aber da es dich so interessiert, kannst du genausogut ein paar Nachforschungen für mich anstellen. Du hast gesagt, du hast von Miss Miles gehört –«

»Ja. Eine Frau, die mir letztes Jahr gesessen hat, hat sie gekannt – das ist allerdings schon einige Zeit her.«

»Je länger, desto besser. Bitte erkundige dich bei dieser Frau – nein, warum eigentlich nicht direkt aus berufenem

Munde? Bitte Millicent Miles, für dich zu sitzen. Sie ist so eitel, daß sie bestimmt ja sagt.«

»Na schön, wenn es unbedingt sein muß«, meinte Clare zweifelnd.

Aber wie sich herausstellte, verlangten die Umstände nach einer Totenmaske, und nicht nach einer Büste von Millicent Miles. Irgendwann an diesem Abend, vielleicht während Nigel und Clare über sie redeten, bekam sie die Kehle durchgeschnitten.

Millicent Miles arbeitete an der – so wollte es das Schicksal – unvollendet bleibenden Autobiographie, als es geschah. In dem Zimmer bei Wenham & Geraldine waren die Jalousien herabgelassen, die elektrische Heizung war eingeschaltet, und die Schreibmaschine klapperte vor sich hin, während der Manuskriptstapel auf dem Tisch daneben stetig wuchs. Das Mattglasfenster zu Stephen Protheroes Zimmer war geschlossen, und durch die viereckige Scheibe war kein Licht von nebenan zu sehen. Die Augen zum Schutz gegen den von ihrer Zigarette aufsteigenden Rauch zusammengekniffen, warf Millicent Miles einen kurzen Blick darauf, sah auf ihre Uhr und arbeitete dann weiter. Was für Fehler sie als Schriftstellerin und als Mensch auch immer haben mochte, ihre Konzentrationsfähigkeit war bemerkenswert – so bemerkenswert, daß sie sich nicht umblickte, als die Tür hinter ihr aufging. Entweder war sie zu sehr in ihre Arbeit vertieft, um es zu hören, oder sie erwartete einen Besucher.

Der Besucher schloß mit rascher Bewegung die Tür und drehte den Schlüssel um. Er – wir wollen ›er‹ sagen, obwohl sein Geschlecht aus Gründen, die erst später offenbar werden, durchaus fraglich war – er stellte eine Reisetasche auf den Boden und machte zugleich einen langen Schritt, der ihn unmittelbar hinter Miss Miles' Stuhl brachte.

»Moment noch«, sagte sie, immer noch ohne sich umzublicken. Als letzte Worte war, was sie da sagte, ebenso banal wie vergeblich. Der Besucher war nicht bereit, sich auch nur einen Moment zu gedulden. Seine behandschuhte rechte Hand schob sich über ihre zur Schreibmaschine ausgestreckten Arme, so daß sein rechter Arm sie an ihrem Körper festklemmte und zugleich den Stuhl nach hinten kippte. Im gleichen Augenblick stopfte ihr seine behandschuhte Linke ein Stück Stoff in den Mund, der sich eben zu einem Schrei öffnete, und schlug dabei die Zigarette weg. Dann wechselte der Besucher rasch den Griff. Seine Linke umschloß ihre Arme und ihren Körper, zog den Stuhl vom Schreibtisch weg und kippte ihn dabei noch weiter, während seine Rechte in eine Tasche fuhr, ein Rasiermesser zückte und es aufklappte. Ihr starrer Blick hatte kaum Zeit, von Erstaunen in Entsetzen überzugehen, als das Rasiermesser sein Werk auch schon vollendet hatte.

Das Ganze hatte nicht länger als zehn Sekunden gedauert. Der Besucher brachte den Stuhl behutsam wieder in aufrechte Position, packte die Sterbende unter den Achselhöhlen und zerrte ihren Körper vom Stuhl in eine Ecke des Zimmers, wo er ihn hinlegte. Sie gab immer noch gurgelnde Geräusche von sich, deshalb stopfte er ihr den Tuchfetzen tiefer in Mund und Kehle. Dann – und die ganze Zeit ging der Besucher mit der Gewandtheit und Präzision eines Schauspielers vor, der seine Bewegungen auf der Bühne bis zur Vollkommenheit eingeübt hat – zog er eine Krampe aus der Tasche und hämmerte sie mit einem schweren Ebenholzlineal, das er auf dem Tisch fand, so in das Schiebefenster, daß eine Spitze im Rahmen und die andere im Fensterstock saß. Vier kräftige Schläge, und das Fenster war fest verschlossen.

Als nächstes zog der Besucher seine blutbesudelten Stulpenhandschuhe aus; er nahm ein sauberes Paar aus der Reisetasche, streifte es sich über und setzte sich an die Schreibmaschine. Dann wandte er sich dem Typoskriptstapel auf dem Tisch zu. Obwohl die Handschuhe ihm die Durchsicht der Seiten erschwerten, hatte er bald gefunden, was er suchte. Er zog eine ganz bestimmte Seite von Miss Miles' Autobiographie aus dem Stapel und steckte sie zerknüllt in seine Tasche. Dann zupfte er das Blatt heraus, das sich in der Maschine befand, spannte ein neues ein und begann zu tippen. Ein paar Minuten später knallte weiter hinten im Flur eine Tür. Der Besucher holte tief Luft, tippte aber weiter, während sich Schritte der Tür näherten. Sie bewegten sich hastig daran vorbei. Falls weiter entfernt im Gebäude noch andere Leute umhergingen, so übertönte die Schreibmaschine jedes Geräusch, das sie machten.

Der Besucher zog das Blatt aus der Maschine und legte es anstelle dessen, das er zuvor daraus entfernt hatte, in den Typoskriptstapel ein. Im Aufstehen überflog er wie aus einem nachträglichen Einfall heraus ein paar Seiten des Typoskripts, die der von ihm entfernten vorausgingen. Sein Blick blieb an etwas hängen, das ihn scharf den Atem einziehen ließ. Er griff nach dem Tintenradierer, vergewisserte sich, daß kein Blut daran klebte, und radierte dann sorgfältig aus, was immer ihm aufgestoßen war. Nachdem er noch ein paar Blätter durchgesehen hatte, legte er den Typoskriptstapel wieder mit der beschriebenen Seite nach unten auf den Tisch.

Dann nahm er die Schreibmaschine und stellte sie an einer trockenen Stelle neben dem Körper von Miss Miles, die mittlerweile offensichtlich tot war, auf den Boden. Er hob nacheinander ihre Hände an, wischte zunächst die Finger ab, an denen Blut klebte, drückte die Fingerspitzen auf die Tasten, stellte die Maschine dann wieder auf den Tisch und spannte das Blatt ein, das er zu Anfang herausgenommen hatte.

Das Kehle-Durchschneiden ist ein unschönes Geschäft. Es war sehr viel Blut an Miss Miles' Kleid, auf dem Boden neben ihr und an der Stelle mitten im Zimmer, wo sie ermordet worden war. Auch die Mantelärmel des Besuchers waren vorn voll Blut, und das Kleidungsstück wies, wo es mit dem Stuhl in Kontakt gekommen war, ein paar vereinzelte Flecken auf. Aber der Besucher, der ansonsten so viel Umsicht und Sorgfalt an den Tag gelegt hatte, achtete nicht sonderlich darauf, nicht in die Blutlachen zu treten. Er ließ einen letzten Blick durchs Zimmer schweifen – einen Blick, der mit Ausnahme des gräßlich klaffenden Schnitts im Hals des Opfers alles umfaßte. Er klopfte sich auf die Hosentasche: Das Rasiermesser war sicher verwahrt. Er zog die Galoschen aus, die er trug, schlug sie in Zeitungspapier ein und steckte sie in die Reisetasche. Schließlich ging er an der Zimmerwand entlang, wo sich kein Blut auf dem Boden befand, zum Schiebefenster, hebelte die Krampe heraus und kehrte zur Tür zurück.

Dort blieb er einen Moment stehen, lauschte aufmerksam und warf einen Blick auf seine Uhr – er war etwas länger als eine Viertelstunde im Zimmer gewesen. Er griff nach der Tasche, die für ihre Größe recht schwer zu sein schien, machte das Licht aus, schloß die Tür auf und schlüpfte auf den Flur. Nachdem er die Tür von außen abgeschlossen und den Schlüssel eingesteckt hatte, ging der Besucher den schummrigen Flur entlang in Richtung Fahrstuhl.

7
Fragezeichen

Nigel Strangeways traf am Montag morgen um halb zehn mit voll entwickelter Erkältung in der Angel Street ein. Er hatte auf den Fahnen von *Zeit zum Kämpfen* keine Fingerabdrücke eines Unbefugten entdeckt; und so faszinierend eine Untersuchung der Vergangenheit von Millicent Miles auch sein mochte, er war sich sicher, daß die Verlagsleitung kein Geld dafür ausgeben würde. Für ihn war der Fall erledigt. Die Fährte war schon vor Monaten erkaltet, und es würde sich, wie stark sein Verdacht auch sein mochte, nie mehr beweisen lassen, wer Wenham & Geraldine diesen katastrophalen Verleumdungsprozeß eingebrockt hatte. Es gab einfach nichts Stichhaltiges.

Beim Betreten des Empfangszimmers fiel ihm auf, daß Miriam Sanders besorgt dreinschaute.

»Was ist los?« fragte er.

Die Besorgnis milderte ihre Feindseligkeit für einen Moment. »Es geht um den Schlüssel«, erwiderte sie, senkte den Blick auf den Schreibtisch und hob ihn gleich darauf wieder.

»Was für einen Schlüssel?«

»Den Schlüssel zu dem Zimmer, das Miss Miles benutzt. Die Putzfrauen haben ausrichten lassen, daß sie heute morgen nicht hineingekommen sind. Die Tür war abgeschlossen.«

»Na, wahrscheinlich hat sie ihn aus Versehen mit nach Hause genommen. Rufen Sie sie doch einfach an.«

»Das habe ich ja getan. Aber sie ist nicht zu Hause. Ihr deutsches Hausmädchen scheint sich ziemlich aufzuregen – worüber, habe ich nicht rausgekriegt – sie kann kaum ein Wort Englisch.«

»Das braucht Ihnen keine Sorgen zu machen.«

»Aber Miss Miles soll den Schlüssel nicht mitnehmen, ohne mir Bescheid zu sagen.«

Für Nigel war die Sache abgetan, und er fuhr nach oben, wobei er sich vage fragte, wieso Miss Sanders so ein Getue machte. Stephen Protheroe saß bereits an seinem Schreibtisch. Sie unterhielten sich ein paar Minuten lang über ihr jeweiliges Wochenende – Nigel hatte zu Hause an seiner Erkältung herumlaboriert, Stephen hatte Freunde in Hampshire besucht. Wenig später kam Arthur Geraldine herein.

»Hat Miss Miles gesagt, ob sie heute kommt?«

Protheroe schüttelte den Kopf.

»Anscheinend hat sie ihr Zimmer abgeschlossen und den Schlüssel mitgenommen. Verdammt lästig ist das. Ich habe ihr am Freitag vormittag gesagt, daß wir das Zimmer für andere Zwecke brauchen.«

Stephen schniefte. »Typisch! Wenn sie das Zimmer nicht selbst haben kann, sorgt sie dafür, daß wir es nicht benutzen können.«

»Aber es gibt doch bestimmt einen Ersatzschlüssel?« fragte Nigel.

»Der ist verlegt worden. Ich habe einen Schlosser beauftragt, die Tür zu öffnen.«

»Na, dann ist ja alles in Ordnung, oder?«

Aber Arthur Geraldine blieb und schaute, merkwürdig unentschlossen, zuerst aus dem Fenster und dann auf einen Wandkalender, bis Stephen gereizt bemerkte: »Wenn Sie wissen wollen, ob sie wiederkommt, dann sehen Sie nach, ob sie ihr Typoskript auf dem Tisch hat liegenlassen.«

»Aber ich habe Ihnen doch gerade gesagt, daß wir nicht hineinkommen… Ach so, das Schiebefenster, das hatte ich ganz vergessen.«

Arthur Geraldine, der eine seltsame Unruhe ausstrahlte, packte entschlossen den Knauf, als wäre er eine Nessel, und schob nach kurzem Zögern das Fenster auf.

»Ja, das Typoskript liegt – Mein Gott, da ist sie ja! Auf dem Boden!«

Nigel mußte Geraldine vom Fenster wegdrängen – er schien sich von dem Anblick im Zimmer nicht losreißen zu können. Obwohl die Jalousien herabgelassen waren, ließen sie und das Schiebefenster so viel Licht durch, daß man den in der linken hinteren Ecke liegenden Körper erkennen konnte. Nigel machte Stephen Protheroe Platz, der mit kreischend überkippender Stimme rief: »Sie hat sich die Kehle durchgeschnitten!«

»Ich wußte, daß etwas passiert ist. Ich wußte, daß etwas passiert ist«, murmelte Arthur Geraldine verstört. Sein Gesicht zitterte wie ein rosiger Wackelpudding.

»Woher hätten Sie das denn wissen sollen?« Wieder hörte sich Stephen gereizt an.

»Ich fühle mich schon den ganzen Vormittag so unruhig. Das muß mein irisches Blut sein.«

Das brachte Stephen vollends auf die Palme. »Wahrscheinlich haben Sie in der Nacht auch eine Todesfee heulen hören.«

Nigel telefonierte bereits. Nach kurzem Gespräch legte er den Hörer auf. »Scotland Yard schickt ein Team und einen Polizeiarzt. Mr. Geraldine, würden Sie bitte jemanden anweisen, sie in Empfang zu nehmen? Und sagen Sie Miss Wenham, was passiert ist. Mr. Ryle sage ich es selbst.«

»Aber wir können die Ärmste doch nicht so liegen lassen.«

»Bis zum Eintreffen der Polizei darf niemand diesen Raum betreten. Sie ist tot. Sie können nichts mehr für sie tun.«

Geraldine stürzte aus dem Zimmer. Nigel rief über die Haussprechanlage Basil Ryle an. »Würden Sie bitte in Protheroes Zimmer kommen? Ja, es ist dringend.« Nigel wandte sich an Stephen. »Überlassen Sie die Eröffnung bitte mir.«

Basil Ryle wirkte überanstrengt, mit verschwollenen Augen, als hätte er nicht geschlafen. Seine Stimme klang vor Erschöpfung aufgerauht. »Was ist denn nun schon wieder?« fragte er. Nigel winkte ihn an das Schiebefenster. Ryle trat näher und schaute hindurch.

Er verharrte einen Moment reglos, dann neigte sich sein Kopf langsam, wie im Gebet, bis seine Stirn das Fensterbrett berührte. »Nein! Nein! Millicent! Nein! Nein!« Das fast unhörbare Gebrabbel verklang vollends, und Basil Ryle glitt seitwärts zu Boden.

»Also, ich muß schon sagen«, begann Stephen zu protestieren.

Nigel, der bereits Ryles Krawatte und Kragen lockerte, blickte auf. »Um welche Zeit sind Sie am Freitag von hier weggegangen?«

Protheroes Gesicht schien sich zusammenzuziehen, die Lippen stülpten sich vor und zurück. »Kennen Sie denn überhaupt keine Menschlichkeit?« fragte er.

»Es ist die erste Frage, die die Polizei Ihnen stellen wird. Heben Sie sich die Antwort für sie auf, wenn Ihnen das lieber ist.«

»Kurz nach 17 Uhr 15, denke ich. Ich mußte meinen Zug erwischen.«

»Und war Miss Miles da, als Sie gegangen sind?«

»Ja. Allerdings war sie dabei, ihr Buch zu tippen, nicht sich die Kehle durchzuschneiden.«

Basil Ryle stöhnte, wie um Stephens bissige Bemerkung zu kommentieren. Seine Augen öffneten sich, er setzte sich unter Kopfschütteln auf. »Was ist eigentlich ...? Bin ich in Ohnmacht gefallen?« Dann, mit der Wiederkehr des vollen Bewußtseins, nahm sein Gesicht erneut einen Ausdruck überanstrengten, abgezehrten Jammers an, und er versuchte sich aufzurappeln.

»Es hat keinen Sinn, Junge«, sagte Stephen mit ungewohnter Sanftheit. »Sie können nichts mehr tun. Sie ist tot.«

Ryle starrte ihn an. »Es tut mir leid«, sagte er endlich; wahrscheinlich bezog er sich damit nicht auf Millicents Tod, sondern auf seine frühere Haltung gegenüber Stephen Protheroe.

»Eines könnten Sie schon tun«, sagte Nigel. »Laufen Sie nach unten und bitten Sie Miriam Sanders um den Schlüssel –«

»Aber der Schlüssel ist doch verschwunden«, sagte Stephen. »Das heißt, sie muß sich natürlich selbst eingeschlossen haben. Aber –«

»Wenn Sie noch einmal durch das Fenster schauen, werden Sie feststellen, daß der Schlüssel nicht steckt. Natürlich kann sie auch abgeschlossen und den Schlüssel dann irgendwo hingelegt haben. Aber diesen Schlüssel habe ich gar nicht gemeint.«

»Haben Sie denn wenigstens selbst eine Ahnung, was Sie meinen?«

»Den Ersatzschlüssel für den Nebenausgang zur Straße. Die Empfangsdame verwahrt ihn. Ich würde ihn gern sehen, bitte.«

Basil Ryle machte sich auf seinen Botengang. Nigel nahm einen weiteren Protest von Stephen vorweg: »Nein. Es ist das beste, man gibt ihm etwas zu tun. Der Verlag ist von Freitag abend bis Montag morgen geschlossen?«

»Ja.«

»Und dann ist überhaupt kein Mensch hier? Niemals?«

»Nein. Allerdings hat Arthur eine Wohnung im obersten Stock. Aber das wissen Sie ja.«

»Und was ist mit Freitag abend? Machen die Mitarbeiter da zur gleichen Zeit Schluß wie an anderen Wochentagen?«

»Ja. Manche um fünf, der Rest um halb sechs.«

»Außer denen, die Überstunden machen?«

»Nein. Wir haben eine strenge Regel, daß an Freitagabenden keine Überstunden gemacht werden. Auch die Teilhaber gehen freitags oft früher als sonst.«

Das Telefon der Haussprechanlage klingelte. Es war Basil Ryle. Miss Sanders könne den Schlüssel zum Nebeneingang nicht finden. Er befinde sich weder in der Schublade, in der sie ihn normalerweise aufbewahre, noch in irgendeiner anderen.

»Fragen Sie sie, wann sie ihn ihrer Erinnerung nach zuletzt gesehen hat.«

»Anscheinend am Donnerstag morgen.«

»Danke. Sie selbst haben ihn sich nicht geborgt? Nein? Würden Sie bitte die anderen Verlagsleiter fragen, ob einer von ihnen das getan hat?« Nigel legte den Hörer auf. »Der fehlt also auch. Vermutlich ist er allerdings in Miss Miles' Handtasche.«

»Wieso auch?« fragte Protheroe.

»Das andere ist das Rasiermesser.«

»Das Rasiermesser?«

»Oder womit sie sich sonst die Kehle durchgeschnitten hat. Sie hat es nicht in der Hand. Und ich sehe es auch nicht neben ihr liegen. Na, egal, das werden wir ja bald genug wissen.«

Stephens schöne Augen betrachteten Nigel unverwandt. »Sie meinen, ob es tatsächlich Selbstmord war?«

»Genau.«

Nigel nahm erneut den Hörer auf und ließ sich mit Millicent Miles' Haus verbinden. Nach einem auf deutsch geführten Gespräch mit ihrem Hausmädchen sagte er zu Protheroe: »Sie ist am Freitag abend nicht nach Hause gekommen, obwohl sie Dinner bestellt hatte. Das Hausmädchen war nicht sonderlich überrascht – ihre Arbeitgeberin hat sich häufig umentschieden, ohne ihr Bescheid zu geben. Sie hat angenommen, daß Miss Miles übers Wochenende weggefahren war. Am Sonntag hat sie versucht, Cyprian Gleed zu erreichen, aber ohne Erfolg.«

»Sie glauben also, es ist am Freitag abend passiert?«

»Sieht ganz so aus. Aber genau wissen kann man das noch nicht.«

Fußgetrappel auf der Treppe. Nigel ging hinaus. Arthur Geraldine eilte einem Trupp Kriminalbeamter nebst Polizeiarzt unter Führung des düsteren Inspektor Wright voran, der erst kürzlich aus einem Außenbezirk in die Zentrale versetzt worden war. Wright sah Nigel mit hochgezogenen Brauen an, ließ sich ansonsten aber nicht anmerken, daß er ihn kannte. Geraldine machte die Honneurs.

»Ich nehme an, Sie werden ein Zimmer wollen, in dem Sie – äh – arbeiten können. Verhöre und so weiter«, sagte er. »Vielleicht nehmen Sie die Handbibliothek. Die zweite Tür rechts.«

»Sehr freundlich von Ihnen, Sir. Ich möchte Sie dann nicht länger von Ihrer Arbeit abhalten.« Wright warf seinem Detective-Sergeant einen Blick zu, deutete auf die Tür von Miss Miles' Zimmer und machte mit der anderen Hand eine drehende Bewegung. Der Mann zückte einen Bund Dietriche.

»Ob Sie wohl unten ein paar Minuten für uns erübrigen könnten, Mr. Strangeways?« Geraldines ausgesucht höfliche Art mutete unter den gegebenen Umständen eigenartig an. »Falls Sie sonst noch irgend etwas benötigen, Inspektor, dann wählen Sie bitte Anschluß 4. Das ist meine Nummer.«

Nigel blieb zurück, um ein paar Worte mit Wright zu wechseln. Während sie sich unterhielten, bekam der Sergeant die Zimmertür auf. Ein Schwall sehr warmer, unangenehm stickiger Luft schlug ihnen entgegen. Der elektrische Ofen war das ganze Wochenende über eingeschaltet gewesen.

Unten, im Zimmer des Seniorpartners, fand Nigel eine Replik der Szene vor, die sich seinen Augen bei seinem ersten Besuch vor fünf Tagen dargeboten hatte: Geraldine am Schreibtisch, Liz Wenham am Fenster lehnend, und Basil Ryle auf der anderen Seite des Schreibtisches, mit den Münzen in seiner Tasche klimpernd. Sie hätten für immer in der typischen Anordnung eines Konversationsstückes erstarrt sein können – drei Verlagsleiter, die über das Frühjahrsprogramm oder eine Neuauflage oder die schwachsinnigen Einwände irgendeines Autors gegen den Klappentext seines Buches diskutierten.

»Eine schreckliche Geschichte, Strangeways. Warum tut sie so etwas nur? Warum?« Und das auch noch in den heiligen Hallen von Wenham & Geraldine, wie sein erschüttertes Gesicht deutlich erkennen ließ.

»Es steht keineswegs fest, daß *sie* es getan hat.«

Reglos, die rosigen Apfelbäckchen mittlerweile fleckkig, sagte Liz Wenham vom Fenster her: »Sie meinen, es könnte« – das Wort ›Mord‹ überforderte sie – »könnte jemand anders gewesen sein?«

Nigel nickte. Er sah, wie Ryle zusammenzuckte. Geraldine vergrub das kahle Haupt in den Händen.

»Zuerst der Ärger wegen der Verleumdung, und jetzt das«, murmelte er.

»Nun hör aber auf, Arthur. Das ist bloßer Zufall.« Liz Wenham versuchte, zu ihrer gewohnten Forschheit zurückzufinden.

Zufall, dachte Nigel, ja, wie wäre es eigentlich damit?

»Das würde sie nie tun. Nicht Millicent.« Basil Ryles Tonfall war eine seltsame Mischung aus Qual und Gereiztheit. Liz warf ihm einen mißbilligenden Blick zu.

Unverstellte Emotionen schockieren sie, dachte Nigel,

jedenfalls innerhalb der Geschäftszeiten; sie hält Berufs- und Privatleben strikt getrennt. Ihm wurde klar, daß er keinerlei Vorstellung hatte, was in ihrem anderen, ihrem Privatleben vor sich ging.

»Wir müssen uns wohl mit ihren Familienangehörigen in Verbindung setzen«, sagte Liz. »Ist Cyprian Gleed der nächste Verwandte?«

Das Telefon klingelte. Geraldine warf ihnen einen reuigen Blick zu und ließ sich von dem Anrufer in ein Gespräch über einen Druckauftrag verwickeln. Liz Wenham nahm Nigel beiseite und sagte: »Wir brauchen bei dieser Sache Ihre Hilfe. Ihre beruflichen Dienste, meine ich. Würden Sie noch eine Zeitlang bleiben?«

»Natürlich, wenn Sie möchten. Aber bei der Verleumdungsgeschichte sind wir in einer Sackgasse angelangt, fürchte ich. Es sei denn, sie hat mit –«

»Basil. Wissen Sie Gleeds Nummer? Rufen Sie ihn an, seien Sie so nett«, sagte Liz.

Ryle starrte sie konzentriert an, als bemühe er sich, eine Ausländerin zu verstehen, und ging dann wie ein Automat aus dem Zimmer. Eine Sekretärin kam mit einer Nachricht für Liz.

»Bestellen Sie ihr, ich muß das Mittagessen heute absagen. Ich rufe sie zurück. Ach ja, und, Laura, rufen Sie Clausson an, und sagen Sie ihm, die zweite Farbe auf dem Bellington-Schutzumschlag stimmt immer noch nicht. Sie ist immer noch zu trübe.«

»Ja, Miss Wenham.« Ernst wie eine Kommunikantin entfernte sich das Mädchen auf Zehenspitzen. Gerüchte von Miss Miles' Tod machten bereits die Runde.

Liz Wenham strich das graue Haar über ihrer Schläfe zurück. »Business as usual. Oder meinen Sie, wir sollten den Verlag für heute schließen?«

»Nein. Die Polizei wird Ihre Mitarbeiter befragen wollen.«

Arthur Geraldine legte den Hörer auf, zückte ein großes Taschentuch aus Seide und wischte sich das Gesicht.

»Wo waren wir gerade?«

»Ich habe Basil gebeten, Miss Miles' Sohn anzurufen. Und Mr. Strangeways stellt sich noch eine Zeitlang zur Verfügung.«

»Ah, gut. Ich hoffe, Basil geht taktvoll vor. Es wird ein schrecklicher Schock für –«

»Eine Schockbehandlung ist genau das richtige für den jungen Mann. Ein bißchen Wirklichkeitssinn. Natürlich von seiner Mutter verdorben.«

»Nun hör aber auf, Liz.«

»Tu nicht so fromm, Arthur. Sie war eine Giftnudel, und das weißt du auch.«

Geraldine warf ihr einen seltsamen Blick zu und benutzte dann erneut das Taschentuch, wie um den Ausdruck von seinem Gesicht zu wischen. »Sonderbar, welch eigenartige Wege der Verstand geht. Ich muß unentwegt daran denken, wie das die Vorbestellungen für die Miles-Autobiographie hochtreiben wird. Ich fürchte, Sie müssen eine sehr niedrige Meinung von Verlegern gewinnen, Strangeways. Wir sind allesamt Monomanen, wissen Sie.«

Nigels höfliches Murmeln wurde von einem nervösen Lachen Liz Wenhams übertönt. »Aber nicht einmal ein Verleger würde bloß zu Werbezwecken den Tod eines Autors herbeiführen, du brauchst also nicht so ängstlich dreinzuschauen, Arthur.«

»Liz, so etwas sagt man einfach nicht. Dir scheint nicht klar zu sein –«

Die Tür ging auf, und Basil Ryle kam herein. »Also, ich habe es ihm gesagt. Er hat sich angehört, als hätte ich ihn aus einem Wochenendkater geweckt.«

»Kommt er her?«

»Ich habe gesagt, das sei vorläufig nicht nötig.«

»Haben Sie ihn gefragt, wann er seine Mutter zuletzt gesehen hat?« erkundigte sich Nigel.

»Wann er seine Mutter zuletzt gesehen hat?« wiederholte Ryle vage, mit heftigem Blinzeln. »Nein. Nein, wieso sollte ich? Ich bin kein Polizist.«

»Tja, es hat keinen Sinn, hier herumzustehen und zu reden.« Liz Wenhams Stimme klang forsch. »Ich werde jetzt arbeiten. Wir beschäftigen uns mal lieber mit dem Prospekt für die Hosking-Memoiren, Basil.«

»Um Himmels willen!«

»Nun machen Sie schon. Wir können doch nicht zulassen, daß Sie zum Grübler werden.« Aus ihrem rauhen Ton war Mitgefühl herauszuhören. Basil folgte ihr schleppenden Schritts gehorsam nach draußen.

»Ich muß unsere Anwälte anrufen«, sagte Geraldine. »Irgend etwas Neues?«

»Nein. Ich fürchte, das Ganze war ein Reinfall.«

»Tja, ich bin sicher, Sie haben Ihr Bestes getan.«

»Ich könnte mir allerdings vorstellen, daß ausgedehnte Recherchen –«

»Recherchen?«

»Ja. Ich habe so eine Ahnung, daß das Geheimnis dieser Verleumdungsgeschichte gelüftet werden könnte, wenn wir nur tief genug graben. Wir würden feststellen, daß es irgendwo in der Vergangenheit liegt.«

Arthur Geraldine hob abwehrend die auf dem Schreibtisch liegende Hand. »Ich denke, wir sollten besser keinen Schmutz mehr aufwühlen, Strangeways. Nicht angesichts dessen, was gerade passiert ist.« Der Ton des Seniorpartners war höflich, aber bestimmt – die Stimme von Wenham & Geraldine, wenn das Haus es mit größtem Bedauern ablehnt, für das Manuskript eines Autors ein Angebot zu machen.

Nigel begab sich nach oben in Stephen Protheroes Zimmer. Von den Stimmen und dem Geschurre nebenan offenbar ebensowenig abgelenkt wie von den Blitzlichtern, die das Mattglas des Schiebefensters von Zeit zu Zeit erhellten, arbeitete Stephen konzentriert an einem Typoskript.

»Wie lange dauert so etwas denn?« fragte er, ohne aufzublicken.

»Das kommt darauf an. Mindestens ein paar Stunden.«

»Und dann?«

»Dann bringen sie die Leiche zur Obduktion und fangen an, jedermann zu verhören.«

Stephen machte ein Bleistiftzeichen auf der vor ihm liegenden Seite. Dann sagte er mit volltönender, hinreißender Stimme, die bei einem solchen Winzling eigenartig wirkte:

»Es tut sich was im Hause
Am Tag nach einem Tod
Der feierlichste Hausputz
Auf Erden findet statt.«

»Ja«, sagte Nigel. »Aber dann steht da noch etwas von ›Liebe fortgeräumt‹, oder? Nicht sehr passend.«

Nach kurzem Schweigen murmelte Stephen wie im Selbstgespräch: »Was war eigentlich so anziehend an ihr? Pferdezähne. Ein Lachen wie das Grölen eines Fußballfans. Zu großer Mund, zu kleines Herz. Trotzdem konnte sie jeden Mann haben, den sie wollte – jeden. Stimmigkeit, das war wohl ihre Stärke: das nahtlose Gewand des Egoismus: ein Egoismus wie der eines Kindes – ja, er hatte tatsächlich etwas Unschuldiges. Und Unschuld kann das skrupelloseste, destruktivste Ding der Welt sein. Vitalität besaß sie natürlich auch, eine unglaubliche Vitalität. Das ist die Flamme, von der man angezogen wird wie die Motte vom Licht.«

»Ich stelle sie mir in jungen Jahren eher als Wildfang vor.«

»Als Wildfang? Hm, ja, Sie mögen recht haben.«

»Was aber nicht zu ihrem Selbstbild als unterdrückte Sensible paßt, die einem trunksüchtigen Vater und einer liederlichen Mutter ausgeliefert ist.«

»*Was?* Das hat sie Ihnen erzählt? Nein« – Stephen wirkte plötzlich hellwach –, »nein, das ist genau die Sorte von Märchen, die sie sich ausgedacht hätte, um irgendeinen ritterlichen, jungen Spund einzufangen. Armer Kerl.«

»Ihre Eltern waren also nicht –«

»Vielleicht waren sie Teufel in Menschengestalt, was weiß ich. Aber ich wette, daß sie in ihrer Autobiographie ein ganz anderes Bild von ihnen zeichnet. Sie hat ihr Publikum natürlich gekannt. Die Millicent-Miles-Fans wären fürchterlich schockiert, wenn sie ihre toten Eltern in aller Öffentlichkeit ausziehen würde.«

»Sie haben das Buch gelesen?«

»Ich war in Versuchung, einen Blick hineinzuwerfen, die wirkliche Miles mit dem, ich nenne es mal Hochglanzexemplar zu vergleichen. Aber ich – Was soll denn das?«

Protheroe fuhr zusammen, als das Schiebefenster aufgerissen wurde und Inspektor Wrights teigiges, schroffes Gesicht zum Vorschein kam. Nigel stellte die beiden einander vor.

»Sie arbeiten normalerweise in diesem Zimmer, Sir?«

»Ja.«

»Können Sie mir sagen, wann dieses Fenster zugenagelt war?«

»Zugenagelt? Was soll das heißen? Soviel ich weiß, war es nie zugenagelt.« Stephen klang ziemlich verärgert.

»Wann war es zuletzt offen, Sir – vor heute, meine ich.«

»Meine Güte, wie soll ich mich denn daran noch erinnern? Freitag nachmittag, wahrscheinlich. Ja, ich glaube, Miss Miles hat es irgendwann am Nachmittag aufgemacht, um mich irgend etwas zu fragen.«

»Und das Hämmern wäre Ihnen natürlich aufgefallen, wenn Sie noch dagewesen wären.«

»Ich denke schon.«

»Und Sie haben den Verlag am Freitag um wieviel Uhr verlassen?«

»Kurz nach 17 Uhr 15.«

»Verbindlichsten Dank, Sir.« Ein kurzes Zur-Seite-Rucken des Kopfes in Richtung Nigel, worauf sich dieser sofort ins Zimmer nebenan begab. Es schien, abgesehen von dem einen, der auf dem Boden lag und mittlerweile mit einem Regenmantel zugedeckt war, voller geschäftiger Menschen zu sein – Kriminalbeamten in Zivil, die, jeder für sich, konzentriert ihren jeweiligen Aufgaben nachgingen, wie Leute, die auf einer Party Schatzsuche spielen. Die Jalousien waren hochgezogen, das Fenster offen: Es fiel schwer, die Augen von den glänzend rostroten Blutflecken auf dem Boden abzuwenden.

Inspektor Wright fuhr sich mit dem Zeigefinger von einem Ohr zum anderen über den Hals. »Mord. Keine Waffe. Türschlüssel nicht auffindbar. Wir unterhalten uns gleich, Mr. Strangeways. Sehen Sie sich doch mal diese Spuren hier an, sie sind ganz frisch.« Er deutete auf zwei Löcher in Rahmen und Fensterstock. »Eine Krampe, um das Schiebefenster geschlossen zu halten, so wie es aussieht. Warum?«

Nigel war nicht unvertraut mit Wrights Angewohnheit, seine Untergebenen auf diese pädagogische Weise – indem er sie zu erklären aufforderte, was ihm bereits klar war – auf Zack zu halten.

»Um zu verhindern, daß jemand hereinschaut, während der Mord begangen wird«, erwiderte er.

»Ja?« Die dunklen, durchdringenden Augen des Inspektors blickten nach wie vor erwartungsvoll, seine Finger schlugen in der Luft einen Trommelwirbel.

»Was darauf hindeutet«, fuhr Nigel gelassen fort, »daß der Mord *entweder* am Freitag abend, als Protheroe schon gegangen war, aber noch andere Leute im Gebäude sein konnten, *oder* aber im Laufe des Wochenendes begangen wurde und der Mörder die Krampe eingeschlagen hat, um Sie glauben zu machen, es wäre am Freitag abend geschehen.«

»Nicht schlecht. Aber haben Sie auch überlegt, warum die Krampe wieder entfernt worden ist, nachdem sie ihren Zweck erfüllt hat?«

»Sagen Sie's mir – jetzt sind Sie an der Reihe.«

»Angenommen, der Mörder geht davon aus, daß wir die Spuren nicht bemerken oder sie nicht weiter beachten, dann würde ihm das ein hübsches Alibi verschaffen. Wer würde die Frau umbringen, solange sich noch andere Leute im Gebäude aufhalten, die jederzeit ins Zimmer nebenan kommen und einen Blick durchs Fenster werfen können? Das ist die Überlegung, die er uns suggerieren wollte. Deshalb, so sollen wir weiter folgern, muß es am Wochenende geschehen sein, das er zweifellos weit weg von hier verbracht hat. Richtig?«

»Möglich. Aber es gibt auch noch eine andere Erklärung. Wie lange würden Sie dazu brauchen, dieses Zimmer zu betreten und einer Frau die Kehle durchzuschneiden? Ein paar Sekunden, wenn Sie sie überraschen. Vermutlich schlagen Sie nicht zuerst eine Krampe ins Fenster. Aber warum dann hinterher, es sei denn, Sie wollen eine Zeitlang unbeobachtet im Zimmer bleiben? Und warum sollten Sie das wollen, es sei denn, Sie möchten ein paar echte Indizien vernichten oder ein paar falsche fabrizieren?«

Wright nickte heftig. »Richtig, jedenfalls in der Theorie. Aber alles, was wir bis jetzt gefunden haben, sind ein paar Fußabdrücke in den Blutflecken. Galoschen wahrscheinlich. Größe 10. Ziemlich schlau.« Er machte mit einer Hand eine flatternde Bewegung. »Braucht sie bloß ein paar Nummern zu groß zu tragen. Schon hat er die Polizei hereingelegt – arme dumme Hühner. Dann zieht er sie einfach aus. Leicht zu waschen sind sie auch.«

»Wann ist sie gestorben?«

»Sie kennen doch diese Mediziner. Vor mindestens sechsunddreißig Stunden und nicht mehr als drei Tagen. Sehr hilfreich. Warten Sie die Autopsie ab, mein Lieber.«

»Sie ist Freitag abend nicht nach Hause gegangen. Und sie war seither nicht dort. Ich –«

»Geduld, Mr. Strangeways. Wir unterhalten uns in Bälde ausgiebig. Um noch einmal auf die Krampenspuren zurückzukommen – ja, was ist denn, Summers?«

Der Inspektor wurde von einem seiner Leute beiseite genommen. Nigel ergriff die Gelegenheit, den Tisch, an dem die Tote gearbeitet hatte, in Augenschein zu nehmen. Der Typoskriptstapel lag immer noch dort, ein Blatt war in die Maschine eingespannt. Millicent Miles' Karriere, so schien es, war mitten im Satz beendet worden. Nigel beugte sich tiefer herab, weil etwas seine Aufmerksamkeit erregt hatte.

»Wright, sind Sie mit der Maschine da fertig?«

»Sie gehört Ihnen.«

Die Tür ging auf. Männer mit einer Trage kamen herein. Nachdem man die Leiche daraufgehoben und zum Krankenwagen hinuntergetragen hatte, tippte Nigel ein Stück weiter; dann winkte er den Inspektor heran.

»Sehen Sie? Da hat sie zu tippen aufgehört. Und da habe ich angefangen. Es ist nicht auf einer Linie.«

Wrights Augen funkelten verständnisinnig. »Jemand hat das Blatt herausgezogen und später wieder eingespannt? Das könnte sie aber auch selbst gewesen sein.«

»*Könnte.* Wenn nicht, dann hatte der Mörder selbst etwas zu tippen. Genau dafür hat er Zeit gebraucht. Deshalb hat er das Fenster zugenagelt. Und warum mußte er wohl eine Schreibmaschine benutzen?«

8

Kleingedruckt

Spät an diesem Abend aß Inspektor Wright mit Nigel auf dessen Einladung im ›Boulestin's‹. Es war eine schweigsame Mahlzeit, denn beide Männer lasen. Nigel hatte, während Wright und sein Detective-Sergeant Mitarbeiter des Verlags befragten, den Nachmittag damit verbracht, einen vollständigen Bericht seiner Untersuchung der Verleumdungsaffäre zu tippen. Diesen las der Inspektor nun und schlang dazu einen delikaten Hasenrücken hinunter; Nigel studierte die Ergebnisse der polizeilichen Befragungen.

Aus letzteren ging hervor, daß Wright sich auf den Zeitraum zwischen vier Uhr nachmittags und Mitternacht am Freitag konzentriert hatte. Etwa gegen vier hatte Miss Miles laut dem Mädchen in der Telefonzentrale einen Anruf getätigt, die Polizei hatte das überprüft, der Anruf galt ihrem Friseur. Stephen Protheroe äußerte sich vage darüber, wann sie das Fenster geöffnet hatte, um ihn etwas zu fragen. Er meinte, so gegen halb fünf, war sich aber nicht sicher. Man ging also besser von vier Uhr als letzter gesicherter Zeit aus, zu der sie noch am Leben gewesen war. Eine Untersuchung von Miss Miles' Gewohnheiten ergab, daß sie den Verlag normalerweise gegen sechs verließ; gelegentlich allerdings hatte sie laut ihrem deutschen Hausmädchen auch länger gearbeitet und war manchmal erst um acht Uhr nach Hause gekommen. Dennoch ergab sich, falls sie sich nicht mit dem Mörder für den späten Abend im Verlag verabredet hatte (und warum im Verlag, wenn es so spät sein sollte), zwangsläufig der Schluß, daß sie vor sechs Uhr umgebracht worden sein mußte. Der Mörder hätte seine Pläne wohl kaum von der bloßen Möglichkeit abhängig gemacht, sie später noch im Verlag anzutreffen. Außerdem deuteten die Krampenspuren auf einen Zeitraum hin, zu dem sich noch Leute im Verlag aufhielten und der Mörder bei der Leiche hätte gesehen werden können.

In Inspektor Wrights Bericht fand sich noch ein weiterer Hinweis auf die Tatzeit. Er hatte Susan, die kesse Blondine aus der Handbibliothek, befragt. Susan hatte am Freitag nachmittag keinerlei verdächtige Geräusche aus dem Zimmer nebenan gehört. Als sie Punkt halb sechs Feierabend gemacht hatte und an Miss Miles' Tür vorbeigegangen war, hatte sie sie »wie wahnsinnig tippen« hören. Das hieß entweder, daß Miss Miles zu dieser Zeit noch am Leben gewesen oder daß sie soeben umgebracht worden war und Susan den Mörder hatte tippen hören. Wrights Untersuchung konzentrierte sich daher speziell auf die Zeit von Viertel nach fünf bis sechs Uhr. Das mußte sie angesichts der Tatsachen zwangsläufig. Aber sich darauf zu konzentrieren, überlegte Nigel, hieß, das Problem des fehlenden Schlüssels zu ignorieren – des Ersatzschlüssels für den Nebeneingang, den Miss Sanders zuletzt am Donnerstag morgen gesehen hatte. Diesen Schlüssel hatte man nicht bei der Toten gefunden. Er mußte von jemand anderem »ausgeborgt« worden sein. Und warum ihn überhaupt ausborgen, es sei denn, man wollte in den Verlag gelangen, nachdem der Haupteingang um halb sechs verschlossen worden war? Die Verlagsleiter und Stephen Protheroe besaßen jeder einen Schlüssel zum Nebeneingang, hatten also keinerlei Grund, den Ersatzschlüssel zu entwenden, außer um den Verdacht auf einen Außenstehenden oder irgendeinen Mitarbeiter zu lenken.

Er wandte sich von diesen Spekulationen ab und wieder den Aussagen zu. Die Aufenthaltsorte der Leute, die ihn besonders interessierten, waren kurz zusammengefaßt folgende:

> Arthur Geraldine. 16–17.50 in seinem Büro; 17–17.15 Briefe diktiert (von Sekretärin bestätigt); 17.15–17.18 kurzes Geplauder mit S. Protheroe; 17.50 hinauf in Wohnung (bestätigt von Mrs. Geraldine, die aussagt, ihr Mann sei den ganzen Abend mit ihr zusammengewesen).
>
> Elizabeth Wenham. 16–17.15 in ihrem Büro; 17.10–17.15 Geschäftliches mit Basil Ryle besprochen; 17.15–17.20 im Arbeitszimmer (bestätigt); 17.20–17.30 in ihrem Büro; 17.30 Feierabend (bestätigt von M. Sanders); 18.00 Cocktailparty, Chelsea (bestätigt); 19.30 nach Hause gekommen (von Hausmädchen bestätigt); allein gegessen, ein Buch gelesen, 23.00 zu Bett gegangen.
>
> Basil Ryle: 16–17.00 außer Haus, Vortrag auf Buchmesse; 17.10 Rückkehr in Verlag (bestätigt von M. Sanders); 17.10–17.15 Geschäftliches mit E. Wenham besprochen; 17.15 bis kurz vor 18.00 in seinem Büro gearbeitet (von Sekretärin für Zeitraum 17.15–17.25 be-

stätigt); 18.00 Festival Hall zum Dinner, dann Konzert (noch nicht bestätigt); 22.25 nach Hause gekommen.

STEPHEN PROTHEROE: 16–17.15 lektoriert; 17.15 kurzes Geplauder mit A. Geraldine (bestätigt); danach Gebäude um 17.20 verlassen (bestätigt von M. Sanders) und via Hungerford Bridge zur Waterloo Station gegangen; 18.05 Southern Electric Richtung Pennshill, Hampshire, genommen, in Pennshill Station von Bekannten abgeholt (noch nicht bestätigt).

Die gewaltige Aufgabe, jeden einzelnen Mitarbeiter von Wenham & Geraldine zu befragen, war natürlich am heutigen Tag nicht zu Ende gebracht worden. Nachdem Inspektor Wright die Hauptpersonen vernommen hatte, machten er und sein Sergeant unter Führung von Basil Ryle die Runde durch jede Abteilung, wobei sie die Angestellten lediglich fragten, ob sie am Freitag abend irgend etwas Verdächtiges gehört oder gesehen hatten. Das Ergebnis war gleich Null. Miriam Sanders erklärte, zwischen vier und halb sechs, als sie abgeschlossen hatte, habe kein unbefugter Besucher das Gebäude betreten. Eine erhebliche Zahl von Angestellten – diejenigen, die um fünf Feierabend machten – ließen sich wahrscheinlich aus den Überlegungen ausklammern; dennoch blieben, abgesehen von den Hauptpersonen, noch etwa dreißig, deren jeweiligen Aufenthaltsort man routinemäßig würde überprüfen müssen.

Die Polizei suchte im Gebäude noch immer nach der Mordwaffe und etwaigen blutbefleckten Kleidungsstücken, die dort versteckt worden sein mochten. Der Mörder mußte sehr viel Blut an sich gehabt haben, und es war nicht anzunehmen, daß er das Gebäude in einem solchen Zustand verlassen hatte.

Die Waffe, dachte Nigel. Ein Rasiermesser. Wer von den Leuten, die ein Motiv dafür hatten, sie umzubringen, würde ein Rasiermesser benutzen? Eine derart primitive Waffe, die so gar nicht zu den höchst kultivierten Personen paßte, welche die Geschicke von Wenham & Geraldine lenkten. »Da ist natürlich auch noch Cyprian Gleed.« Er stellte fest, daß er das laut gesagt hatte.

»Ja«, wiederholte Inspektor Wright und blickte von Nigels Bericht auf, »er ist auch noch da. Ich habe heute nachmittag jemanden hingeschickt, der ihn befragt hat. Wie es scheint, war dieser Gleed am Freitag von halb fünf bis sieben allein in seiner Wohnung, dann ist er einen heben gegangen. Wohnt allein über einem Ladengeschäft in Kensington: Wohnungseingang zur Straße, keine Bestätigung. Nicht sehr kooperativ, wie mein Mann berichtet.« Der Inspektor deutete eine weibische Geste an. »Cyprian Gleed! – Hört sich an wie eine Figur von Wilde oder Firbank. Apropos, Miss Miles – wissen Sie zufällig, ob sie das Zehnfingersystem beherrscht oder nach der alten Zweifinger-Adlermethode getippt hat?«

»Sie machen vielleicht Gedankensprünge! Ich habe sie nie arbeiten sehen. Aber es hat sich so schnell und flüssig angehört, daß es eigentlich das Zehnfingersystem gewesen sein muß. Wieso?«

»Habe einen Bericht von den Fingerabdruck-Jungs gekriegt, kurz bevor ich hierhergekommen bin. Nur ihre Abdrücke auf der Maschine. Abdrücke von allen zehn Fingern auf den Tasten.« Inspektor Wright ließ seinerseits die Finger auf dem Tisch tanzen und bedachte Nigel mit einem schlauen Blick.

»Aber?«

»Aber der Mörder ist mit dem Zehnfingersystem nicht vertraut.«

»Tut mir leid, mein Kopf ist im Augenblick nicht in bester Verfassung.«

»Die Fingerabdrücke sind auf den falschen Tasten, wenn Sie verstehen, was ich meine. Er muß ihre Finger wahllos draufgedrückt haben, als sie schon tot war. Kaltblütiger Bursche.«

»*Und* nachdem er selbst mit Tippen fertig war. Ein weiterer Beweis dafür, daß er tatsächlich etwas getippt hat, nicht wahr? Und daß er nicht will, daß wir das wissen?«

»Sieht ganz danach aus.«

»Sie könnte natürlich auch ihr eigenes Zehnfingersystem erfunden haben.«

»Sie machen es gerne kompliziert, wie? Die Oxford-Mentalität. Prost.« Wright leerte sein Glas Richebourg und begann seine Papiere einzusammeln. »Ich werde mir den jungen Cyprian morgen früh mal näher ansehen. Sie kommen besser als Leibwächter mit. Ich hole Sie um Viertel nach neun ab. Und danke für das schöne Essen.«

Nigels erste Zigarette an diesem Morgen, nach einem zeitigen Frühstück, rief einen Hustenanfall hervor, der erneut zu heftigen Schmerzen in einer Nebenhöhle führte. Er nahm Nasentropfen und steckte die Flasche ein. Als er das letzte Mal mit Inspektor Wright zusammengearbeitet hatte, hatte man ihm kräftig eins über den Schädel gezogen, und nun dieser stechende Schmerz über einem Auge. Wright ist meine böse Fee, dachte er säuerlich. Die Aussicht, sich durch Miss Miles' Autobiographie zu wühlen, nachdem die Fingerabdruckexperten damit fertig waren, entsetzte ihn. Das Geheimnis des Verbrechens lag wahrscheinlich in deren parfümierten Seiten beschlossen; aber diese Möglichkeit weckte keinerlei Begeisterung in ihm. Alles, was er wollte, war, sich zu Clares Atelier zu schleppen und zu schlafen.

Im Polizeiwagen begann es ihm ein wenig besser zu gehen. Inspektor Wrights Vitalität wirkte ansteckend; er konnte sich einen weniger aktiven Zustand als den seinen nicht vorstellen, und das brachte einen auf Touren, wenn man sich in seiner Gesellschaft aufhielt.

Der Wagen hielt vor einem Antiquitätenladen. Gefolgt von Nigel und einem Sergeant in Zivil, stieg Wright aus und drückte auf die Klingel an einer Tür neben dem Schaufenster.

»Sie haben mir nicht gesagt, daß Sie eine ganze Armee mitbringen«, bemerkte Cyprian Gleed, nachdem er mit einiger Verzögerung geöffnet hatte. Er trug einen Seidenpyjama und einen neuen, kardinalroten Morgenmantel mit Monogramm auf der Brusttasche – eine Bekleidung, die seine Schmuddeligkeit stark zur Geltung brachte, aber auch andeutete, warum er unter chronischem Geldmangel litt; er führte sie über eine steile, schmale Treppe ins oberste Geschoß; der zweite Stock, erklärte er, sei mit dem Überschuß des Antiquitätenladens vollgestopft.

Sein Wohnzimmer befand sich in einem Zustand grotesker Unordnung, dem nach Nigels Erfahrung nur der von Clare Massingers Atelier gleichkam. Während ihre Schlampigkeit jedoch etwas Funktionales hatte oder zumindest Folge einer unbeirrbaren Konzentration auf Wesentliches war, wirkte seine Unordentlichkeit fast schon pathologisch. Bei ihrem Eintritt spielte eine teure Musiktruhe eine Platte mit progressivem Jazz. Zwei Goldhamster krabbelten an einem Korbstuhl hinauf. Überall standen ungespülte Tassen, Teller und Weingläser herum; Notenblätter auf dem Boden; Lexikonbände auf einem eleganten Cembalo in der Ecke; in einer anderen eine verstaubte Staffelei; in einer dritten ein einzelner Ski und an einem Nagel, sonderbarerweise, ein Paar Boxhandschuhe. Eine offene Tür gab den Blick ins Schlafzimmer frei, auf ein ungemachtes Bett mit einem davon herabhängenden Frauennachthemd und ein halb unter einem Kleiderhaufen begrabenes Frühstückstablett auf dem Boden.

Diesen Krimskrams hat er an Land gezogen, um nicht unterzugehen, dachte Nigel, und Millicent Miles' Sohn tat ihm ein wenig leid. Inspektor Wright hatte sich auf einen Stuhl neben dem Gasofen gesetzt, der mit einem hohen, altmodischen Kindergitter gesichert war.

»Ich möchte Ihnen mein aufrichtiges Beileid für Ihren Verlust aussprechen, Sir«, begann er förmlich, jedoch nicht mechanisch.

Das Gesicht des jungen Mannes zuckte und nahm dann einen verächtlichen Ausdruck an. »Auf die Präliminarien können wir verzichten. Höfliche Floskeln sind mir ein Greuel. Der Tod meiner Mutter ist kein Verlust für mich. Sie hat meinen Charakter verdorben – das wird Ihnen jeder bestätigen.«

Falls diese kurze Ansprache den Inspektor hatte schokkieren oder sonstwie beeindrucken sollen, so war ihr bemerkenswert wenig Erfolg beschieden. Wright, der Cyprian Gleed mit dem Ausdruck eines Kindes betrachtet hatte, das im Zoo ein neues Tier sieht, erwiderte forsch: »Gut. Das erspart mir eine Menge Kopfschmerzen. Sie waren letzten Freitag von halb fünf bis sieben hier, wie ich höre?«

»Das habe ich schon Ihrem Trabanten gesagt.«

»Und danach?«

»Konnte ich nicht länger warten. Ich habe mich mit ein paar Bekannten zum Essen getroffen.«

»Sie haben jemanden erwartet, der nicht gekommen ist?«

»Ja. Meine Mutter.«

Inspektor Wright, der es stets fertigbrachte, so auszusehen, als ob ihn die Äußerungen der von ihm Verhörten ganz ungemein interessierten, hatte mit einemmal tatsächlich Grund dazu, interessiert dreinzuschauen.

»Um welche Zeit hätte sie denn kommen sollen?«

»Wenn sie mit ihrer Arbeit fertig war, also so zwischen halb sechs und halb sieben.«

»Sie waren verabredet?«

»Ça se dit.« Cyprian Gleed wandte sich an den Beamten in Zivil, der an dieser Stelle schlagartig aufgehört hatte, mitzustenographieren, und übersetzte: »Das liegt auf der Hand.«

»Wann war dieser Termin vereinbart worden?«

»Am Nachmittag des Vortages. Ich habe sie im Verlag angerufen und gebeten, am nächsten Tag auf dem Nachhauseweg vorbeizuschauen.«

»Irgendein besonderer Grund für diese Bitte, Sir?«

Gleeds weiße Zähne schimmerten unter dem Zottelbart.

»Ja, natürlich. Mir lag nie sonderlich viel daran, meine Mutter privat zu treffen.«

»Was war der Zweck dieser, äh, Verabredung?«

»Geld. Ich wollte, daß sie welches herausrückt.«

»Aber das hatte sie doch gerade abgelehnt. Am gleichen Vormittag«, warf Nigel ein.

»Ich habe mir gedacht, daß sie später zugänglicher sein würde.«

»Warum?«

»Herrgott noch mal!... Ich bitte um Verzeihung, Sir.« Es war Wrights Sergeant, auf dessen Notizbuch plötzlich einer der Hamster aufgetaucht war. »Mistvieh, was soll denn das? Husch! Runter da.«

»Regen Sie sich nicht auf, Fenton. Das ist ein Goldhamster. Geben Sie ihm einen von Ihren Bleistiften zum Nuckeln«, schlug Inspektor Wright vor.

Aber Fenton hatte das Tier bereits auf den Boden gefegt und mußte sich im nächsten Moment Cyprian Gleeds erwehren, der ihn mit dem Schrei »Sie verdammter Trampel!« angefallen hatte und ihm wie eine Frau das Gesicht zerkratzte. Nigel, der zufällig am nächsten saß, klemmte dem jungen Mann die Arme fest und deponierte ihn in dem Sessel, von dem er aufgesprungen war.

»Fenton«, sagte Wright und zwinkerte seinem Untergebenen dabei zu, »bitte keine Schlägereien hier. Und Sie dürfen zur Tierwelt nicht lieblos sein. Hamster sind sehr hübsche, harmlose kleine Geschöpfe. Haben Sie sie schon lang, Sir?«

Mit finsterem Blick antwortete Gleed: »Meine Mutter hat mich immer gezwungen, Haustiere zu halten. Angeblich ist das gut für verhaltensgestörte Kinder. Ersatzliebesobjekte für emotional Unterernährte, wenn Sie verstehen, was ich meine. Mittlerweile ist es mir zur Gewohnheit geworden.«

»Aha.« Wright streichelte dem anderen Hamster den Rücken. »Sie sagten gerade, Sie hätten geglaubt, Ihre Mutter würde später zugänglicher sein. Warum haben Sie das geglaubt?«

»Fragen Sie Strangeways. Vielleicht hat er eine Theorie.«

Warum verabscheut er mich nur so, überlegte Nigel. Er beschloß, die Herausforderung anzunehmen. »Sie wollten Druck auf sie ausüben – ihr sagen, daß Sie gesehen hätten, wie sie sich an den Fahnen von *Zeit zum Kämpfen* zu schaffen machte. Richtig?«

Erneute grinste Cyprian ihn höhnisch an. »›Druck ausüben!‹ Typisch für Ihre Generation. Hübsche Bändchen um häßliche Wahrheiten binden. Warum sagen Sie nicht ›erpressen‹?«

»Wenn Ihnen das lieber ist«, erwiderte Nigel, den die Bemerkung ziemlich wurmte. »Meine Generation macht eben aus der Rüpelhaftigkeit keine Tugend.«

»Hatten Sie denn nun die Absicht, Ihre Mutter zu erpressen?« fragte Wright.

»Das ist jedenfalls Strangeways' Theorie.«

Der Inspektor ließ es dabei bewenden. »Sie haben am Freitag abend, als sie nicht zu der Verabredung erschien, nicht daran gedacht, sie anzurufen?«

»Sie hat im Verlag gearbeitet, und die dortige Telefonzentrale schließt um halb sechs.«

»Und danach – Samstag und Sonntag?« Wrights wacher, freundlicher, terrierartiger Ausdruck blieb unverändert.

»Da Sie so dringend Geld brauchten, nehme ich an, Sie haben versucht, übers Wochenende mit ihr Verbindung aufzunehmen.«

Cyprian feixte. »Ist das etwa eine Falle, was ich da sehe? Ich brauche immer dringend Geld. Aber das konnte warten – ganz so schlimm war es noch nicht. Jedenfalls habe ich übers Wochenende eine Sauftour gemacht. Am Freitag um sieben habe ich angefangen, mich zu betrinken. Und von Sonntag nachmittag bis Montag morgen hatte ich, wie Strangeways vermutlich sagen würde, Besuch von einer jungen Dame – d. h., ich war mit ihr im Bett.«

»Miriam Sanders?« erkundigte sich Nigel.

»Richtig.«

»Profitieren Sie vom Testament Ihrer Mutter, wenn ich fragen darf, Sir?«

»Sie dürfen. Ich denke schon, aber ich weiß es nicht mit Sicherheit. Sie hat mich verabscheut. Andererseits war sie eine konventionell denkende Frau und wahrscheinlich der Ansicht, daß man sein Geld dem eigenen Fleisch und Blut hinterlassen sollte.« Cyprian Gleed zog einen Mundwinkel nach oben. »Darf ich Sie jetzt auch mal was fragen?«

»Aber bitte, Sir.«

»Haben Sie von Berufs wegen schon einmal mit einem Muttermord zu tun gehabt?«

»Gott, ja. Zwei-, dreimal. Es kommt allerdings vergleichsweise selten vor, da gebe ich Ihnen recht.«

Inspektor Wrights forsch-fröhliche Reaktion auf seine Erkundigung war offenbar ein ziemlicher Dämpfer für den jungen Mann, und er verfolgte die Sache nicht weiter. Wright begann Namen und Adressen von Leuten zu notieren, in deren Gesellschaft Gleed den Freitagabend und den Samstag verbracht hatte. Nigel, den wieder die Nebenhöhle plagte, legte sich auf eine Couch und spritzte sich Nasentropfen in das linke Nasenloch, wobei er, nach nur kurzem Blick, die Augen von einem Deckenfresko abwandte, das der Künstler glücklicherweise unvollendet gelassen hatte und das einen Satyr bei einer Balgerei mit einer Nymphe darstellte. Vielleicht habe ich den jungen Gleed unterschätzt, dachte er, er scheint Grips zu haben, und auch einen gewissen Mut – falls seine Unverschämtheit tatsächlich so etwas wie Mut ist und nicht einfach nur Produkt des Lebens in einer Phantasiewelt. Als Nigel sich aufsetzte und erneut den Blick durch das bizarre Zimmer schweifen ließ, war er so tief in seine eigenen Gedanken versunken, daß er, als Cyprian ihn fragte: »Na, wie gefällt Ihnen meine Wohnung?«, ohne böse Absicht äußerte, was ihm gerade durch den Kopf ging.

»Sie sieht aus wie ein Museum mißglückter Anfänge.«

Cyprians Augen verdrehten sich auf jene an den Manierismus seiner Mutter erinnernde Weise nach oben und zur Seite; dann erstarrten sie, während er Nigel ein paar Sekunden wortlos musterte.

»Nun zur gerichtlichen Untersuchung, Sir. Man wird Sie in Kürze davon unterrichten. Und die Beisetzungsformalitäten – ich könnte mir denken, daß Sie sich das gern vom Testamentsvollstrecker Ihrer Mutter abnehmen ließen.«

»Testamentsvollstrecker?« fragte Cyprian teilnahmslos. »Was? Ach so, ja. Einen Moment lang habe ich gedacht, Sie hätten nur ›Vollstrecker‹ gesagt.«

Fenton schnaufte, und dies nicht zum ersten Mal, schwer

über seinen stenographierten Notizen, und sein Gesicht zeigte deutlich Empörung und Antipathie.

»Hatte Ihre Mutter Feinde, Sir?«

»Ich habe mich schon gefragt, wann wir darauf kommen würden. Dutzende, würde ich meinen. Wenn Gedanken töten können, muß sie einen Schutzengel gehabt haben.«

»Aber Sie haben keinen Grund, jemand bestimmten zu verdächtigen? Es gab keine Drohungen oder –«

»Ich sage Ihnen, wer einen triftigen Grund hatte, ihr den Hals umzudrehen. Basil Ryle. Sie hat ihm schöngetan. Liebe mich, liebe meine Bücher. Gott! Aber ich glaube nicht, daß ihm das klar war. Verknallter Trottel!« Der giftige Ekel in Gleeds Stimme veranlaßte sogar Inspektor Wright, ihn scharf zu fixieren. Du liebe Güte, dachte Nigel, eine Neuauflage von Hamlet und seiner Mama.

Da weitere Fragen keine weiteren Informationen über Ryle oder andere mögliche Verdächtige erbrachten, gingen die drei Männer bald darauf.

»Tja«, sagte Wright, als sie, unterwegs zum Haus der Toten in Chelsea, wieder im Polizeiwagen saßen, »was soll man von ihm halten?«

Fenton konnte sich nicht länger beherrschen. »Geradezu unmoralisch nenne ich das! So über seine Mutter zu reden; und was er dann noch mit seiner Freundin getrieben hat. Schamloser kleiner Rotzlöffel!«

Nigel meinte: »Ich finde ihn ziemlich erbärmlich.«

»Oder ziemlich gefährlich«, schaltete sich Wright ein. »Ich mag keine führerlos herumsausenden Lokomotiven. Aber wie schlau ist er wirklich? Schlau genug, um die Geschichte mit der Erpressung seiner Mutter zu erfinden?«

»Ein richtiges Alibi verschafft ihm das auch nicht, Sir«, sagte Fenton.

»Nein. Aber ein Kerl, der damit rechnet, Geld aus seiner Mutter herauszupressen, indem er ihr droht, sie mit dieser Druckfahnengeschichte bloßzustellen – also, der würde ihr erst die Kehle durchschneiden, wenn er ganz sicher wäre, daß sie nicht darauf eingeht. Ist das der Gedankengang, den er uns nahelegen will?«

»Ich sehe ihn nicht als einen, der jemandem die Kehle durchschneidet«, sagte Nigel. »Er würde sich etwas Subtileres ausdenken, das sich aus größerer Entfernung bewerkstelligen läßt.«

»Eben gerade ist er aber schon gewalttätig geworden«, bemerkte Fenton.

»Ja, aber das kam ganz spontan, mein Lieber, und außerdem waren Sie brutal zu einem seiner geliebten kleinen Tierchen.«

»Brutal! Also, da –«

»Wohingegen der Mord an Millicent Miles mit Vorsatz verübt wurde«, fuhr Wright fort. »Wieso ›erbärmlich‹, Mr. Strangeways?«

»Ach, dieses Zimmer! Voller Dinge, die er angefangen und nicht zu Ende gebracht hat – Beschäftigungen, die er begonnen und aufgegeben hat. Versucht ständig, sich selbst zu beweisen, daß er etwas wirklich gut kann, und versagt unweigerlich – etwas außer trinken, schnorren und Mädchen verführen, meine ich.«

»›Ein Museum mißglückter Anfänge‹, sagten Sie?«

»Mir tun die Kinder erfolgreicher Menschen leid. Sehr oft erben sie nicht deren Begabung oder Stehvermögen, oder was auch immer ihren Erfolg ausmacht. Aber sie haben den verzweifelten Wunsch, auf die eine oder andere Weise ihre Eltern zu beeindrucken.«

»Beispielsweise, indem sie ihnen die Kehle durchschneiden?« fragte Fenton.

»Fenton, ich muß doch bitten«, blaffte Wright. »Sarkasmus paßt nicht zu Ihnen.«

»Jawohl, Sir. Verzeihung.«

»Waren Sie ein Problemkind, Fenton?«

»Nein, Sir.«

»Als Junge niemals harmlose Tiere durchs Zimmer geschleudert?«

»Nein, Sir«, erwiderte Fenton mit gepreßter Stimme. Inspektor Wright war bei seinen Untergebenen beliebt; aber, wie es hieß, mußte man sich vor ihm in acht nehmen. Seine Reaktionen waren nicht immer vorhersehbar, und man wußte auch nicht immer genau, ob er einen auf den Arm nahm oder zur Schnecke machte.

Millicent Miles' Haus in Chelsea hatte einem Innenarchitekten mehr zu verdanken als der verstorbenen Besitzerin. Gewiß, sie hatte erst ein paar Monate hier gewohnt; aber die Räume hatten keinerlei persönliche Ausstrahlung – sie glichen Vorführräumen in einer Ausstellung über elegantes Wohnen. Falls sie darüber hinaus noch irgendeinen wahrnehmbaren Eindruck vermittelten, so den eines mit niemandem geteilten Lebens, wie man ihn häufig in Häusern von Witwen, ehemaligen Geliebten oder Geschäftsfrauen gewinnt.

Nigel übersetzte, während Inspektor Wright Miss Miles'

deutsches Hausmädchen befragte. Hilda Langbaum, ein stämmiges, flachsblondes Fräulein, war zuerst verschüchtert und übertrieben servil, dann – da die englische Polizei keinerlei Neigung erkennen ließ, sie zu schikanieren – äußerte sie sich grollend, wortreich und ziemlich gehässig über ihre verstorbene Brötchengeberin. Miss Miles sei kein sympathischer Mensch, sei abwechselnd schroff und neugierig gewesen; sie habe alles unter Verschluß gehalten, sei zu unregelmäßigen Zeiten gekommen und gegangen und, was die Erfordernisse des Haushalts anlangte, gedankenlos gewesen. Sie habe Hilda Langbaums ausgezeichnete Küche nicht genügend zu schätzen gewußt; sie habe unanständige Ausdrücke benutzt.

Ja, Mr. Gleed sei gelegentlich gekommen, nicht aber in den letzten paar Wochen. Nein, ihre Herrin habe wie sonst auch gewirkt, als sie am Freitag morgen zum Verlag ging. Männliche Besucher? Ja, manchmal allein, manchmal zu kleinen Dinnerpartys; ihre Namen stünden in dem kleinen Terminkalender, der auf Miss Miles' Schreibtisch lag. Der letzte Besucher sei Mr. Ryle gewesen; er sei Donnerstag abend gegen halb zehn gekommen; wie lange er geblieben sei, wisse sie nicht – sie selbst gehe kurz nach zehn zu Bett. Ob auch einmal ein Mr. Protheroe gekommen sei? Soweit Hilda wisse, nein. Oder andere Angehörige des Verlags? Mr. und Mrs. Geraldine und Miss Wenham seien im September zum Essen eingeladen gewesen, seither aber nicht mehr gekommen.

An dieser Stelle traf verabredungsgemäß Mr. Deakin, der Anwalt der Toten, ein, um zusammen mit Inspektor Wright ihre Papiere durchzusehen. Die beiden Männer verfügten sich zu diesem Zweck ins Arbeitszimmer. Man hatte in Miss Miles' Handtasche einen Schlüssel gefunden, den Hilda Langbaum als Schlüssel zu der Schreibtischschublade identifizierte, in der ihre Herrin sämtliche anderen Schlüssel aufbewahrt hatte. Der Yale-Schlüssel für den Nebeneingang von Wenham & Geraldine fand sich jedoch nicht darunter, und Fenton wurde beauftragt, die anderen Zimmer danach zu durchsuchen. Die Ermittlungsrichtung, so wurde Nigel klar, mußte vorderhand ganz wesentlich davon abhängen, ob Millicent Miles oder jemand anders sich diesen Schlüssel »ausgeborgt« hatte: Wenn sie es nicht gewesen war, dann hatte ihn sich höchstwahrscheinlich der Mörder verschafft – und wofür sollte er ihn brauchen, wenn nicht, um den Verlag betreten zu können, nachdem der Haupteingang um halb sechs verschlossen worden war? Die Verlagsleiter und Stephen Protheroe besaßen bereits Schlüssel zur Nebentür; das ließ darauf schließen, daß der Mörder entweder ein anderer Verlagsangehöriger oder ein mit den dortigen Gepflogenheiten vertrauter Außenstehender sein mußte.

Nigel tigerte ein paar Minuten hinter Fenton her und kehrte dann ins Arbeitszimmer zurück. Dort reichte Inspektor Wright ihm einen Terminkalender und deutete auf zwei neuere Einträge: An der für den vergangenen Donnerstag vorgesehenen Stelle war ›R. 21.30‹ hingekritzelt – das war wohl Basil Ryles Besuch. Für Freitag war eine Verabredung zum Essen vermerkt, und darunter stand der lakonische Eintrag ›Thorstag?!‹ Nigel grübelte über das Fragezeichen, das Ausrufezeichen und das aufschlußreiche Wortspiel nach, während er in die Küche im Souterrain schlenderte.

Hilda Langbaum kochte sich gerade einen Kaffee, und Nigel nahm auch gern einen. Das Mädchen machte sich erkennbar Sorgen um seine unmittelbare Zukunft; Nigel sagte ihr, er werde mit dem Anwalt vereinbaren, daß sie bis Ende des Monats Lohn bekomme und, wenn sie wolle, noch ein, zwei Wochen im Haus bleiben könne, während sie sich nach einem anderen Job umsehe. Sie zeigte sich für diese kleine Freundlichkeit übertrieben dankbar. Nigel brachte sie dazu, ein wenig über ihr Zuhause in Nürnberg zu erzählen. Nachdem so ein gewisses Vertrauen hergestellt war, lenkte er das Gespräch auf dem Umweg über Hildas Verlobten, dessen Foto sie ihm zeigte, auf Basil Ryle. Hilda wurde zugleich sentimental und melodramatisch. So ein netter junger Mann. Bis über beide Ohren verliebt. Und wie sie ihn behandelt habe! Eine kalte, eine herzlose Frau, eine Spötterin. Ein deutscher Liebhaber hätte sie geschlagen, sie auf die Knie gezwungen; aber die englischen Männer seien Weichlinge; sie begriffen nicht, daß der Mann der Herr sein muß; sie liefen, wie Mr. Ryle neulich abends, mit eingekniffenem Schwanz davon.

Sie, Hilda, habe der Polizei gegenüber nicht davon sprechen wollen; aber Nigel sei anders, sympathisch.

»Als ich nach oben zu Bett gegangen bin«, sagte Hilda, zum Fortfahren aufgefordert, »habe ich ihre Stimmen im Salon gehört. Ich verstehe Ihre Sprache nicht, aber ich mußte einfach hinhören. Sie hat ihn mit ihrer Zunge gezüchtigt; sie war wie eine Peitsche aus Eis. Er hat wenig gesagt; er hat sich verwirrt, schockiert angehört, als ob – als ob ihm ein Engel plötzlich ins Gesicht gespuckt hätte. Dann hat er sie, glaube ich, angefleht; aber sie hat nur gelacht – und wie häßlich war ihr Lachen! Und im nächsten Moment kam der arme Mr. Ryle aus dem Zimmer gestürzt und rannte die Treppe hinunter aus dem Haus. Er hat mich gar nicht gesehen. Er war wie blind; und totenblaß im Gesicht, wie ein Gespenst.«

9
Eingefügt

An diesem Nachmittag machte es sich Nigel mit Millicent Miles' Autobiographie gemütlich, die er bei Scotland Yard abgeholt hatte, nachdem Inspektor Wright mit seiner Arbeit im Haus der Toten fertig war. Die Suche dort hatte keinerlei erhellende Hinweise erbracht, es sei denn, der kryptische Eintrag für Freitag nachmittag in ihrem Kalender – »Thorstag?!« – ließ sich als Hinweis bezeichnen. Nachdem der Anwalt erklärt hatte, er habe für seine Mandantin kein Testament aufgesetzt, und sich auch unter ihren Papieren keines fand, war stark anzunehmen, daß sie gestorben war, ohne ein Testament zu hinterlassen. Nigel hoffte, daß die Autobiographie aufschlußreicher sein würde, als es das Haus in Chelsea gewesen war, daher nahm er sie sich mit lebhaftestem Interesse vor. Millicent hatte eine Eigenschaft des großen Schriftstellers besessen – jene passive Fähigkeit, die es ihrem Besitzer ermöglicht, die Farbe seiner Umgebung anzunehmen, in der Persönlichkeit eines anderen aufzugehen. Bei ihr war das nichts weiter als ein Chamäleon-Trick, und zwar einer, den sie aus dem Effeff beherrschte. Für den in sie vernarrten Basil Ryle jedenfalls war sie eine ganz andere Frau gewesen als für den zynischen Stephen Protheroe.

Was war sie für sich selbst? Würde die Autobiographie die

wahre Frau hinter dieser wandelbaren Persönlichkeit enthüllen, oder würde sie nur eine weitere Illusion bieten – eine geschickt den Phantasien ihrer begeisterten Leser angepaßte Millicent Miles?

Eines war von Anfang an offensichtlich: Sie würde den Leser ins Vertrauen ziehen. Sie erweckte den Eindruck, als greife sie ihn heraus, nehme ihn beiseite und erzähle ihm Dinge, die nicht für andere Ohren bestimmt waren. Das war mit ganz beachtlicher Plausibilität gemacht; und man mußte seine fünf Sinne beisammenhalten, um zu bemerken, daß diese intime Art des Redens weit weniger enthüllte, als es den Anschein hatte. Was sie schreibt, besitzt eher die oberflächliche Unverstelltheit eines Spiegels als die Ehrlichkeit durchsichtigen Glases, dachte Nigel. Beim Lesen ging ihm allmählich auf, daß jeder Vorfall, jede Person in dem Buch ein Spiegel war, den die Autorin genau in den Winkel rückte, der sie am vorteilhaftesten zur Geltung brachte. Wenn sie Jugendsünden beichtete, vermittelte sie den Eindruck eines temperamentvollen Mädchens, eines lustigen, herumtollenden Wildfangs, dessen Eskapaden man nur mit nachsichtigem Lächeln betrachten konnte. Wenn sie, ungeheuer feinfühlig, häusliche Differenzen andeutete, hörte man förmlich das Rascheln des nicht ganz undurchsichtigen Schleiers, den sie über die weniger angenehmen Züge ihrer Eltern breitete; wie sensibel das arme Kind gewesen sein muß, sollte man denken; und wie wundervoll von ihr, daß sie niemandem nachträgt, was sie erlitten haben muß.

Es ist wirklich ein Meisterstück kalkulierter Unehrlichkeit, überlegte Nigel; aber nicht lange, und er änderte seine Meinung und urteilte, daß Millicent Miles wie jede Bestsellerautorin ihres Typs absolut jedes Wort glaubte, das sie schrieb – jedenfalls während sie es schrieb –, und sich keinerlei Widersprüche und Selbsttäuschungen bewußt war. Daß sie dieses fehlende Bewußtsein mit einer so geschickten Manipulation der Reaktionen des Lesers verband, sprach für eine höchst subtile geistige Fingerfertigkeit – einen Egoismus und eine fundamentale Verantwortungslosigkeit von wahrhaft furchterregendem Ausmaß.

Nigel fragte sich, wie sie Basil Ryle die Diskrepanzen zu erklären gedacht hatte, die zwischen der ihm aufgetischten Version ihrer Jugend und der, die sie in ihrem Buch erzählte, bestanden. Dem Buch zufolge war ihr Vater, ein Kommissionär, zwar tatsächlich pleite gegangen, aber weder ein Säufer noch ein Sadist. Sie zeichnete ihn als jovialen, vor sich hin wurstelnden und murksenden Menschen, dessen Sünden nicht so sehr die Kommissionsgeschäfte als vielmehr der Mangel daran gewesen waren. Desgleichen war ihre Mutter nicht als Schlampe und Hausdrachen dargestellt. Sie war statt dessen eine puritanische Frau baptistischen Glaubens, die sich nichts Schlimmeres hatte zuschulden kommen lassen, als daß sie ständig an ihrem Mann herumnörgelte und die kindlichen Hoffnungen ihrer Tochter nicht verstand. Gleichwohl seufzte, obwohl die beiden in den Anfangskapiteln alles andere als satirisch oder denunziatorisch behandelt wurden, zwischen den Zeilen eine Atmosphäre holder Vergebung hervor – eine Art fromme Bemäntelung, die nahelegte, daß die Autorin einiges zu bemänteln hatte. Und sie hatte tatsächlich mit siebzehn eine Stelle als Verkäuferin bekommen, aber das war in einem Buchladen gewesen, und sie war zuvor nicht von zu Hause weggelaufen.

Nigel konnte es kaum erwarten, zu Millicent Miles im Alter von neunzehn vorzudringen, als sie – so jedenfalls hatte sie es Basil Ryle erzählt – verführt wurde und ein totes Kind zur Welt brachte. Mit was für euphemistischen Verrenkungen würde sie diesen Teil ihres Lebens behandeln? Wahrscheinlich aber war auch das nur wieder irgendeine ungeheuerliche Erfindung, um sich das Mitgefühl des armen Ryle zu sichern. Nigel jedoch zwang sich, nichts zu überspringen, und quälte sich durch vorstädtische Tennispartys, die drolligen Schilderungen von Schul- und Familienfreunden, die überschwenglichen Reaktionen der jungen Millicent auf die Schönheiten der Natur und das Erbe der großen Literatur, die Unfähigkeit ihrer Eltern, sie zu »verstehen«, ihre ungeheure Sensibilität, die sie unter dem Verhalten einer wilden Range vor ihnen verbarg, die (sorgfältig redigierten) Fakten knospender Weiblichkeit, die Kleider, die sie getragen, und die Gedanken, die sie gedacht hatte.

Das alles fand Nigel hinreichend unwirklich. Und die Unwirklichkeit wurde noch dadurch gesteigert, daß die Autorin bestimmte Leute grundsätzlich nur mit einer Initiale nebst einem Punkt bezeichnete. Diese an sich schon lästige Heimlichtuerei wurde doppelt lästig, als Nigel dahinterkam, daß es sich um fiktive Initialen handelte. Jedesmal wenn eine neue Figur auftauchte, hatte die Autorin einen anderen als den im Text verwendeten Großbuchstaben an den Rand geschrieben. Diese Anmerkungen, vermutete Nigel, dienten als *aide-mémoire* und gaben die korrekte Initiale.

Etwa in der Mitte von Kapitel 4 fand er eine an die nächste Seite geheftete Notiz von Inspektor Wright: *Auf dem*

Rand neben Zeile 19 wurde ein großes G wegradiert. Wie ein leises Gekräusel auf ruhiger See durchlief Nigels Nerven ein leichter Schauder. Er war in Kontakt mit dem Mörder. Diese Überzeugung war irrational – schließlich konnte auch Millicent Miles das G wegradiert haben; aber Nigel war sich sicher, daß es das Werk des Mörders war. Langsam las er die betreffenden Absätze und lauschte dabei mit seinem inneren Ohr angestrengt auf ihre Untertöne.

> Ein paar Wochen nach meinem achtzehnten Geburtstag lernte ich den Mann kennen, den ich ›Rockingham‹ nennen möchte. Er betrat eines Nachmittags den Laden, und wir kamen miteinander ins Gespräch. Wie konnte ich, während wir uns über die neuesten Romane unterhielten, die in ihren anmutigen Schutzumschlägen so erhaben und rätselhaft in den Regalen standen, ahnen, daß dieser schüchterne, schlaksige junge Mann dereinst eine Größe der literarischen Welt sein würde. Mir genügte es zu entdecken – und die Entdeckung ließ nicht lange auf sich warten, denn es muß von Anfang an eine Affinität zwischen uns bestanden haben, die mir half, unsere beiderseitige Schüchternheit zu überwinden und ihn aus der Reserve zu locken –, daß Rockingham ein Kollege war: Er hatte sogar schon in Zeitschriften veröffentlicht. Ah, der Zauber des Gedruckten für den jungen Aspiranten! Ob die heutige Generation, die furchtlos so viele veraltete Konventionen über Bord geworfen hat, begreift, was ihr verlorenging, als sie die schöne, jugendliche, eifrige Tugend der Heldenverehrung aufgab? Damals war ein Schriftstel-

ler für mich ein Gott. Und wenn sich auch später herausstellen sollte, daß dieser spezielle Gott tönerne Füße hatte, so verdunkelte keinerlei Vorahnung meine Seligkeit angesichts dieser ersten Begegnung.

Ich schickte ihm eine Kurzgeschichte, die ich geschrieben hatte, und er schickte sie mit kritischen und ermutigenden Kommentaren zurück, die für das zaghafte Mädchen, das ich damals war, ein Vermögen wert waren. Als ich selbst »berühmt« wurde und aufstrebende Autoren mich mit ihren ersten Bemühungen zu überschütten begannen, erinnerte ich mich, was Rockingham einst für mich getan hatte. Ich nahm mir vor, jeden Tag eine kostbare Stunde dafür zu reservieren, diesen Briefschreibern zu helfen. So arbeitsreich mein Leben war, und so sehr auch mir mein Teil an jenem Leid widerfuhr, das das Los jeder Frau ist, an diesen Vorsatz habe ich mich immer gehalten. Mein Lohn war die Dankbarkeit buchstäblich Hunderter von Aspiranten auf den Lorbeer. Diese Dankbarkeit, ebenso wie die Loyalität meiner treuen Leser, wiegt für mich den Hohn der sogenannten Intellektuellen auf. Sie bewirkt, daß ich mich geliebt fühle – und welche Frau möchte sich nicht geliebt fühlen? Und sie macht mich demütig.

Nicht sonderlich lohnend, fand Nigel. Alles, was er diesem Stück fader, zuckersüßer Selbstbeweihräucherung entnehmen konnte, war, daß ›Rockingham‹ tönerne Füße gehabt hatte, daß sein wirklicher Name mit G begann und daß er »eine Größe der literarischen Welt« geworden war.

›G‹. Das konnte für ›Glupscher‹ stehen, bei dem es sich um Stephen Protheroe handeln könnte oder auch nicht; es konnte wohl kaum für Miss Miles' zweiten Mann, den Rennfahrer, stehen. Wenn man andererseits ihre Gepflogenheit berücksichtigte, Herren lediglich beim Nachnamen zu nennen, könnte es auch für Arthur Geraldine stehen.

In der Hoffnung, irgendeine Erklärung für ›Rockinghams‹ tönerne Füße zu bekommen, las Nigel weiter. Der Name tauchte in dem Kapitel jedoch nicht mehr auf. In der Mitte der vorletzten Seite dieses Kapitels begann ein neuer Absatz:

> So wurde ich als Schriftstellerin ganz allmählich flügge. Aber es knospte auch noch etwas anderes in mir, das nur auf den ersten Sonnenstrahl wartete, um zu erblühen. Ich war neunzehn, ein leidenschaftliches, unerfahrenes Mädchen, aus dem eine Frau herauswollte wie ein Schmetterling aus dem Kokon. Was weiß schon ein Mann – auch der einfühlsamste und aufrechteste Mann (von denen es, Gott sei Dank, immer noch ein paar gibt) –, was weiß schon ein Mann von der süßen Verwirrung, der strahlenden Erwartung, der zitternden, bebenden Ekstase, die ein Mädchenherz erfaßt, wenn es sich zum ersten Mal der Liebe zuwendet wie ein Heliotrop der Sonne? Ah, Zaubertage, da wir in die Liebe verliebt sind! Da alles in »das Licht, das niemals Meer und Land beschien« getaucht ist! Wenn ich heute, da die Wunde geheilt und die Bitternis längst vergessen ist, auf diese Zeit zurückblicke, kann ich mit dem Dichter sagen: »So trüb, so fremd die Tage, die vergangen sind.«

Ja, ich verliebte mich. Ich legte in diese Liebe all die aufgestaute Leidenschaft, das Verlangen, zu geben und zu geben und niemals auf den Preis zu schielen, für die mein Leben zu Hause leider kein Ventil geboten hatte. Der Mann meiner Wahl erschien

Nigel blätterte um. Der Notiz, die Inspektor Wright an das nächste Blatt geheftet hatte, bedurfte es gar nicht, um ihm zu verraten, daß es das vom Mörder eingefügte war. Es war kaum wahrnehmbar weißer als die Seiten davor und danach, die monatelang in dem staubigen Zimmer bei Wenham & Geraldine gestapelt gewesen waren. Sofern nicht Miss Miles selbst die letzte Seite dieses Kapitels erst kürzlich entfernt und neu getippt hatte, konnte es niemand anders als der Mörder gewesen sein; und Miss Miles' rasche und unkritische Arbeitsweise machte es extrem unwahrscheinlich, daß sie ausgerechnet diese eine Seite des Typoskripts umgeschrieben hatte. Die Wahrscheinlichkeit dafür, daß der Mörder nach Begehen des Verbrechens etwas getippt hatte, erhöhte sich noch durch den Anhaltspunkt des nach dem Mord in ihrer Schreibmaschine gefundenen Blattes, das zunächst herausgezogen und dann, ungenau ausgerichtet, wieder eingespannt worden war. Nigel las die letzte Seite von Kapitel 4:

mir oft in meinen Träumen, seit uns das Schicksal, das uns zusammenführte, auseinanderriß. Aber in Person habe ich ihn nie wiedergesehen. Ihm zu begegnen wäre auch nach all den Jahren undenkbar. Dennoch schienen wir einander verwandte Seelen zu sein! Ich liebte ihn –

ja, ich bekenne es –, wie ich keinen Mann seither geliebt habe. Ich schenkte ihm... alles. Aus freien Stücken und stolz, mit der ganzen Leidenschaft eines nach Liebe hungernden Wesens schenkte ich mich. Wir waren beide arm, nagten am Hungertuch. Eine Heirat kam nicht in Frage. Wenn ich ein Kind von ihm bekommen hätte, hätten wir vielleicht – wer weiß? – der Armut trotzen, die Enttäuschungen, die allem Fleisch beschieden sind, überstehen und Hand in Hand durchs Leben gehen können. Aber eine unergründliche Vorsehung wollte es anders.

Gegen Ende dieses Jahres erkrankte ich schwer. Liebe Freunde liehen mir Geld, damit ich ins Ausland gehen und einige Monate in einem Sanatorium verbringen konnte. Bei meiner Rückkehr war er, mein Geliebter, verschwunden. Ich möchte einen Schleier über meine Leiden breiten. Heute kann ich für sie dankbar sein, denn sie schenkten mir das tiefe Mitgefühl, das Verständnis für menschlichen Schmerz und menschlichen Mut, das es mir ermöglicht hat, anderen durch meine Bücher zu helfen. Damals aber, als ich nichts von ihm hatte, das mich an ihn erinnerte, durchlebte ich eine nicht enden wollende Einsamkeit und Leere – eine Eiszeit, eine Steinwüste. Noch heute sträubt sich meine Feder, während ich diese Erinnerungen nachzeichne –

Tief wie die erste Liebe und vor Trauer wirr;
O Tod im Leben, Tage, die vorüber sind.

Nigel las weiter bis zum Ende des Typoskripts. Es umfaßte Miss Miles' Leben bis zu ihrem dritten Ehemann. Daß dieser sich mit Basil Ryle angefreundet hatte, fand ebensowenig Erwähnung wie die Episode ihrer Demütigung in General Thoresbys Messe. Die Geburt von Cyprian Gleed wurde in verschwenderischer klinischer und emotionaler Ausführlichkeit beschrieben. Danach diente er hauptsächlich als Aufhänger für Theorien über Kindererziehung oder schwülstige Ansichten über das Muttersein. Der Effekt, den an die 70 000 Wörter von Millicent Miles auf Nigel hatten, bestand darin, daß er Sehnsucht nach der Gesellschaft einer wirklichen Frau bekam. Er rief Clare Massinger an und lud sich zum Essen ein.

Nach dem Essen reichte er ihr die beiden letzten Seiten von Kapitel vier. Sie las sie mit sichtlich wachsendem Abscheu.

»Was heißt denn hier ›Noch heute sträubt sich meine Feder, während ich diese Erinnerungen nachzeichne‹?« war ihr erster Kommentar. »Ich würde doch meinen, sie hat das Zeug auf einer Schreibmaschine heruntergehauen.«

»Hat sie auch. Das ist dichterische Freiheit. Man kann wohl kaum erwarten, daß sie ›Noch heute zittert meine Schreibmaschine‹ sagt. Außerdem hat sie diese letzte Seite gar nicht geschrieben.«

Nigel erklärte es ihr.

Clares Stimme erklomm eine höhere Lage, als sie sagte: »Aber das ist ja entsetzlich! Soll das heißen, er hat sich an die Schreibmaschine gesetzt und – während sie sich in ihrem Blut wälzte –«

»Sehr wahrscheinlich. Die Überleitung ist allerdings recht gekonnt, findest du nicht?«

»Überleitung?«

»Ja. Die Seite, die sie geschrieben hat, endet mit ›Der Mann meiner Wahl erschien‹. Die nächste Seite beginnt mit ›mir oft in meinen Träumen‹. Warum hat der Mörder diese Seite überhaupt ersetzen müssen? Vermutlich, weil sie uns einen Hinweis auf seine Identität, vielleicht sogar sein Motiv geliefert hätte.«

»Ja, das liegt auf der Hand.«

»Vielleicht hatte sie geschrieben: ›Der Mann meiner Wahl erschien *schon einmal auf diesen Seiten.*‹ Das würde die Möglichkeiten erheblich einschränken. Eigentlich würde es direkt auf ›Rockingham‹ hindeuten.«

»Wer um alles in der Welt ist Rockingham?«

»Ach, richtig, dazu mußt du das hier lesen.« Nigel reichte ihr die Seite aus der Mitte des Kapitels und erzählte ihr von der am Rand wegradierten Initiale G. Clare las die Seite und legte sie dann mit spitzen Fingern neben sich auf das Sofa.

»Ich hatte keine Ahnung, daß Leute so schreiben können – ernsthaft, meine ich.«

»Liebste Clare, liest du denn keine Hochglanzmagazine?«

»Um Himmels willen, nein. Sie werden von blasierten Frauen für lackierte Frauen geschrieben, stimmt's?«

»Nun sieh dir noch mal die letzte Seite an. Angenommen, der Mörder hat sie nicht nur geschrieben, um seine Identität zu verschleiern. Angenommen, sie zielt unmittelbar darauf ab, uns von einer bestimmten Fährte abzubringen. Welche Fährte wäre das?«

Die schwarzen Haare als ein Gewirr um ihre Handgelenke, brütete Clare wie eine Hexe über der Seite, als sie sie noch einmal las.

»Na ja«, sagte sie endlich, »da ist die Rede davon, daß sie

kein Kind gehabt haben. Ja, und weiter unten wird es in gewisser Weise wiederholt: ›nichts von ihm hatte, das mich an ihn erinnerte.‹ Meinst du das?«

»Schlaues Kind. Basil Ryle hat mir gesagt, Millicent Miles hätte ihm erzählt, sie sei mit neunzehn verführt und von dem Mann verlassen worden, und ihr Kind sei tot zur Welt gekommen.«

»Ich sehe nicht, inwieweit ein vor fast dreißig Jahren tot zur Welt gekommenes Kind ein Motiv für einen Mord sein kann.«

»Aber wenn sie in diesem Punkt geflunkert hat? Wenn sie ein Kind bekommen hat, und es hat überlebt?«

»Doch, ja«, sagte Clare langsam. »Aber in diesem Fall wäre sie es gewesen, die einen guten Grund gehabt hätte, den Burschen umzubringen, nicht umgekehrt.«

»Nicht unbedingt. Wenn der Bursche erst kürzlich wieder in ihrem Leben aufgetaucht wäre, und wenn er sich einen Skandal nicht leisten könnte, dann könnte sie ihn wegen des Kindes erpreßt haben. Und Erpresser werden gelegentlich ermordet.«

»Ja, das leuchtet mir ein. Aber hätte sich denn der Liebling der Leihbüchereien einen Skandal leisten können? Wenn ich der Bursche wäre, hätte ich es darauf ankommen lassen. Sag mal, du glaubst doch nicht etwa, Basil Ryle ist ihr Sohn?«

»Meine *liebe* Clare, was für eine groteske Vorstellung!«

»Das sagst du nur, weil du nicht selbst draufgekommen bist«, antwortete Clare gelassen.

»Aber sie hat ihn als Liebhaber an der Angel gehabt – als tatsächlichen oder künftigen.«

»Er kommt dahinter, daß sie in Wirklichkeit seine Mama

ist, und ermordet sie in einem Anfall von Ekel. Genau wie in einer griechischen Tragödie.«

»Nun sei doch mal ernst, Clare«, protestierte Nigel, wenn auch ein wenig beklommen. »Ryle weiß über seine Eltern Bescheid.«

»Das ist ein weises Kind. Wer ist eigentlich *dein* Kandidat für ›Rockingham‹?«

Nigel stand auf und begann durchs Atelier zu schnüren, Gegenstände von Regalen zu nehmen, sie anzustarren, ohne sie wahrzunehmen, und sie dann wieder am falschen Platz abzustellen – wenn denn irgendein Platz in Clares Behausung als der falsche für irgendeinen Gegenstand bezeichnet werden konnte.

»Protheroe oder Geraldine«, sagte er endlich. »Es müßte eigentlich Protheroe sein – ich spüre es nämlich in den Knochen, daß der Mord etwas mit der Verleumdungsaffäre zu tun haben muß.«

»Nigel, Schatz, du redest vollkommen wirr.«

»Angenommen, es war Stephen Protheroe, der die Fahnen manipuliert hat –«

»*Stephen?* Aber als wir das letzte Mal darüber geredet haben, hast du gesagt –«

»Egal, was ich das letzte Mal gesagt habe«, gab Nigel gereizt zurück. »Kann ich denn nicht meine Meinung ändern? Stephen hatte bei weitem die beste Gelegenheit, sich an den Fahnen zu schaffen zu machen. Und dann ist da noch die Aussage von Bates.«

»Soll ich das Zimmer verlassen, damit du in Ruhe mit dir selbst reden kannst?«

»Entschuldige, Liebes. Bates war Herstellungsleiter des

Verlages. Stephen hat keine Geduld mit Langweilern, und Bates war – laut ihm – ein Langweiler ersten Grades. Aber als Stephen die Fahnen fertiggelesen hat, gibt er sie, anstatt sie von einer Sekretärin hinbringen zu lassen, höchstpersönlich bei Bates ab und hält einen gemütlichen Plausch mit ihm, während sie für den Versand zur Druckerei verpackt werden. Das erscheint mir höchst verdächtig.«

»Warum?«

»Warum sollte er sich fünf Minuten Langeweile zumuten, es sei denn, er wollte sich vergewissern, daß Bates nicht noch einmal einen Blick auf die Fahnen wirft, ehe er sie wegschickt? Der Plausch mit Bates war der letzte Teil eines ausgeklügelten Plans, mit dem er erreichen wollte, daß die verleumderischen Stellen in alter Frische in dem Buch stehen, wenn es erscheint.«

»Also gut«, sagte Clare nach kurzem, skeptischem Schweigen. »Dann ist also Protheroe der Mörder?«

»Genau da liegt das Problem. Stephen wäre es völlig egal, wenn Millicent Miles damit drohte, aller Welt zu erzählen, daß sie ein Kind von ihm hat. Arthur Geraldine dagegen vielleicht nicht. Aber man kann sich einfach nicht vorstellen, daß Geraldine seinen Verlag in einen Verleumdungsprozeß schlittern läßt.«

Clare Massinger erhob sich mit einer jener raschen, geschmeidigen Bewegungen, die ihr Haar wie Rauch an einem böigen Tag wirbeln ließen, und zog Nigel neben sich aufs Sofa.

»Armer Junge. Dein Kopf ist nicht in bester Verfassung, wie?«

»Ja, diese verdammte Nebenhöhle –«

»Ich meine, dein Gehirn läuft nicht auf allen sechs Zylindern.«

»Ach so. Ich dachte, ich bekäme ein wenig weibliches Mitgefühl von dir«, beschwerte sich Nigel.

Clare ignorierte die Bitte. »Angenommen, Millicent Miles hatte von X ein Kind, das überlebt hat. Dann müßte es jetzt – wie alt? – fast dreißig sein. Angenommen, sie hat dem Vater damit gedroht, ihm – dem Kind – zu sagen, daß es unehelich ist.«

»Unehelichkeit macht heute keinem Menschen mehr etwas aus.«

»Ach ja? In manchen Kreisen gilt das als schreckliche Schande.«

Wieder schweifte Nigel plötzlich ab. »Es will mir einfach nicht aus dem Kopf, daß Stephen und Miss Miles sich von früher her kennen müssen. Als ich ihn kennengelernt habe, hat er gesagt: ›Sie hatte schon immer – sie haßt Wortspiele.‹ Ist ihm da beinahe ein Versprecher unterlaufen? ›Sie hatte schon immer etwas gegen Wortspiele‹ – war es das, was er sagen wollte? Später am Tag hat er in hämischem Ton zu ihr gesagt: ›Ich dachte, Ihre Geburten wären immer schmerzlos.‹ Ja, ich weiß, daß diese Sätze nicht unbedingt mehr bedeutet haben, als sie oberflächlich besagen. Und Millicent hat Ryle erzählt, sie hätte Stephen erst diesen Sommer kennengelernt. Aber ich habe den starken Eindruck einer Vertrautheit zwischen ihnen gewonnen. Und wenn es sie gab, warum haben sie sie dann so vehement bestritten? Darauf weiß ich nur eine Antwort.«

»Nämlich?«

»Daß sie bei der Manipulation der Fahnen gemeinsame

Sache gemacht haben, daß ihr Motiv dafür irgendeinem Punkt ihrer früheren Verbindung entsprang und daß diese Verbindung deshalb geheimgehalten werden muß.«

»Das ist aber alles wahnsinnig theoretisch, wie?« meinte Clare. »Ich arrangiere für dich ein Treffen mit Mrs. Blayne – das ist die Frau, die Miss Miles in ihrer Jugend gekannt hat.«

»Danke. Vielleicht bringt uns das weiter. Aber dann ist da noch das alte Haifischmaul – Geraldine«, fuhr Nigel abwesend fort. »Millicent hat mir gesagt, sie hätte ihn vor Jahren ›unter ziemlich seltsamen Umständen‹ kennengelernt. Und warum hat er zugelassen, daß sie weiter dieses Zimmer im Verlag mit Beschlag belegt hat und allen auf die Nerven gegangen ist? Und er hat mich in sehr bestimmtem Ton davor gewarnt, die Vergangenheit aufzuwühlen. Er ist verheiratet – ein sehr viel geeigneteres Objekt für eine Erpressung als Stephen, würde ich meinen, falls Millicent denn wegen einer Erpressung ermordet worden ist.« Nigel griff stirnrunzelnd nach einem von Clares kleinen Tonpferdchen und rieb sich damit die Wange. »Eigenartig, daß Leute einen Mord begehen, um Sicherheit zu gewinnen. Als könnte man sich mit dem Blut eines anderen jemals Seelenfrieden erkaufen.«

»Die meisten blicken nicht über den nächsten Schritt hinaus. Zumal wenn der nächste Schritt in einen Abgrund führt, in den sie gerade jemanden stoßen.«

»Wenn es andererseits Stephen Protheroe allein war, der die Fahnen manipuliert hat, und wenn Miss Miles ihn deswegen erpressen konnte –«

»Aber warum sollte sie?«

»Indem sie ihm sagte, er müsse seinen Widerstand gegen eine Neuauflage ihrer Bücher im Verlag aufgeben, oder sie werde ihn bloßstellen. Unangenehmes Dilemma. Er ist ein integrer Mensch – jedenfalls soweit es Bücher betrifft. Aber seine Sicherheit stünde auf dem Spiel. Liz Wenham hat mir gesagt, sein ganzes Leben sei mit dem Verlag verknüpft. Sie müßten ihn an die Luft setzen; er würde nie mehr einen Job im Verlagswesen finden; und als Autor fällt ihm schon seit Jahren nichts mehr ein. O ja, falls Sicherheit das Motiv für diesen Mord war, dann ist Stephen Protheroe der naheliegende Verdächtige.«

10
Revidiert

Es war eine bis in die Anfangstage des Verlages zurückreichende Tradition von Wenham & Geraldine, daß die Verlagsleiter und der Lektor am letzten Mittwoch eines jeden Monats miteinander aßen. In üppigeren Zeiten pflegte man für diese Anlässe ein Nebenzimmer im ›Skimpole's‹ zu reservieren; aber 1944 hatte eine Bombe ›Skimpole's‹ zerstört, und da es zwecks Observanz des von der Zeit geheiligten Brauchs undenkbar war, daß der Verlag ein anderes Restaurant aufsuchte, fanden diese Essen seither in Arthur Geraldines Wohnung statt. Sie beschränkten sich normalerweise auf den Führungszirkel des Verlages. Zweimal im Jahr aber, so hatte es der legendäre James Wenham verfügt, konnten Gäste eingeladen werden – ein Berufskollege etwa, ein Lektor von Rang, ein literarisch interessierter Bischof, vielleicht sogar ein Autor. Wenn einer der Autoren des Verlages eine solche Einladung erhielt, so wurde sie als bedeutende Ehrung aufgefaßt, als Auszeichnung für langjährige treue Dienste und gute Führung – besonders letzteres.

Die Stärke dieser Tradition ließ sich daran ermessen, daß es trotz eines Mordes im Gebäude weder Liz Wenham noch Arthur Geraldine auch nur einen Moment in den Sinn kam, das monatliche Essen abzusagen. Wo die deutschen Luftangriffe nichts hatten ausrichten können, da würde die arme Millicent Miles schwerlich Erfolg haben. Allerdings zollten die Teilhaber der Tatsache, daß die Zeit aus den Fugen war, insofern Tribut, als sie Nigel Strangeways einluden, obwohl an diesem Abend eigentlich keines der zweimal jährlich stattfindenden Gästeessen anstand.

Arthur Geraldine hatte Nigel die Einladung am Vormittag mit dem Gebaren eines Mannes übermittelt, der einen Segen zugleich erbittet und erteilt. Obwohl Reporter, die Polizei und sein Anwalt ihm das Leben schwermachten, hatte der Seniorpartner seine Urbanität nicht eingebüßt. Wie so viele Iren war er der geborene Schauspieler, unter dessen geschliffenem, verbindlichem Äußeren sich aber zweifellos ein sehr harter Kern von Realismus verbarg. »Schwarze Krawatte, wenn Sie so freundlich wären«, hatte er gemurmelt. Es war offensichtlich Teil einer Tradition: Zum Dinner mußte man sich umkleiden, wollte man in einem Dschungel, in dem es von wilden Autoren, literarischen Agenten auf Beutefang, tückischen Berufskollegen und pygmäenhaften Rezensenten mit ihren tödlichen Giftpfeilen nur so wimmelte, seine Moral und seine Selbstachtung aufrechterhalten.

Als sich Nigel am Mittwoch abend umzog, ließ er einen Tag Revue passieren, der höchst unbefriedigend verlaufen war. Da war zunächst das Gespräch mit Jeanie, dem Mädchen, das die lebhafte Susan in der Handbibliothek vertreten hatte. Jeanie konnte dem aus zweiter Hand stammenden Bericht ihrer Freundin über die Auseinandersetzung zwischen Stephen Protheroe und Miss Miles wenig hinzufügen; sie war sich ziemlich sicher, daß ›Glupscher‹ als Anrede benutzt worden war, und hatte noch eine schockierende Bemerkung von Miss Miles gehört: »Du bist doch impotent!«

Eigenartig, wie der Fall immer wieder zu diesem Thema zurückkehrte – hatte sie denn nun mit neunzehn ein Kind bekommen? Hatte es überlebt? Wer war der Vater? Aber Miss Miles' gehässige Bemerkung bezog sich wahrscheinlich auf Stephens schriftstellerische Impotenz; bei anderer Gelegenheit hatte Nigel sie zu ihm sagen hören: »Immerhin schreibe ich.« Kurz bevor er Jeanie allein ließ, sagte sie: »Susan hat irgend etwas. Sie hat's mir nicht gesagt, aber ich sehe es ihr an. Wenn ich bloß wüßte –«

In diesem Augenblick klingelte ihr Telefon. Mr. Ryle wollte, daß sie zwei Bücher heraussuchte und sie ihm brachte. Das Gespräch war beendet. Was immer Susan auf das unbesonnene Gemüt geschlagen war, Nigel hatte sich zuerst mit Wichtigerem zu beschäftigen – jedenfalls nahm er das bedauerlicherweise an.

Eines dieser wichtigeren Dinge war Stephen Protheroe. Er blickte mit dem benommenen Ausdruck eines Bücherwurms, der sich gerade wieder durch einen Packen Papier gefressen hat, von einem Manuskript auf, als Nigel eintrat.

»Was verbinden Sie mit dem Wort ›Rockingham‹?« fragte Nigel übergangslos.

»Porzellan. Außerdem ein englischer Premierminister der zweiten Hälfte des achtzehnten Jahrhunderts. Warum?«

»Sie haben Miss Miles' Autobiographie also nicht gelesen?«

»Aber mein Lieber, ich bitte Sie! Ich halte nichts davon, Schrecken mutig die Stirn zu bieten.«

Nachdem diese Schocktaktik fehlgeschlagen war, versuchte es Nigel mit einer anderen. Ja, er, Stephen, meine sich an den Streit zu erinnern, den Jeanie zufällig mitangehört hatte. Es sei um seinen Widerstand dagegen gegangen, daß der Verlag einige von Millicents Romanen neu auflegte. Ja, sie habe angefangen, ihn ›Glupscher‹ zu nennen; Spitznamen zu erfinden sei ein Merkmal ihrer beklagenswerten Schulmädchenhaftigkeit gewesen; habe sie nicht auch General Thoresby ›Thor‹ genannt? Sie habe einen starken Hang zu plumper Vertraulichkeit gehabt.

»In ihrem Terminkalender zu Hause haben wir einen Eintrag gefunden«, sagte Nigel. »Für letzten Freitag. Sehr kryptisch. Das Wort ›Thorstag‹ mit einem Fragezeichen und einem Ausrufezeichen dahinter. Was meinen Sie, was das heißen könnte?«

Stephens Mund machte eine seiner Knabberbewegungen.

»Eine Verabredung mit dem General? Bei der sie nicht sicher war, ob er sie einhalten würde?«

»General Thoresby hat der Polizei gesagt, daß es eine solche Verabredung nicht gegeben hat. Er war Freitag gar nicht in London.«

»Tja, dann!« Stephen warf die Hände in die Höhe.

»Ich tippe darauf«, sagte Nigel, »daß der Eintrag sich auf das Buch des Generals bezog. Ein Treffen mit jemandem, bei dem es darum ging. Eine Machtprobe, vielleicht. Ich bin davon überzeugt, daß der Mord und *Zeit zum Kämpfen* irgendwie miteinander zusammenhängen. Die Polizei scheint von der Theorie nicht allzu angetan zu sein«, fügte er unwahrheitsgemäß hinzu, »aber ich werde in dieser Richtung weiterarbeiten. Ein fehlendes Verbindungsglied. Das vielleicht tief in der Vergangenheit verborgen liegt.«

Falls sich hier ein Anknüpfungspunkt bot, so ging Protheroe nicht darauf ein; und Nigel hatte vorderhand nicht den Wunsch, ihn zum Aufdecken seiner Karten zu zwingen – zumal er auch gar nicht gewußt hätte, womit. Stephen war eine schwer zu fassende Persönlichkeit, zuweilen herzlich und anregend, dann wieder irritierenderweise imstande, einem seine Aufmerksamkeit schlagartig zu entziehen. Nun zog er sich wieder wie ein Fisch, der in die Grotte eines Aquariums huscht, in das Manuskript zurück, in dem er gelesen hatte.

Der Rest des Tages war ebenso unergiebig. Basil Ryle war, wie Nigel feststellen mußte, zu beschäftigt oder nicht bereit, ihn zu empfangen. Schließlich machte er, nach mehreren Telefonaten, jene Mrs. Blayne ausfindig, die Clare als Informantin über Millicent Miles' junge Jahre vorgeschlagen hatte; aber Mrs. Blayne, eine Friedensrichterin und unermüdliche Mitarbeiterin in zahlreichen Komitees, hatte leider nicht vor morgen Zeit, ihn zu empfangen.

Am späten Nachmittag hatte er bei Scotland Yard ein Gespräch mit Inspektor Wright. Wrights Team hatte seine Suche in den letzten vierundzwanzig Stunden von den Verlagsräumen auf die jeweilige Privatwohnung der Verlagsleiter, Stephen Protheroes und Cyprian Gleeds ausgedehnt. Keiner von ihnen hatte Einwände dagegen erhoben, und man hatte keinerlei blutbefleckte Kleidung oder Galoschen und keinerlei Hinweis auf etwas erst kürzlich Verbranntes entdeckt. Der Mörder hatte ohnehin das ganze Wochenende Zeit gehabt, die Spuren seines Verbrechens zu verwischen. Insofern sich die Alibis der fünf für Freitag abend nachprüfen ließen, hatten sie der strengen Überprüfung standgehalten. Wrights Männer würden nun überprüfen müssen, wo sich die Betreffenden übers Wochenende aufgehalten hatten; und natürlich hatte man wie üblich Wäschereien, Reinigungen und Altkleiderläden verständigt. Vorderhand aber schien es so, als ob der Mörder blitzsauber aus dem Blutbad hervorgegangen wäre. Arthur Geraldines Rasiermesser – er war der einzige, der dergleichen benutzte – waren im Labor untersucht worden und kamen als Tatwaffen nicht in Betracht. Die Autopsie der Toten ergab, daß die Todeszeit zwischen Freitag nachmittag vier Uhr und Mitternacht liegen mußte, wahrscheinlich eher früher als später – ein Befund, der nach Wrights Urteil zu der Tatsache paßte, daß das Fenster zugenagelt worden war. Bewiesen war damit wenig, außer daß der Mörder ein wagemutiger, entschlossener Mensch war.

Kurz nach acht Uhr klingelte Nigel am Nebeneingang von Wenham & Geraldine. Arthur Geraldine öffnete höchstpersönlich und fuhr mit ihm im Fahrstuhl in den obersten Stock. Nigel wurde Mrs. Geraldine vorgestellt, einer schlanken, hochgewachsenen, guterhaltenen Frau von überaus liebenswürdiger Art, die etwa zehn Jahre jünger als ihr Mann war. Liz Wenham, Ryle und Protheroe waren bereits da und vermittelten jene mit einer gewissen Desorientiertheit und Distanz untermischte Atmosphäre von Vertrautheit, die so häufig entsteht, wenn Menschen, die zusammenarbeiten, sich privat begegnen. Nigel hingegen sah sich eher vom Ambiente als von der Atmosphäre fasziniert. Der Salon war ein Schaustück, ein Museum. Auf dem Kaminsims, auf Regalen an drei Wänden und in raffiniert beleuchteten Eckvitrinen stand eine hinreißende Sammlung von Porzellan. Nigel war kein Fachmann für Keramik, aber er konnte erkennen, daß das, was er da sah, von höchster Qualität war.

»Ich hatte ja keine Ahnung, daß Sie Sammler sind. Was für herrliche Stücke Sie haben.«

Arthur Geraldines Augen leuchteten auf, sein Mund erinnerte etwas weniger an einen Haifisch. »Freut mich, daß sie Ihnen gefallen. Ja, ich bin wohl so etwas wie ein Connaisseur« – er sprach das Wort mit irischem Akzent aus.

»Muß ja eine Heidenarbeit sein, das alles abzustauben«, sagte Liz Wenham barsch zu ihrer Gastgeberin.

»Aber mein Mann erlaubt niemand anderem, die Sachen anzufassen. Arthur, möchtest du Mr. Strangeways nicht etwas zu trinken anbieten?«

Geraldine war schon dabei, Nigel ein Stück zu zeigen; seine Finger schmiegten sich darum und liebkosten es, als ob das Porzellan seine eigene Zartheit auf sie übertrüge.

»Gewiß. Entschuldigung. Wenn ich erst einmal in Fahrt käme, würde ich Sie den ganzen Abend langweilen.«

Basil Ryle starrte mit so etwas wie schwelender Animosität auf den Kaminsims: Ein einziges dieser Stücke, mochte er vielleicht denken, hätte meinen Vater während der Wirtschaftskrise gerettet. Das Gesicht unter dem roten Haar war weiß und spitz, mit dunklen Ringen unter den Augen. Er sah aus, als stünde er immer noch unter Schock – dem Schock von Donnerstag abend, fragte sich Nigel, oder dem von Montag morgen? Oder war er es, der am Freitag abend das Rasiermesser benutzt hatte? Seltsamer Gedanke, daß hier inmitten dieser bunten Reihen von Porzellan, die wie Blumenrabatten leuchteten, ein Mörder sitzen könnte.

An dem runden Tisch im Speisezimmer saß er zwischen

Mrs. Geraldine und Liz Wenham. An der Wand gegenüber hingen Ölgemälde von zwei mit undurchdringlichen Bärten ausgestatteten Persönlichkeiten – dem Verlagsgründer, James Wenham, und John Geraldine, seinem erster Teilhaber. Mit einer angenehmen Mischung aus Zeremoniell und Zwanglosigkeit hob Arthur sein Glas und sagte: »Auf den Verlag und seine Gründer.« Liz Wenham murmelte die Worte andächtig nach, während sie ihm zuprostete: Es bedeutete ihr ersichtlich ebensoviel, wie es Basil Ryle, der nur sehr flüchtig mitprostete, vollkommen gleichgültig war.

Beim Betrachten der Dessertteller fiel Nigel deren zarter aprikosenfarbener Schimmer auf.

»Ihre Schätze sind ebensosehr Gebrauchsgegenstände wie Schmuckstücke, Mrs. Geraldine.«

»Ja. Aber mit dem Rockingham-Service decken wir nur bei diesen besonderen Anlässen auf.«

Nigel hoffte, nicht wie jemand auszusehen, der gerade einen heftigen Schlag in den Solarplexus bekommen hat.

»Ist das eine neuere Erwerbung?« erkundigte er sich und war sich dabei Stephens fragend auf ihn gerichteten Blicks bewußt.

»Aber nein. Mein Mann hat sich schon sehr früh auf Rockingham spezialisiert – schon vor unserer Heirat.« Sie gab ein perlendes, affektiertes kleines Lachen von sich. »Ich kam mir vor, als hätte ich in einen Porzellanladen eingeheiratet.«

»Ja, die habe ich in den Zwanzigern billig ergattert«, sagte Geraldine. »Damals konnte man die Sachen noch günstig bekommen.«

»Die Leute wußten oft gar nicht, was ihre Sachen wert

waren«, warf Stephen ein – eine Bemerkung, die ein leises Unbehagen in der Runde hervorrief. Es schien Nigel ein geeigneter Moment zum Losschlagen zu sein.

»Ich habe gestern einen Blick in Miss Miles' Autobiographie geworfen«, sagte er.

Arthur Geraldine brach das leicht bestürzte Schweigen mit: »Und welche Meinung haben Sie sich darüber gebildet?«

»Literarisch wertlos. Als unbewußte Charakterstudie faszinierend.«

»›Unbewußt‹?« sagte Stephen. »Ich würde meinen, ihr ganzes Leben war eine Abfolge einstudierter Posen.«

»Das Faszinierende ist, das Ich, das sie offenbart hat, mit dem Ich zu vergleichen, das sie darzustellen meinte.«

»Das ist mir alles zu hoch«, sagte Liz Wenham.

»Müssen wir eigentlich ausgerechnet jetzt von der Ärmsten reden?« fragte Mrs. Geraldine.

»Warum nicht?« brummelte Basil Ryle. »Schließlich denken wir doch alle an sie.«

Wieder trat peinliches Schweigen ein. Mrs. Geraldine zeigte den verdutzten Ausdruck der alterprobten Gastgeberin, die ausnahmsweise die Kontrolle über ihre Party verloren hat.

Ryle platzte erneut los: »Wieso tun wir eigentlich alle so, als wäre gar nichts passiert?«

»Weil wir so verdammt zivilisiert sind«, sagte Stephen mit verständnisvollem Schmunzeln.

»Wo ich herkomme, haben wir das Kind beim Namen genannt. Und wir haben Polizisten nicht als Schutzengel betrachtet.« Basil Ryle hatte schon getrunken. Seine Worte, seine Blicke in die Runde waren verschwommen. »Gestern abend haben sie mich in der Mangel gehabt: ›Warum haben Sie die Verstorbene am Donnerstag besucht? Nach uns vorliegenden Informationen hatten Sie eine heftige Auseinandersetzung mit ihr. Worum ging es bei dieser Auseinandersetzung? Hatten Sie nach der Szene in ihrem Haus noch einmal eine Zusammenkunft mit ihr?‹ Bin ich, mit anderen Worten, in ihr Zimmer hier gegangen und habe ihr die Kehle durchgeschnitten? Herrgott im Himmel!«

Mrs. Geraldines Gesicht war zu einem sinnlosen Lächeln erstarrt.

Liz Wenham, die mit ihren rosigen Apfelbäckchen, ihren strahlend klaren Augen und ihrer kunstvollen, wenig kleidsamen Toilette aus kaffeefarbener Spitze wie ein verkleidetes Kind wirkte, eilte ihm zu Hilfe. »Natürlich nicht, mein lieber Basil. Das steht völlig außer Frage. Aber Sie müssen sich zusammennehmen. Das Problem mit Ihnen ist, daß Sie alles in sich hineinfressen – damit fordern Sie eine Explosion ja geradezu heraus.« Liz Wenhams Ton war so rein und wohltuend wie ein North-Country-Wildbach. »Sie haben einen Streit mit Miss Miles gehabt. Na schön. Ich mache Ihnen keinen Vorwurf. Aber daraus muß man doch kein Strindberg-Drama machen. Das ist morbide. Schlimmer noch, es ist kitschiges Selbstmitleid.«

»Also, ich muß schon sagen…« Von dieser kalten Dusche zur Raison gebracht, lachte Basil zittrig. »Wahrscheinlich haben Sie recht, Liz, aber –«

»Natürlich habe ich recht. Außerdem möchte ich diese köstlichen Tournedos genießen. Wenn schon eine Leichenöffnung, dann bitte erst nach dem Essen.«

An dieser Stelle brachte Nigel Geraldine dazu, über die Geschichte des Verlages zu reden, was der Seniorpartner – und er erwies sich dabei als vollendeter Anekdotenerzähler – dankbar tat. Die Dynastie von Wenham & Geraldine bestand in ununterbrochener Linie seit über hundert Jahren. Liz war von Girton aus in den Verlag eingetreten. Arthur war Nachfolger eines Cousins, der 1925 gestorben war. Er hatte eigentlich nicht vorgehabt, das Verlegen von Büchern zu seinem Beruf zu machen, aber da er nach dem Tod des Cousins in der Nachfolge John Geraldines an erster Stelle stand, hatte er es falsch gefunden abzulehnen. Die Stärke dieses dynastischen Gefühls war an der Art und Weise zu erkennen, wie sowohl Arthur als auch Liz von dem Verlag sprachen: Man hätte es Fanatismus nennen können, wäre es nicht so absolut gelassen und selbstsicher dahergekommen. Persönlicher Ehrgeiz, soweit sie überhaupt welchen besaßen, stand hinter dem Prestige des Verlages an zweiter Stelle. Kein Wunder, dachte Nigel, daß die Verleumdungsgeschichte so ein Schlag für sie war; aber wie weit würde die Loyalität jedes einzelnen reichen? So weit, daß sie, wenn alle Stricke reißen, auch die Vernichtung eines Menschen einschließt, der den guten Namen des Verlages bedroht? Nein, das ist sicher undenkbar. Aber wenn Arthur Geraldine G. ist – ›Rockingham‹? Wenn er ein uneheliches Kind gehabt und dessen Mutter sitzengelassen hat? Würde eine solche Enthüllung nicht auch heute noch eine achtbare Säule des Verlagswesens ins Wanken bringen?

Nach dem Essen, als sie im Salon ihren Kaffee getrunken hatten, ließ Mrs. Geraldine sie allein. So war es bei diesen Anlässen üblich, obschon es an diesem Abend nicht geschah, damit die Verlagsleiter von der Arbeit reden konnten. Als sich die Tür hinter seiner Gastgeberin schloß, spürte Nigel die Spannung, die in der Luft lag: Die anderen vier sahen ihn erwartungsvoll und beklommen an.

Er beantwortete die unausgesprochene Frage: »Leider habe ich Ihnen noch nicht sehr viel zu erzählen. Ich hatte heute nachmittag eine Unterredung mit Inspektor Wright; aber er tappt ziemlich im dunkeln – zu wenig Hinweise und zu viele Verdächtige.«

»Zu *viele*?« fragte Arthur Geraldine. »Heißt das etwa, wir stehen alle unter Verdacht?«

»Freut mich zu hören. Ich hatte schon geglaubt, die Rolle des Mörders wäre mir zugedacht«, sagte Basil Ryle.

»Also wirklich, Basil! Bloß weil Sie eine Meinungsverschiedenheit mit –«

»Meinungsverschiedenheit!« Der junge Mann lachte rauh. »Das ist, wie wenn Dr. Johnson den Ben Nevis eine nicht unbeträchtliche Erhebung nennt.«

Nigel beäugte Ryle ausdruckslos. »Man könnte auch den Standpunkt vertreten, daß Ihr Streit mit Millicent Miles auf Ihre Unschuld hindeutet.«

»Ein hübsches Paradox«, sagte Stephen. »Bitte erklären Sie sich näher.«

»Der Mord geschah vorsätzlich und war sorgfältig ausgetüftelt. Dafür hätte Ryle zwischen Donnerstag nacht und Freitag abend wohl kaum Zeit gehabt. Wenn er ihn aber lange im voraus geplant hätte, dann hätte er nicht dadurch die Aufmerksamkeit auf sich gelenkt, daß er sich am Vorabend mit dem Opfer streitet. Ach ja, worüber haben Sie sich denn nun gestritten?«

»Das möchte ich lieber nicht sagen.«

»Ach, Basil, seien Sie doch nicht so edel!« sagte Liz Wenham heftig. »Wir sind ja wohl Ihre Freunde, hoffe ich. Selbst wenn Sie es der Polizei verschweigen müßten –«

»Also gut, Liz, wenn Sie unbedingt wollen«, sprudelte Ryle hervor. »Ich habe sie gemocht. Ich dachte, sie – na ja, sie empfände auch etwas für mich. Ich habe festgestellt, daß ich mich getäuscht hatte. Sie hat mich sehr gründlich von dieser Vorstellung kuriert.«

»Weil sie dahintergekommen war, daß Sie ihr nichts nützten?« fragte Nigel. »Was die Neuauflage ihrer Romane anging? So etwas in dieser Art?«

Ryle nickte kläglich, mit gesenktem Blick.

Liz Wenham platzte heraus: »Höchste Zeit, daß Sie kuriert worden sind, Basil. Dieser Frau hinterherzutrotten, als wäre sie eine Lichtgestalt!«

»Man hört nicht auf, jemanden zu lieben, weil sich herausstellt – herausstellt...« Basil Ryles schon fast unhörbare Stimme verebbte vollends.

Keiner konnte ihn ansehen. Stephen Protheroe brach das verlegene Schweigen. »Tja, Basil ist aus dem Schneider. Was ist mit den anderen Kandidaten?«

»Niemand ist aus dem Schneider«, sagte Nigel. »Jedenfalls noch nicht. Die anderen Kandidaten, wie Sie sie nennen, sind hier im Zimmer. Dazu kommt natürlich noch Cyprian Gleed.«

Arthur Geraldine machte ein schockiertes Gesicht. »Mein Lieber, wollen Sie etwa andeuten, daß Miss Wenham oder – oder ich –?«

»Die Polizei muß jeden verdächtigen, dessen Alibi nicht

bestätigt ist. Sie stürzt sich zunächst auf das Naheliegende, und normalerweise hat sie damit recht. Der naheliegende Verdächtige ist Cyprian Gleed, weil er ein starkes Motiv hatte und sein Alibi durch nichts gestützt wird. Aber das nützt der Polizei gar nichts, solange sie nicht die Waffe oder ein blutbeflecktes Kleidungsstück oder den Ersatzschlüssel zu dem Nebeneingang hier findet.«

»Ach, deshalb haben sie angefangen, danach zu fragen, wo wir uns am Samstag und Sonntag aufgehalten haben.«

»Ja. Der Mörder hat die Waffe etc. vielleicht erst dann beseitigt.« Nigel hielt einen Moment inne. »Sehen Sie, Sie alle haben nicht einmal für den Zeitraum, in dem der Mord begangen wurde, ein ausreichendes Alibi. Mr. Geraldine war von 17.20 bis 17.50 allein in seinem Zimmer – das sind natürlich alles nur ungefähre Zeiten. Mr. Ryle war von 17.25 bis kurz vor 18.00 allein in *seinem* Zimmer. Miss Wenham war von 17.20 bis 17.30 allein in ihrem Zimmer, dann hat sie den Verlag verlassen – das ist bestätigt; theoretisch aber könnte sie durch den Nebeneingang wieder hereingekommen sein, Miss Miles getötet haben und trotzdem um sechs Uhr oder kurz danach bei ihrer Cocktailparty in Chelsea gewesen sein.«

»Aber es ist absolut grotesk anzunehmen, daß Liz…«, protestierte Geraldine.

»Ich erzähle Ihnen schlicht, was Wright sich so denkt. Er ist auch darauf gekommen, daß eine Frau Galoschen tragen könnte, die ihr mehrere Nummern zu groß sind, um die Ermittlungen durcheinanderzubringen. Schön, dann haben wir noch Protheroe. Miss Sanders bestätigt, daß er das Gebäude um 17.20 verlassen hat. Wir wissen, daß er den 18.05

in Waterloo erwischt hat, weil seine Bekannten ihn am Zielort abgeholt haben. Er *sagt,* er ist zu Fuß über die Hungerford Bridge zur Waterloo Station gegangen. Aber auch er hätte durch den Nebeneingang ins Gebäude zurückflitzen können und –«

»Nein, das hätte er nicht«, unterbrach ihn Liz. »Der Nebeneingang ist bis halb sechs von innen verriegelt.«

»Allerdings hätte ich die Riegel zurückschieben können«, gab Stephen zu bedenken, »dann durchs Empfangszimmer hinausgehen, dann –«

»Stephen, ich wünschte, du würdest nicht so daherreden«, sagte Liz Wenham in zurechtweisendem Ton. Nie war ihre Zuneigung zu dem kleinen Mann für Nigel offensichtlicher gewesen.

»Dieses ganze Hinaus- und Hineinflitzen ist doch Unsinn«, erklärte Arthur Geraldine. »Man würde gesehen, wenn man in den Verlag zurückkehrte. Zumal um halb sechs, wenn viele Mitarbeiter den Verlag durch den Nebeneingang verlassen.«

»Ich finde dieses Gerede überhaupt morbid.« Liz Wenhams Gesicht hatte sich gerötet. »Es ist absurd anzunehmen, einer von uns könnte einen Mord begehen – jedenfalls so einen.«

»Also gut«, sagte Stephen. »Wir vier sind viel zu anständig, um sogar eine Millicent Miles umzubringen. Also bleibt als Schurke nur Cyprian Gleed übrig. Zweifellos hat er ein wasserdichtes Alibi, das der berühmte Spürhund Strangeways schließlich knacken wird.«

»Nein. Er war von 16.30 bis 19.00 allein in seiner Wohnung, sagt er. Er kann es nicht beweisen, und wir können es nicht widerlegen – bis jetzt. Er sagt, er hat einen Besuch von seiner Mutter erwartet, den er am Nachmittag davor telefonisch mit ihr vereinbart hatte. Er habe sie irgendwann zwischen halb sechs und halb sieben erwartet; er sei in dem fraglichen Zeitraum allein gewesen, weil er sich unter vier Augen mit ihr unterhalten wollte.«

»Sie glauben, er hat sich das alles ausgedacht?« fragte Geraldine.

»Wenn er ein Alibi liefern wollte, dann würde ich meinen, er hätte sich etwas Besseres zusammenbasteln können. Und Miriam Sanders sagt, am Donnerstag nachmittag sei tatsächlich ein Anruf von ihm für seine Mutter gekommen.«

»Tja, damit wäre das erledigt.«

»O nein, keineswegs. Cyprian könnte angerufen haben, um sich *hier* mit ihr zu verabreden. Vielleicht hat er auch Miriam Sanders überredet, den Telefonanruf zu erfinden.«

»Aber –«

»Sie ist seine Geliebte. Und, fürchte ich, ziemlich unter seiner Fuchtel.«

»Miriam?« rief Liz Wenham aus. »Aber sie hat ihr Geschichtsexamen mit Eins bestanden.«

Sogar Basil Ryle stimmte in das Gelächter ein. Errötend fügte Liz hinzu: »Ich will damit nicht sagen, daß Historikerinnen nie mit jemandem ins Bett gehen. Aber sie ist ein kluges Mädchen, und ehrgeizig – sie würde sich nie mit einem nichtsnutzigen kleinen Wicht wie Gleed einlassen.«

»Ach Liz«, sagte Ryle. »Ich bin auch klug und ehrgeizig, und sehen Sie sich an, mit wem ich mich eingelassen habe.«

»Das ist etwas ganz anderes.«

»Mir fällt gerade etwas ein«, sagte Geraldine langsam.

»Falls der Anruf tatsächlich gekommen ist und jemand ihn mitgehört hat... oder vielleicht hat Miss Miles irgendwem gegenüber erwähnt, daß sie am nächsten Tag ein Gespräch mit ihrem Sohn haben würde... also, das verschaffte dem Mörder... aber das ist natürlich reine Spekulation. Ich –«

»Was soll denn dieses Herumgedruckse, Arthur?« Liz klang gereizt.

Stephen Protheroe grinste sie an. »Ich werde fortwährend daran erinnert, daß Millicent Miles das Zimmer neben meinem benutzt hat. Als ob ich eine Gedächtnisstütze bräuchte! Arthur wollte sagen, daß ich das Telefongespräch hätte mitbekommen und ihm entnehmen können, daß Gleed am Freitag abend allein in seiner Wohnung sein würde. Ich hätte das Verbrechen in diesem Zeitraum begehen können, um den Verdacht auf dieses elende Würstchen zu lenken.«

»Also wirklich, Stephen!« begann Geraldine zu protestieren.

»Und? Haben Sie?« fragte Nigel.

»Den Mord begangen?«

»Das Telefongespräch mitbekommen.«

Stephen Protheroe zögerte kurz, ehe er antwortete: »Ich meine, mich zu erinnern, daß an diesem Nachmittag ihr Telefon klingelte. Das ist nicht allzuoft passiert. Aber ich hätte unmöglich hören können, was sie gesagt hat.«

An dieser Stelle begann Nigels Nebenhöhle erneut heftig zu schmerzen, und er verfügte sich unter Entschuldigungen an die Adresse seines Gastgebers der Länge nach auf ein Sofa, um, von den anderen mitfühlend beobachtet, die Nasentropfen einzuspritzen. Ihre Gesichter und die Reihen wunderschönen Porzellans schwangen im Halbkreis vor und zurück, als er sich, einen Moment lang schwindelig, wieder aufsetzte.

Mit einemmal schaute er in Liz Wenhams Augen und nahm darin einen abwesenden, besorgten Ausdruck wahr, den er dort noch nie gesehen hatte. Als sie seinen forschenden Blick bemerkte, sagte sie: »Das sollten Sie operieren lassen. Es hat keinen Sinn, mit Hausmittelchen daran herumzudoktern.«

»Man hat mir von einem, wie es so schön heißt, chirurgischen Eingriff abgeraten.«

Arthur Geraldine beugte sich vor. »Eines verstehe ich nicht – warum glaubt die Polizei, daß es zwischen fünf und sechs passiert ist?«

»Zwischen zwanzig nach fünf und sechs, meinen Sie. Protheroe hat sein Zimmer erst um zwanzig nach fünf verlassen.« Nigel erklärte die Sache mit dem zugenagelten Fenster. »Das läßt darauf schließen, daß das Verbrechen begangen wurde, während sich noch Leute im Verlag aufhielten, aber Ihre Mitarbeiter gehen freitags alle nicht später als halb sechs. Vom Standpunkt des Mörders aus betrachtet, bestand die einzige Gefahr also darin, daß einer der Verlagsleiter Überstunden machte. Und bei zwei von Ihnen war das ja auch der Fall.«

Liz meinte: »Ich verstehe nicht, warum davon ausgegangen werden muß, daß der Mörder einer von uns oder einer von den Mitarbeitern sein muß.«

»Es wird nur davon ausgegangen, daß der Mörder jemand war, den das Opfer gekannt und vermutlich erwartet hat – jedenfalls jemand, der mit der Verteilung der Räume und mit den Arbeitszeiten vertraut war.«

Basil Ryle schaute schon seit geraumer Zeit immer verwirrter drein. »Wollen Sie damit etwa sagen…? Ganz gleich, wie gut sie den Mörder gekannt hat, sie hätte es doch bestimmt eigenartig gefunden, wenn er angefangen hätte, das Fenster zuzunageln?«

»Ach, das hat er *nach* dem Mord gemacht.«

»*Was?* Aber Sie haben doch gesagt, er wollte damit verhindern, daß er dabei ertappt –«

»Nicht bei dem Mord, sondern bei dem, was er danach zu tun hatte.«

Die Teilhaber blickten einander verblüfft an.

»*Nach* dem Mord?« fragte Stephen Protheroe. »Aber das ist doch abwegig! Er würde doch auf dem schnellsten Weg von dort verschwinden –«

»Seine Spuren verwischen, meinen Sie? Falsche Spuren legen oder dergleichen?« fragte Geraldine.

Nigel überlegte rasch. Er mußte eine Augenblicksentscheidung treffen. Wenn der Mörder einer dieser vier war, dann würde ihn das, was Nigel jetzt sagen konnte, möglicherweise warnen oder aber nervös machen.

»Ich weiß nicht, ob… Es ist nur eine Vermutung von mir«, begann er langsam. »Oder sagen wir, eine Ahnung. Angenommen, das Geheimnis dieses Verbrechens liegt in Millicent Miles' Vergangenheit. Angenommen, ihre Autobiographie enthielt einen wichtigen Hinweis auf das Motiv. Der Mörder könnte das gewußt oder vermutet haben. Wenn es so war, dann hat er die Seite in ihrem Buch, die ihn verrät, finden und entfernen wollen. Also hat er das Fenster zugenagelt –«

Liz Wenham explodierte schier vor Unduldsamkeit.

»Wollen Sie ernsthaft behaupten, er hat sich, nachdem er sie umgebracht hat, hingesetzt und zweihundert Seiten Typoskript gelesen? Da hätte er doch wohl eher den ganzen Stapel mitgenommen und vernichtet?«

»Nicht unbedingt. Ein subtilerer Denker, und ich glaube, wir haben es mit einem subtilen Denker zu tun, würde vielleicht lieber die belastende Seite oder Seiten mitnehmen –«

»Fehlen denn welche?« fragte Ryle.

»Nein. Aber vielleicht hat er das Fenster zugenagelt, um Zeit zu haben, Ersatzseiten zu tippen. Eine Ihrer Mitarbeiterinnen hat letzten Freitag um halb sechs tatsächlich jemanden in Miss Miles' Zimmer tippen hören.«

Arthur Geraldine rief aus: »Also, das ist nun wirklich zu bizarr, mein Lieber. Da sind Sie ganz bestimmt auf dem Holzweg –«

»Da bin ich ganz anderer Meinung, Arthur«, sagte Stephen Protheroe. »So allmählich interessiert mich das Verbrechen selbst. Wenn Strangeways recht hat, dann stellt das eine schöne Übung in Textkritik dar: Von welchen Seiten läßt sich, wenn überhaupt, mittels inhärentem Beweis zeigen, daß sie von einem anderen Verfasser stammen? Aber vielleicht« – er lächelte Nigel gewinnend an – »haben Sie das ja schon ermittelt?«

»Nein. Wie gesagt, ich hatte nur Zeit für einen kurzen Blick in das Buch. Ich muß mich morgen mal daranmachen… nein, da habe ich mehrere Gespräche… dann also übermorgen.«

»Ist das denn nicht Aufgabe der Polizei?«

»Doch, ja. Inspektor Wright kennt mich allerdings ziemlich gut; und literarische Rätsel sind nicht seine Stärke.«

»Ich hätte auch Lust, mich daran zu versuchen«, erklärte Stephen aufgeräumt. »Ich muß das verdammte Ding ja sowieso irgendwann lesen, wenn wir es immer noch verlegen wollen. Vielleicht könnten wir das Problem gemeinsam lösen.«

»Sei nicht so makaber, Stephen«, sagte Liz.

»Es wäre vielleicht ganz nützlich«, meinte Nigel höflich, aber unverbindlich. Tja, dachte er, jetzt ist das bißchen Falle also beködert. Mal sehen, ob in den nächsten circa vierundzwanzig Stunden jemand hineinfällt.

Er wollte gerade aufstehen, um zu gehen, als Stephen Protheroe bemerkte: »Ach, übrigens, was war das noch mal, was Sie da heute morgen über Rockingham gesagt haben? Das hatte doch auch etwas mit der Autobiographie zu tun, wenn ich es recht verstanden habe.«

»Ja. Ich bin in einem der ersten Kapitel zufällig auf den Namen gestoßen. Miss Miles hat einigen Personen in ihrem Buch ein Pseudonym gegeben. Diesen ›Rockingham‹ scheint sie recht gut gekannt zu haben. Ich dachte mir, ich könnte vielleicht etwas über ihre jungen Jahre von ihm erfahren, wenn ich herausfände, wer das ist – man weiß nie, was einem alles weiterhelfen kann.«

Arthur Geraldines Lippen, beobachtete Nigel, waren so straff gespannt, daß sie beinahe in seinem Gesicht verschwanden.

11
Eingebracht

Für Nigel, dem Dr. Edith Summerskill als Urtyp der in der Öffentlichkeit stehenden Frau galt, stellte Mrs. Blayne eine kleine Überraschung dar. Ihre Stimme war sanft und melodisch, ihr Auftreten kaum einschüchternd: Sie ähnelte, wie sie da mit über der Speisekarte hin und her ruckendem Kopf am Restauranttisch saß, das schwarze Kostüm an Kragen und Aufschlägen mit weißem Piqué paspeliert, einem adretten, scheuen, energischen Vogel – einem Steißfuß, vielleicht. Es war der Tag nach der Dinner Party, und Nigel hatte auch Clare Massinger zum Lunch eingeladen.

Als sie gewählt hatten – bei Clare, die von einer reichhaltigen Speisekarte stets in lähmende Unentschlossenheit gestürzt wurde, ein längeres Unternehmen –, erzählte Nigel Mrs. Blayne ein wenig von dem Fall, mit dem er gerade zu tun hatte.

»Sie sehen also«, sagte er abschließend, »es geht darum, etwas über ihre jungen Jahre in Erfahrung zu bringen. Clare hat mir gesagt, Sie hätten sie damals gekannt.«

»Aber ja, wir sind zusammen zur Schule gegangen. Wimblesham High School. Als Mädchen habe ich sie recht gut gekannt. Dann habe ich ein Stipendium für Somerville bekommen, und wir haben uns ziemlich auseinandergelebt.

Aber in den Ferien habe ich sie immer noch ab und zu gesehen.«

»Als sie im Buchladen gearbeitet hat?«

»Ja.« Mrs. Blaynes adrett frisierter Kopf ruckte ihm entgegen, und sie stieß ein bezauberndes, perlendes kleines Lachen aus.

»Komisch, woran man sich so erinnert. Haben Sie jemals einen Verkäufer in einem Buchladen lesen sehen?«

»Nein, ich wüßte nicht.«

»Sie hat aber. Jedesmal, wenn ich dorthin kam, hatte sie die Nase in einem Buch. Immer ein Roman. Ich habe über den Schund, den sie gelesen hat, ziemlich die Nase gerümpft. Arme Millie! Und ich glaube, sie hat mich darum beneidet, daß ich auf der Universität war. Die Freundschaft hatte etwas Ungutes.«

»Das haben Freundschaften zwischen Frauen immer«, bemerkte Clare. »Wir versuchen ständig, uns in das Leben der jeweils anderen einzumischen, und das nehmen wir einander übel.«

»Aber sie hatte auch männliche Freunde?« fragte Nigel.

»Dutzende, wenn man sie so hörte. Aber sie war schon in der Schule eine wunderbare Märchenerzählerin, jedenfalls hat sie einen dazu gebracht, daß man seine Skepsis aufgab. Die Englischlehrerin hat einmal gesagt, Millies erzählerisches Talent hätte einen besseren Gegenstand verdient. Das könnte wohl auch der Grabspruch der Ärmsten sein.« Mrs. Blayne hielt inne, um an ihrem Martini zu nippen. »Wissen Sie, bei Gericht stehen jede Woche solche Mädchen vor mir. Wegen Kleindiebstahl, Ladendiebstahl und dergleichen. Sie können einfach nicht zwischen der Wirklichkeit und ihren

Phantasien unterscheiden. Und sie machen immer irgend etwas anderes für ihre Vergehen verantwortlich – ihr Pech, Eltern, die sie nicht ›verstehen‹, die Gesellschaft, die ihnen keine Chance gibt. Ich rede zuviel.«

»Aber nicht doch. Es hilft, das Bild zu vervollständigen. Sie würden also sagen, daß Millicent Miles als Mädchen eine potentielle Delinquentin war?«

»Ich hasse dieses Wort. Trotzdem, ja, das war sie wohl. Der Unterschied war nur, daß sie eine schon fast unheimliche Gabe hatte, keinen Ärger zu bekommen, den Konsequenzen von Handlungen zu entgehen, für die sie verantwortlich war.«

»Sie meinen, sie hat anderen dafür die Schuld gegeben?« fragte Clare.

»So einfach ist es nicht. Sie war natürlich eine starke Persönlichkeit, voller Vitalität und Anziehungskraft: das, was man früher einen ›Wildfang‹ nannte. In der Schule bildete sie stets den Mittelpunkt einer Gruppe. Aber sie hatte auch noch eine andere Seite – einen Zug von Verschlagenheit, nein, von unverbesserlicher Selbsttäuschung – so daß sie sich, wenn sie etwas Unrechtes tat, davon distanzieren konnte, sich einreden konnte, daß es gar nicht passiert war, sich selbst so erfolgreich täuschen konnte, daß zuweilen auch andere getäuscht wurden.«

Mrs. Blayne hielt inne, während man ihnen den ersten Gang servierte. Dann trat wieder der erinnerungsschwere Blick in ihre Augen.

»Ihr Vater war ein vollkommen unmöglicher Mensch. Wahrscheinlich hatte sie das alles von ihm. Ständig über seine Verhältnisse gelebt – ich weiß noch, wie meine Eltern darüber geredet haben, als er bankrott ging. Ja, richtig, da fällt mir ein, daß ich ungefähr zu dieser Zeit – zur Zeit des Bankrotts – eine merkwürdige Erkenntnis über Millie gewonnen habe. Es muß in unserem letzten Jahr in der Schule gewesen sein. Sie hat mir eines Tages anvertraut, daß ein Mann einen Annäherungsversuch bei ihr gemacht hätte. Wir haben das damals nicht so genannt, aber Millie hat keine Einzelheit ausgelassen. Später habe ich erfahren, daß sie es auch einer ganzen Reihe anderer Mädchen anvertraut hat, und die Geschichte wurde durch die Wiederholung immer reißerischer. Ich war damals Aufsichtsschülerin der Oberstufe und voller Gemeinsinn – ein gräßlicher Tugendbold, um genau zu sein. Also habe ich gesagt, ich würde es der Direktorin melden. Millie hat mich angefleht, es nicht zu tun, aber ich bin trotzdem hingetrabt. Zum Glück war die Direktorin eine vernünftige Frau. Sie hat Millie sofort herzitiert und mit meiner Aussage konfrontiert. Und Millie ist ungeschoren davongekommen. Sie hat gesagt, sie hätte mich nur auf den Arm nehmen wollen, das Ganze wäre ein Scherz. Daß ich die alberne Geschichte ernst nähme, zeige nur, was für ungesunde Gedanken ich hätte. Aber sie hatte, als sie das Ganze als Scherz hinstellte, etwas so Offenes, Gesundes, Antiseptisches an sich, daß ich mir vollkommen dumm vorgekommen bin – als ob ich eine schmutzige Phantasie hätte. Sie hat natürlich einen Verweis bekommen. Aber die Direktorin hat das alles unbesehen als nicht ganz stubenreinen Spaß von Millie und als Übereifer von mir betrachtet.«

»Hatte sie denn tatsächlich alles erfunden?« fragte Clare.

»Das werde ich nie erfahren. Dazu imstande war sie; Hauptsache, es stellte sie ins Rampenlicht. Andererseits« –

Mrs. Blayne schnitt eine kleine Grimasse – »war sie in diesem Alter schon ein körperlich reifes Mädchen.«

»Hat sie Ihnen den Namen des Mannes gesagt?« erkundigte sich Nigel.

»Nein. Sie hat gesagt, er wäre zu ihnen nach Hause gekommen, als ihre Eltern nicht da waren. Er sei Handelsreisender – nein, jetzt weiß ich es wieder –, ein Vertreter der *Daily Sun;* Sie kennen ja die Vertriebsmethoden, die die Zeitungen in den Zwanzigern hatten. Abonnieren Sie die *Daily Sun* für ein Jahr, und Sie bekommen von uns vollkommen gratis eine Ausgabe der Romane von Charles Dickens.«

»Sein Äußeres hat sie nicht beschrieben?«

»Ich glaube nicht. Nur eins ist mir im Gedächtnis geblieben – wie Millie mit angehaltenem Atem und einer ziemlich verheerenden sexuellen Frühreife zu mir gesagt hat: ›Julia, traue niemals einem Mann mit dünnen Lippen.‹«

»Ach ja?« sagte Nigel mit Pokergesicht. »Sieh an, sieh an. Die Welt ist klein. Aber auch wieder nicht so klein, daß es nicht tausend dünnlippige Männer darin gäbe.«

»Achten Sie nicht auf ihn, Julia. Er hat die schlechte Angewohnheit, laut mit sich selbst zu reden. Und lassen Sie Ihr Essen nicht kalt werden.«

Während Mrs. Blayne mit ihrem Essen aufholte, grübelte Nigel über einen der Einträge im *Who's Who* nach, den er nachgeschlagen hatte, während die forsche Susan sich an seine Schulter lehnte. Arthur Geraldines Eintrag gab keinen Aufschluß über den Zeitraum zwischen »Schulbildung...« und »Eintritt in den Verlag Wenham & Geraldine, 1925«.

»In welchem Jahr ist das passiert – daß der *Daily-Sun*-

Vertreter bei Millicent Miles einen Annäherungsversuch gemacht hat?« fragte er kurz darauf.

»Es war unser letztes Jahr in der Schule: das Sommerhalbjahr 1924.«

»Ja, das würde passen.«

»Alter Geheimnistuer, was?« sagte Clare liebevoll.

»Sind Sie oft zu den Miles nach Hause gegangen?«

»Nein, nicht sehr häufig. Millie hat sich, glaube ich, ein bißchen für ihre Eltern geschämt. Zu grobschlächtig für die empfindsame Seele, als die sie sich dargestellt hat – ach Gott, das war jetzt aber nicht nett. Es war die übliche gräßliche kleine Doppelhaushälfte. Mrs. Miles war allerdings eine penible Hausfrau. Ein richtiger Putzteufel. Und ungeheuer etepetete. Tee gab es im vorderen Wohnzimmer, das weiß ich noch – kalt wie eine Leichenhalle und mit schauderhaften Sachen vollgestopft. Ungefähr die Hälfte des Zimmers war mit einer riesigen Vitrine zugestellt, gefüllt mit Tellern, die zweifellos nie benutzt wurden.«

»Waren das wohl zufällig«, fragte Nigel mit unbeteiligt gesenktem Blick, »Teller von einer zarten Aprikosenfarbe?«

Mrs. Blayne machte ein Gesicht wie vom Donner gerührt. »Ja, genau. Aber woher um alles in der Welt –«

»Ich hätte Sie warnen müssen«, sagte Clare. »Nigel besitzt seltsame Kräfte. Er ist eine Art Hexenmeister.«

»Sie haben sich die Teller bildlich vorgestellt, nicht wahr, Mrs. Blayne? Das Phänomen der außersinnlichen Wahrnehmung ist bei weitem nicht so selten wie allgemein angenommen«, bemerkte Nigel wolkig. »Die Teller sind vermutlich zu Geld gemacht worden, als Mr. Miles bankrott ging.«

»Das kann ich Ihnen nicht sagen. Nach der Szene mit der

Direktorin bin ich eigentlich nie mehr dort gewesen. Ich war deswegen ziemlich sauer auf Millie und hatte bis auf weiteres mit ihr gebrochen.«

»Aber später sind Sie dann wieder zusammengekommen.«

»Ja, wegen des Bankrotts hat sie mir leid getan. Nicht daß das wirklich nötig gewesen wäre – sie hat selbst ein packendes Drama daraus gemacht.«

»Wie lange hat sie in dem Buchladen gearbeitet?«

»Ungefähr zwei Jahre, glaube ich. Dann ist sie krank geworden – ja, das muß 1926, in meinem zweiten Jahr in Oxford, gewesen sein. Sie hat mir erzählt, sie hätte Tuberkulose und ginge in ein Sanatorium – war's nicht in der Schweiz? Heute weiß ich das alles nicht mehr so genau. Bald danach sind meine Eltern von Wimblesham weggezogen, und ich habe völlig den Kontakt zu ihr verloren.«

»Wie sah es während der Buchladen-Zeit mit männlichen Freunden aus?«

Julia Blayne glaubte nicht, daß sie ihm in diesem Punkt sehr viel weiterhelfen konnte. Millicent, vermutete sie, wäre bei jeder echten Affäre so verschwiegen gewesen, wie sie bei erfundenen mitteilsam gewesen war. Außerdem habe ein Bankrott in den Kreisen, in denen Millicent sich damals bewegte, als Schande gegolten; und die einheimische Jugend habe sie eine Zeitlang gemieden – Mrs. Blayne erinnerte sich noch, wie sehr ihre Freundin das übelgenommen hatte.

»Hat sie mit Ihnen eigentlich je über ihre literarischen Ambitionen gesprochen?«

»Aber ja. Sie hat mich sogar mit einer ganzen Menge ihrer Machwerke behelligt«, antwortete Mrs. Blayne trocken.

»Sie hat aber nie davon gesprochen, daß sie mit einem jungen Schriftsteller Freundschaft geschlossen hätte, der ihr beim Schreiben half?«

»Nein. Aber wie gesagt, sie konnte sehr verschwiegen sein.«

Clare, die sich ein Zabaione zu Gemüte führte, blickte träumerisch auf. »In den Zwanzigern gab es noch keinen National Health Service, oder?«

»Völlig richtig, Liebes. Freut mich zu hören, daß du Sozialgeschichte studierst.«

»Wie hat sie sich dann ein Sanatorium leisten können?«

»Mir ist, als hätte sie mir erzählt, daß irgendein Verwandter dafür aufkäme«, sagte Mrs. Blayne. »Sie hat gesagt, sie würde mir die Adresse des Sanatoriums schreiben, hat es aber nie getan.«

»Es ist eine Fangfrage, fürchte ich«, sagte Nigel langsam, »aber ist Ihnen oder sonstwem, der sie damals gekannt hat, nie der Gedanke gekommen, daß sie in Wirklichkeit weggefahren ist, um ein Baby zu bekommen oder loszuwerden?«

Die Friedensrichterin in Julia Blayne gewann die Oberhand. »Damals ganz bestimmt nicht«, erwiderte sie forsch. »Jedenfalls mir nicht. Und wenn es Gerede gegeben hat, habe ich nichts davon mitbekommen. Aber es ist natürlich durchaus möglich. Millie hat sehr blaß ausgesehen. Und ich weiß noch, daß ihr übel wurde, als ich das letzte Mal mit ihr zum Picknick in den Park gegangen bin. Damals habe ich das alles der Tuberkulose zugeschrieben. Ich kannte mich damit ja nicht aus.«

»Sie hat Ihnen gegenüber nie den Namen ›Protheroe‹ erwähnt? Oder ›Rockingham‹? Oder ›Geraldine‹?«

»Ich kann mich nicht erinnern.«

Nigel hatte nichts anderes erwartet. Falls Millicent Miles mit achtzehn oder neunzehn eine Affäre mit einem Mann gehabt hätte, hätte sie dafür gesorgt, daß niemand davon erfuhr.

»Sie hat Menschen *benutzt*«, sagte Julia Blayne. »Das ist der grundlegende Eindruck von ihr, der mir nach all den Jahren im Gedächtnis geblieben ist. Sie hat absolut schamlos und skrupellos Menschen benutzt, so wie ein kluges Kind Erwachsene benutzt.«

»Sie scheint drei Ehemänner abgenutzt zu haben«, bemerkte Clare. »Und ich vermute, sie hat Leute, die sie gekannt hat, als Figuren in ihren Romanen benutzt.«

»O Gott!« stöhnte Nigel. »Erzähl mir bloß nicht, daß ich die jetzt alle lesen muß!«

»Mußt du nicht. Habe ich schon.«

»Was?«

»Na ja, zumindest den ersten. Gestern habe ich eine Ausgabe aufgetrieben. 1928 herausgekommen. Handelt von einer jungen unschuldigen Tippse, die von einem gewinnenden Privatier mit zuviel Muße ein Andenken bekommt. Sie wird sitzengelassen und geächtet und hat es allgemein schwer, bis sie den arbeitsamen Sohn des Chefs heiratet, der sie schon immer auf solide, stille, respektvolle Weise geliebt hat.«

»Du meine Güte! Und Erstlinge gelten normalerweise als autobiographisch.«

Kurz darauf erklärte die geschäftige Mrs. Blayne, daß sie gehen müsse. Nigel bekam noch ein, zwei Namen von ihr, aber der eine, an dem ihm am meisten lag, nützte ihm nichts;

nach dem Krieg zu einem Schultreffen nach Wimblesham zurückgekehrt, hatte Mrs. Blayne gehört, daß der Buchladen 1940 von einer Bombe zerstört worden und der Besitzer dabei ums Leben gekommen war.

Der ganze verdammte Fall ist ein Gewirr loser Enden, sagte sich Nigel auf dem Weg zur Fleet Street. In der Redaktion der *Daily Sun* jedoch erwies sich einer seiner Schüsse ins Blaue als Volltreffer. Der geschäftsführende Direktor, mit dem er telefonisch einen Termin vereinbart hatte, ließ in den Akten nachsehen. Der Vertreter der *Daily Sun* im Gebiet Wimblesham für die große Abonnentenwerbeaktion von 1924 war ein gewisser Arthur Geraldine.

»Tja, was sagt man dazu? Und heute ist er ein Topverleger, oder? Hat einen wunderhübschen Verleumdungsfall am Hals – das ist er doch? War mir gar nicht klar, daß der mal bei uns gearbeitet hat. War natürlich vor meiner Zeit.«

»Ob es wohl noch jemanden bei der Zeitung gibt, der ihn gekannt hat?«

»Bezweifle ich. Wir fliegen alle nach ein paar Jahren, wenn wir nicht schon vorher schlappmachen und vor lauter Horror sterben. Das heißt, Moment. Der alte Jackson hat's überlebt. War unser Werbeleiter. Hat sich letztes Jahr in ein Leben unverdienter Muße zurückgezogen. Eunice, suchen Sie mal Mr. Jacksons Adresse raus, ja?«

So vieles, dachte Nigel, während er sich auf den Weg nach Putney machte, um mit dem pensionierten Mr. Jackson zu sprechen, so vieles hängt von Millicent Miles' Autobiographie ab. Wie weit kann man ihr vertrauen? Wie kann man unter all der subjektiven, schützenden Färbung, die sie so großzügig aufgetragen hat, die objektiven Tatsachen ausmachen? Steht das ausradierte »G« für Arthur Geraldine? Nennt sie ihn ›Rockingham‹ aufgrund einer Assoziation mit dem Rockingham-Porzellan in der Vitrine in jenem schrecklichen kleinen Vorderzimmer? Wenn ja, war das dann eine Zufallsassoziation oder eine gewollte? Damals in den Zwanzigern, hatte Stephen Protheroe ziemlich maliziös bemerkt, »wußten die Leute oft gar nicht, was ihre Sachen wert waren«. Angenommen, Arthur Geraldine, der *Daily-Sun*-Vertreter, der fanatische Sammler, hatte das Rockingham-Service bei seinem ersten Besuch im Hause Miles gesehen und Millicents Vater einen Fünfer dafür geboten? Im Sommer 1924 war Mr. Miles schon fast pleite gewesen – durchaus möglich, daß er sofort zugegriffen hatte, weil er nicht wußte, daß das Service ein Vielfaches wert war. Fest stand jedenfalls, daß ein Rockingham-Service von der gleichen zarten Aprikosenfarbe mittlerweile die Tafel der Geraldines zierte und irgendwann vor deren Heirat im Jahre 1930 »erworben« worden war.

Das wäre nun zwar eine ziemliche Gemeinheit – fast schon glatter Raub – gewesen, konnte aber schwerlich als gute Karte gelten, die Miss Miles dreißig Jahre später bei einer Erpressung ausspielen könnte; nicht so gut jedenfalls, daß Geraldine gezwungen wäre, sie eher umzubringen, als sich bloßstellen zu lassen. Andererseits hatte der Kauf des Rockingham-Service Geraldine möglicherweise in engeren Kontakt mit der Familie Miles gebracht. Er mußte damals Anfang Zwanzig gewesen sein, und Millicent war ein sexuell reifes Mädchen. Falls er etwas später ihr Liebhaber geworden war, konnte man verstehen, daß sie ihn in ihren Memoiren ›Rockingham‹ nannte. Mit Sicherheit war Geraldine

»eine Größe in der literarischen Welt« geworden. Daß er je ein »schüchterner, schlaksiger junger Mann« gewesen war, konnte man sich vielleicht nicht so ohne weiteres vorstellen; aber hier mußte man Miss Miles' von Klischees strotzenden Stil berücksichtigen: gut möglich, daß für sie alle jungen Männer schüchtern und schlaksig waren.

Das größte Manko dieser Theorie war, daß sie »Rockingham« laut ihrer Autobiographie ein paar Wochen nach ihrem achtzehnten Geburtstag kennengelernt hatte. Ihr Geburtstag war der 3. August. Die Episode mit dem Mann (»Traue niemals einem Mann mit dünnen Lippen«), der angeblich einen Annäherungsversuch bei ihr gemacht hatte, hatte sich im Sommerhalbjahr ereignet, als sie noch siebzehn gewesen war. Natürlich könnte ihr Gedächtnis für Daten fehlerhaft gewesen sein; oder irgendein obskurer psychischer Vorgang hatte sie veranlaßt, die erste Begegnung absichtlich auf später zu datieren; oder aber die Geschichte, wie er einen Annäherungsversuch bei ihr gemacht hatte, war tatsächlich reine Erfindung (Wunscherfüllung?), und sie hatte ihn lediglich *gesehen*, als er in seiner Eigenschaft als *Daily-Sun*-Vertreter das Haus ihrer Eltern besuchte, und erst *kennengelernt*, als er einen Monat später in den Buchladen gekommen war.

Mr. Jackson, ein rotgesichtiger, weißhaariger Mann, empfing Nigel gastfreundlich.

»Tee oder Whisky? In der Redaktion haben wir um halb vier immer was getrunken, und ich bleibe gern bei alten Gewohnheiten.«

Nigel entschied sich für Tee und kam dann, mit einiger Vorsicht, auf den Zweck seines Besuches zu sprechen.

»Geraldine? Geraldine? Ja, ich kann mich an ihn erinnern«, sagte Mr. Jackson, der lebhaft in seinem Sessel herumzappelte. »Hat's zu was gebracht, stimmt's? Wann war das doch gleich? – Mitte der Zwanziger. Ja. Seine Lordschaft, unser Besitzer« – Mr. Jackson bekreuzigte sich fromm –, »hatte gerade mal wieder die abartige Vorstellung, das Niveau des Blattes zu heben. Hat ein paar Universitätsabsolventen angeheuert. Nein, ich nicht, ich stamme aus der Gosse. Und dann hat Seine Lordschaft gleich noch eine prima Idee gehabt – er sprüht nämlich von Ideen, die reinste Landplage –: warum eigentlich diese hochgebildeten Typen nicht dazu verwenden, unsere Abonnentenwerbung anzukurbeln? Wer das Käseblatt für ein Jahr abonniert hat, der hat von uns im Gegenzug eine komplette Ausgabe *Große Romane der Weltliteratur* gekriegt, verstehen Sie? Tja, und da hat Seine Lordschaft eben diese wahrhaft napoleonische Vorstellung entwickelt, die Jungs von der Universität auf Abonnentenfang zu schicken. Und warum und wieso, wie es in den Leitartikeln immer so schön heißt? Weil sie bei den potentiellen Kunden ihre ganze Bildung loswerden konnten – ihnen haarklein erzählen, warum sie erst dann richtige Menschen sind, wenn sie *Große Romane der Weltliteratur* gelesen haben, die komplette Ausgabe in elegantes Linoleum gebunden, absolut gratis und kostenlos für ein Jahresabo. Toll, müssen Sie doch zugeben.«

Nigel gab es zu.

»Die Burschen aus Oxford und Cambridge waren stinksauer, das kann ich Ihnen sagen. Alles, was die wollten, war schöne Prosa schreiben und Starreporter werden. Stattdessen mußten die armen Schweine durch die Gegend latschen und einem Haufen Schwachköpfen, die sich's bloß mit einem Reißer von Elinor Glyn gemütlich machen wollten, Privatvorlesungen über Dostijeffski und Gott weiß wen halten. Hat den Studikern ruckzuck die Jugendillusionen genommen, können Sie mir glauben.«

»Wie ist Geraldine mit dieser Masche zurechtgekommen?«

»Er hat's überstanden. War nur ungefähr ein Jahr bei uns, glaube ich. Dann hat er sich taktvoll ins Verlagswesen zurückgezogen.«

»Haben Sie ihn öfter gesehen?«

»Doch, ja. Das edle Heer der Märtyrer mußte sich zweimal pro Woche in der Redaktion melden und sich die Hühneraugen verarzten lassen. Mürrischer, stämmiger Bursche – ein Schlitz, wo eigentlich der Mund hätte sein müssen – Ire – hatte ziemlich Erfolg bei den Mädchen, würde ich sagen. Obwohl ich mich lieber von einem Haifisch küssen lassen würde. Natürlich nur *mutatis mutandis*.«

»Aber kein eigentlicher Skandal wegen eines Mädchens? Der Tochter eines Abonnenten?«

»Nicht, daß ich wüßte. Und wenn er irgendeiner jungen Frau seine Aufmerksamkeiten aufgedrängt hätte, dann wäre es in der ganzen Redaktion rumgewesen, ehe sie Zeit gehabt hätte, sich die Lippen nachzuschminken.«

»Hat er im Rahmen seines Jobs als Vertreter auch die lokalen Buchläden besuchen müssen?«

»Lieber Himmel, nein. Wir waren Konkurrenten, verstehen Sie das nicht? Er hätte natürlich reingehen können, um sich ein Buch zu *kaufen* – wer weiß, wozu diese Universitätstypen imstande sind, wenn es mit ihnen durchgeht.«

»Sie haben gesagt, diese Leute hätten allesamt literarische Ambitionen gehabt. Wissen Sie noch, ob Arthur Geraldine irgend etwas geschrieben hat?«

»Gute Frage. Genau weiß ich's nicht mehr, aber mir ist, als hätte er in den pharisäischen Wochenblättern ein, zwei Sachen untergebracht. Aber sein eigentliches Hobby war das Porzellansammeln. Wahrscheinlich hat er's überhaupt nur deshalb so lange in dem Job ausgehalten. Während er die Vorteile des *Daily-Sun*-Buchgeschenk-Angebots erklärt, konnte er sich in Ruhe den Kaminsims begucken, ob der Kunde vielleicht unwissentlich einen Meißener Engel bei sich stehen hatte. Wimblesham war damals viel ländlicher, und die Leute dort haben bestimmt nicht immer gewußt, wieviel die hübschen kleinen Vasen, die ihnen Großtante Flossie hinterlassen hatte, wert waren. In puncto Geschirr hat er jedenfalls eine ganze Menge günstig abgestaubt, das weiß ich genau. Ich erinnere mich noch, wie er mal mit einem Teller in der Reisetasche in die Redaktion zurückgekeucht kam – gehörte zu einem Service, das er irgendeinem Trottel abgeknöpft hatte, aber so hat er's nicht gesagt. Sie hätten mal hören sollen, was er für ein Getue darum gemacht hat! Für mich hat's wie ein ganz normaler Teller ausgesehen.«

»Was für eine Farbe?«

»Och, so eine Art verwaschenes Braun. Braungelb.«

»Aprikosenfarben?«

»Ja, das kommt hin.«

Nigels Hochstimmung, als er sich von dem übersprudelnden Mr. Jackson verabschiedete, war nur von kurzer Dauer. Es stand wohl fest, daß Arthur Geraldine das Rockingham-

Service im Zuge seiner Klinkenputzerei in Wimblesham im Jahre 1924 ›erworben‹ hatte. Wahrscheinlich hatte dieses Service den Miles gehört, aber bewiesen war das keineswegs. Falls Millicent Miles als Mädchen von der Transaktion gewußt hatte und falls sie Arthur Geraldine im zurückliegenden Sommer als den einstigen *Daily-Sun*-Vertreter wiedererkannte, der das Service weit unter seinem wahren Wert gekauft hatte – dann würde das sowohl erklären, warum Geraldine nicht wollte, daß Nigel in der ferneren Vergangenheit herumwühlte, als auch, warum er Miss Miles so ungewöhnliche Konzessionen gemacht hatte. Durchaus möglich, daß sie Druck auf ihn ausgeübt hatte. Aber die Affäre mit dem Rockingham-Service war trotzdem bei weitem kein überzeugendes Mordmotiv. Und welche Verbindung könnte zwischen ihr und dem Manipulieren der Fahnen von *Zeit zum Kämpfen* bestehen?

Falls Millicent Miles andererseits 1926 ein Kind von Rockingham-Geraldine bekommen und er sie und das Kind sitzengelassen hatte, dann hätte sie eine weit bessere Karte für eine Erpressung und er ein entsprechend stärkeres Mordmotiv gehabt. Aber warum hatte sie diese dann nicht schon vor Jahren ausgespielt? Sie hatte sich seit etwa 1930 in der literarischen Welt bewegt. Sie mußte einfach wissen, daß Arthur Geraldine ein erfolgreicher Verleger geworden war. Vielleicht hieß die Antwort, daß sie erst vor kurzem, als ihre Aktien als Schriftstellerin gefallen waren, gezwungen war, Druck auf Geraldine auszuüben.

Das Kind, überlegte Nigel, während die U-Bahn ihn nach Kensington zurückbeförderte, war mittlerweile dreißig. Was war mit ihm oder ihr passiert? Nicht daß es den geringsten Beweis dafür gab, daß es je existiert hatte – nur einen wenig stichhaltigen Hinweis in Gestalt der Seite, die der Mörder in die Autobiographie der Toten eingefügt hatte – nämlich die (bewußt irreführende?) Feststellung, sie habe von ihrem ersten Liebhaber kein Kind bekommen.

Nigels Blick blieb an einer Schlagzeile der Zeitung hängen, die der Mann ihm gegenüber las. VERKÜRZUNG DER WEHRDIENSTZEIT? Einige der bei dem ›Holocaust‹ in der Kaserne von Ulombo ums Leben gekommenen Soldaten waren Wehrpflichtige gewesen. Ein Funke übersprang eine Lücke, und plötzlich waren die beiden dunklen Pole des Falls in Nigels Denken miteinander verbunden. Die Sache mit der Kaserne von Ulombo hatte sich 1947 ereignet, als Millicent Miles' Kind 21 gewesen wäre – das wehrpflichtige Alter.

Hat es je eine verrücktere Vermutung gegeben? dachte Nigel, als er auf die Kensington High Street hinaustrat – ein auf einem bloßen Zufall fußendes Hirngespinst von einer Theorie. Es konnte nur ein Zufall sein.

Gleichwohl ging er sehr flott die Camden Hill Road entlang, denn er wollte unbedingt zum Telefon. Als er seine Wohnung betrat, sagte ihm seine Haushälterin, daß vor einer Stunde ein junger Herr gekommen sei, der ihn habe sprechen wollen. Ein Mr. Gleed. Sie habe ihm gesagt, daß es noch eine ganze Weile dauern könne, bis Mr. Strangeways wieder da sei, aber er habe gesagt, er würde warten. Mrs. Anson war sichtlich durcheinander: Fremde, die unangekündigt kamen und sich zu gehen weigerten, stellten ein Problem dar, mit dem sie nicht umzugehen wußte. Nigel versicherte ihr, daß das nicht weiter schlimm sei, und betrat das Wohnzimmer.

Cyprian Gleed fühlte sich wie zu Hause. Er saß in Nigels Lehnstuhl, neben sich ein Glas von Nigels Whisky und auf dem Schoß die Autobiographie seiner Mutter.

»Guten Abend«, sagte Nigel kalt, »wie ich sehe, haben Sie die Karaffe gefunden. Möchten Sie denn kein Wasser dazu?«

»Nein danke.« Cyprian Gleed war offenbar nicht vor den Kopf zu stoßen. »Ich wollte eigentlich nicht so lange bleiben, aber ich konnte diesem Horror-Comic nicht widerstehen.«

»Aha. Bitte entschuldigen Sie mich einen Moment.« Nigel ging in sein Schlafzimmer und nahm den Hörer des dortigen Nebenanschlusses ab. General Thoresby, erfuhr er, werde in Kürze zurück sein. Nigel ließ ausrichten, der General möge ihn so bald wie möglich zurückrufen.

Der Zweck von Cyprian Gleeds Besuch wurde nicht gleich offenbar. Er beklagte sich, daß er unentwegt von Polizisten befragt und verfolgt werde. Er ärgerte sich darüber, daß er nichts über den Fortgang der Ermittlungen erfuhr. Schließlich kam er auf Umwegen zur Sache. Wann könne er damit rechnen, den Besitz seiner Mutter zu erben?

»Wieso fragen Sie mich das? Sie sollten sich mit den Anwälten Ihrer Mutter in Verbindung setzen.«

»Ach, von denen höre ich nur, daß die üblichen Formalitäten zu erledigen sind. Ich verstehe dieses ganze Juristenchinesisch nicht. Was für Formalitäten denn?«

»Nun ja, sie müssen sich vergewissern, daß es kein Testament gibt und daß Sie tatsächlich der nächste Angehörige sind.«

»Aber das steht doch außer Frage.« Gleeds Lippen unter dem schwarzen Bart zuckten, während er mit dem Finger nach dem Typoskript stach. »Sie scheint im zarten Alter eine schmuddelige Liebesaffäre gehabt zu haben, aber sie sagt ja ausdrücklich, daß die Verbindung nicht mit einer Frucht gesegnet war. Und von ihren diversen gesetzlichen Angetrauten hatte sie keine weiteren Kinder, das steht fest.«

»Dann könnten Sie sich aufgrund dessen, was Sie zu erwarten haben, ziemlich unbesorgt Geld borgen.«

»Meinen Sie? Verleihen Sie zufällig Geld?«

»An Sie nicht.«

Gleed nahm einen weiteren Schluck von seinem unverdünnten Whisky. »Jetzt werden Wenham & Geraldine diesen Stuß wohl nicht mehr verlegen, oder?«

»Warum nicht? Es ist unvollendet, aber –«

»Großer Gott! Haben Sie es gelesen? Das Gefasel einer unvollkommen sublimierenden Nymphomanin. Wie zum Teufel sollte ich denn darüber je hinwegkommen?«

»Was kümmert Sie das? Es bringt Ihnen noch eine ganze Menge mehr Geld ein. Das ist doch alles, was Sie interessiert, oder?«

»Ah, Sie sind schockiert. ›Geld‹ ist ein schmutziges Wort – darüber spricht man nicht in Ihren hochgeistigen Kreisen«, höhnte Cyprian. »Mütter dagegen sind heilig, ganz gleich, wie mies –«

»Was sind Sie für eine erbärmliche kleine Kreatur«, unterbrach ihn Nigel mit eisiger Bedächtigkeit. »Sie reden, als wären Sie nie erwachsen geworden, und benehmen sich wie ein verzogenes Kind. Glauben Sie wirklich, Sie beeindrucken irgend jemanden damit, daß Sie diesen gehässigen Schmutz über Ihre Mutter von sich geben? Das Problem mit Ihnen ist, daß Sie keinerlei Begabung und keinen Charme besitzen. Sie sind als Mensch ein totaler Versager, und das wissen Sie auch – und das müssen Sie dadurch kompensieren, daß Sie allen mit Ihrer Angeberei lästig fallen. Was ist denn nun, haben Sie Ihrer Mutter die Kehle durchgeschnitten oder nicht? Es sind keine Zeugen anwesend. Sie haben die Chance, sich ausnahmsweise einmal wirklich interessant zu machen, und kommen ungeschoren davon. Na los, mein kühner kleiner Orest.«

Nigels Ausbruch, wiewohl durch den schieren physischen Ekel, den er vor Cyprian Gleed verspürte, gesteigert, war ein kalkuliertes Experiment. Wie würde Gleed auf eine Behandlung reagieren, die noch empörender war als seine eigenen Äußerungen?

Cyprian Gleed starrte Nigel giftig an. »Sind Sie jetzt fertig mit Ihrem Orgasmus?«

»Sie haben Ihrer Mutter oft den Tod gewünscht. Aber Sie hatten weder den Grips noch den Nerv, sie umzubringen. Deswegen haben Sie auch so viel Zeit damit verbracht, aus sicherer Entfernung Ihr Gift zu verspritzen. Aber nun ist sie tot. Sie können also damit aufhören.«

»Ah, ich habe mir schon gedacht, daß jetzt das *de mortuis* fällig ist. Das wird mir nun wirklich zuviel. Ich muß los. Tut mir leid, daß ich Sie über meine Karriere als Muttermörder im ungewissen lassen muß; aber wenn Sie sich das nächste Mal an einer psychologischen Vivisektion versuchen, dann würde ich Ihnen empfehlen, ein Skalpell oder meinetwegen auch ein Rasiermesser zu benutzen, und keinen stumpfen Feuerstein – es war auf geradezu peinliche Weise plump.« Ein eigenartiger, hämischer Ausdruck erschien auf Cyprian Gleeds Gesicht und verschwand sofort wieder. »Ich finde

Sie ganz bemerkenswert unsympathisch. Haben Sie etwas dagegen, wenn ich Ihre Toilette benutze, um mich zu übergeben?«

»Den Flur entlang, die erste Tür rechts.«

Als Cyprian hinausging, klingelte das Telefon.

»Ich finde selbst hinaus, wenn ich fertig bin«, sagte Cyprian. »Sie werden mich wahrscheinlich nicht wiedersehen.«

Die Tür schloß sich hinter ihm, und Nigel nahm den Hörer ab.

»Strangeways? Thoresby hier. Sie hatten um Rückruf gebeten.«

»Ja. Diese Sache in der Kaserne von Ulombo. Haben Sie eine Liste der Toten und Verwundeten?«

»Kleinen Moment. Ich suche sie aus meinen Akten heraus. Sie sind alle umgekommen. Bleiben Sie dran.«

Als der General wieder am Apparat war, fragte Nigel: »Können Sie mir sagen, ob auf der Liste ein Geraldine oder ein Miles steht?«

»Was führen Sie denn nun im Schilde, mein Lieber? Ich erinnere mich an keinen – ich sehe nach.«

Die zwanzig Sekunden Schweigen kamen Nigel wie zwanzig Minuten vor. Endlich sagte General Thoresby: »Nein. Leider Fehlanzeige.«

Nigel empfand die Enttäuschung wie einen Tritt in den Bauch. Es war allerdings auch ein ziemlicher Schuß ins Dunkle gewesen.

»Sehr freundlich von Ihnen, Sir. Entschuldigen Sie, daß ich Sie gestört habe. Wieder eine Theorie von mir, die meilenweit am Ziel vorbeigeht.«

»Moment noch, mein Lieber. Wenn Sie an literarischen Namen, Namen aus der Verlagswelt und so fort interessiert sind, wie wäre es dann mit Protheroe?«

»Protheroe?«

»Ja. Heißt so nicht der Lektor von Wenham & Geraldine?«

»Ja, aber –«

»Tja, hier auf der Liste steht ein Paul Protheroe. Ein Corporal. Einer der Wehrpflichtigen, die zu der Einheit dort gehörten.«

12

Ausgetrieben

Während Nigel Strangeways in die fernere Vergangenheit eintauchte, hatten Inspektor Wright und sein Team die jüngere untersucht. Bei einer Besprechung am Vormittag nach General Thoresbys Anruf tauschten die beiden ihre Informationen aus. Nach doppelter Überprüfung ihres jeweiligen Aufenthaltsortes am vergangenen Freitag hatte Wright Randfiguren wie den General selbst und den dritten Ehemann der Verstorbenen endgültig von der Liste der Verdächtigen streichen können: Letzterer hatte seit der Scheidung keinen persönlichen Kontakt mehr mit ihr gehabt. Was die Mitarbeiter von Wenham & Geraldine sowie Cyprian Gleed anging, hatten Wrights Nachforschungen nach wie vor hauptsächlich negative Resultate erbracht.

Für Nigel war klar, daß der Inspektor sich auf Cyprian Gleed konzentrierte, und das naheliegenderweise. Er und seine Mutter konnten einander nicht ausstehen. Cyprian war ein verantwortungsloser, amoralischer und möglicherweise gewalttätiger Mensch; er brauchte dringend Geld, aber seine Mutter hatte sich geweigert, ihm noch mehr zu geben, bis sein nächster Zuschuß fällig war. Wright hatte außerdem herausgefunden, daß Gleed von mehreren Gläubigern massiv bedrängt wurde, ziemlich beträchtliche Summen zurückzuzahlen. So weit, so gut. Aber Haus-zu-Haus-

Befragungen sowohl in der Angel Street als auch in der Umgebung von Gleeds Wohnung hatten zusammen mit den üblichen Aufrufen an Taxifahrer etc. bisher nicht den Hauch eines Beweises dafür erbracht, daß Gleed seine Wohnung am Abend des Mordes zwischen halb fünf und sieben Uhr verlassen hatte.

Wiederholtes Befragen hatte die Alibis der anderen Verdächtigen, soweit von Alibis die Rede sein konnte, nicht im mindesten erschüttern können: Ausnahmslos keiner von ihnen hatte seine ursprüngliche Aussage wesentlich abgeändert oder sich in Detailfragen widersprochen.

Für Wright stand so gut wie fest, daß der Mörder eine Tasche mitgebracht haben mußte, in der er die Waffe und seine blutbefleckte Kleidung weggeschafft hatte. Die Frage war, wann er die Tasche aus dem Gebäude geschafft hatte. Das konnte entweder unmittelbar nach dem Mord oder aber irgendwann im Laufe des Wochenendes von jedem erledigt worden sein, der einen Schlüssel zu dem Nebeneingang besaß; es hätte keinerlei Risiko bedeutet, die Tasche über Nacht dort zu lassen, da der vom Verlag genutzte Teil des Gebäudes von Freitag abend bis Montag morgen leer war. Inspektor Wrights Nachforschungen über dieses postulierte Gepäckstück hatten folgende Resultate ergeben:

Stephen Protheroe hatte am Freitag morgen einen Seesack in den Verlag mitgebracht. Miss Sanders hatte ihn mit seiner Wochenendtasche den Verlag um 17.20 verlassen sehen. Die Bekannten in Hampshire, die er übers Wochenende besucht hatte, sagten aus, es sei sein erster Besuch dort gewesen, und bestätigten, daß er einen Seesack von gleicher Farbe und Größe mitgebracht hatte. Außerdem hatte sein Gastgeber mit ihm in seinem Zimmer geplaudert, als er ihn auspackte: Stephen hatte den Inhalt aufs Bett geworfen – undenkbar, wenn darunter auch blutbefleckte Kleidung und die Waffe gewesen wären.

Basil Ryle: Niemand hatte ihn am Freitag mit einer Tasche gesehen. Andererseits konnte auch niemand beschwören, daß er keine mitgebracht hatte, und er hätte sie ohne weiteres in seinem Zimmer verstecken können. Er war zu Fuß über die Hungerford Bridge zur Festival Hall gegangen; er hätte dort vor dem Dinner eine Tasche an der Garderobe abgeben können, aber dafür gab es keinen Anhaltspunkt.

Liz Wenham hatte eindeutig keine Tasche dabeigehabt, als sie zu der Cocktailparty in Chelsea kam. Ihr Taxifahrer war ermittelt worden und hatte ausgesagt, sie habe kein Gepäck dabeigehabt, als sie kurz nach halb sechs in The Strand in seinen Wagen gestiegen sei. Auf dem Weg nach Chelsea hätten sie nirgendwo angehalten.

Blieb noch *Arthur Geraldine:* Seine Frau sagte, sie habe ihn etwa zehn vor sechs in die Wohnung kommen hören. Er sei geradewegs ins Schlafzimmer gegangen, habe gebadet und sich umgezogen – wie es seiner Gewohnheit entsprach. Er hätte zu diesem Zeitpunkt die blutbefleckte Kleidung ausziehen und verstecken können, aber das wäre ein riskantes Unterfangen gewesen. Beim Dinner sei er wie sonst auch gewesen, so Mrs. Geraldine.

Was das Wochenende anging, so war die Lage noch unübersichtlicher. Arthur Geraldine beispielsweise hatte am Samstag morgen zu Hause gearbeitet und dann mit seiner Frau eine Spritztour nach Richmond unternommen. Der Parkwächter sagte aus, Mrs. Geraldine habe keine Tasche dabeigehabt, als sie den Wagen holen kam. Der Aufenthaltsort von Miss Wenham und Mr. Ryle konnte weder für Samstag noch für Sonntag bestätigt werden. Stephen Protheroe war fraglos in Hampshire gewesen. Der Verlauf von Cyprian Gleeds Sauftour würde sich wohl kaum von Anfang bis Ende nachvollziehen lassen.

Aber mittlerweile glaubte Inspektor Wright nicht mehr so recht an die Theorie, daß der Mörder am Wochenende zurückgekommen war, um die Tasche zu holen. In der Angel Street ging es dann nämlich viel ruhiger zu, und er wäre sehr viel eher Gefahr gelaufen, bemerkt zu werden, wenn er sich durch den Nebeneingang Zutritt verschafft hätte. Außerdem konnte er nicht wissen, ob nicht gerade Mr. und Mrs. Geraldine oder deren Hausmädchen weggingen, wenn er kam.

»Womit wir also wieder im Schoße der guten alten Mutter Themse wären«, sagte Wright und sah Nigel mit fragend hochgezogenen Augenbrauen an.

»Verstehe. Ja. Vermutlich noch am ehesten. Allerdings nicht am Embankment.«

»Es sei denn, er hat den Kopf verloren und wollte sie so schnell wie möglich loswerden. Nein. Hungerford Bridge. Gestern abend in der Rush Hour bin ich mal darüberspaziert. Massenhaft Leute, die sich beeilen, um in Waterloo Züge zu erwischen. Wie eine Schafherde, diese Pendler – gucken weder nach links noch nach rechts, wollen bloß heim zu Muttchen und zur Glotze. Wenn man in südlicher Richtung über die Brücke geht, kommt das Licht von rechts, von kleinen Bogenlampen auf den Trägern über einem. Die linke Seite liegt im Schatten. Man hält mit der linken Hand die Tasche übers Geländer und läßt einfach los, ohne anzuhalten, oder man bleibt einen Moment stehen, um das wunderschöne Spiegelbild der Lichter im Wasser zu bewundern. Es ist kinderleicht. In der Rush-hour rumpelt fast jede Minute ein Zug über die Brücke. Übertönt das Platschen. Und schon sind die Beweise futsch. Natürlich müßte man die Tasche beschweren, damit sie auch untergeht. Sie müßte also ziemlich robust sein, sonst würde sie beim Aufprall aufs Wasser reißen. Aber dieses kleine Problem hat er bestimmt bedacht.«

»Wollen Sie den Fluß absuchen lassen? Bei Ebbe? Oder Froschmänner einsetzen?«

»Das passiert bereits. Aber die Gezeitenströme sind ziemlich kräftig. Die Tasche ist mittlerweile schon halb in Tilbury, würde ich sagen. Schlittert immer weiter das Flußbett entlang.«

»Tja, wenn Sie recht haben, engt das den Kreis der Verdächtigen ein bißchen ein.«

»Ja. Protheroe und Ryle sind beide zwischen 17.25 und 18.15 zu Fuß über die Brücke gegangen.«

»Und haben uns das ohne Zögern gesagt.«

»Genau. Ihr sympathischer Freund Cyprian Gleed dagegen sagt, er wäre zu Hause gewesen und hätte auf seine Mama gewartet, aber er hätte genausogut auf der Brücke herumtänzeln können.«

»Wollen Sie einen Aufruf an die Öffentlichkeit richten?«

»Ja. Er erscheint heute in den Abend- und morgen in den anderen Zeitungen. Und dann werden die Telefonleitungen glühen vor lauter Anrufern, die sagen, sie meinten, sie hätten einen Mann gesehen oder ein Platschen oder so etwas gehört. Was aber eine Identifizierung angeht – Ich bitte Sie! Drehen Sie sich zum Fluß hin, beugen Sie sich übers Geländer, und Sie haben die Lichter im Rücken: Ihr Gesicht liegt im Schatten. Größe, Geschlecht und möglicherweise Kleidung – das ist alles, was irgendwer sähe. Aber diese Pendler würden es nicht mal merken, wenn Sie einen Elefanten übers Geländer kippen.«

Nun gab Nigel dem Inspektor eine Zusammenfassung seiner Unternehmungen in den vergangenen sechsunddreißig Stunden. Die Falle, die er beim Essen mit Arthur Geraldine und den anderen gestellt hatte, war nicht zugeschnappt; es hatte keinen Versuch gegeben, das Typoskript von Millicent Miles' Autobiographie zu stehlen – nicht, daß dies dem Mörder etwas genützt hätte, denn bei Scotland Yard gab es Fotokopien der einschlägigen Seiten. Cyprian Gleeds Interesse an dem Buch jedoch gab Wright Stoff zum Nachdenken, und er ließ sich von Nigel das ganze Gespräch wiederholen.

»Er wollte also über das Vermögen seiner Mutter Bescheid wissen – über die juristischen Aspekte«, meinte Wright nachdenklich. »Und er hat gesagt, es stehe außer Frage, daß er der nächste Angehörige ist, weil sie als Mädchen zwar eine Liebesaffäre gehabt habe, daraus aber kein Kind hervorgegangen sei. Ziemlich bezeichnend, nicht wahr?«

»Wieso?«

»Es deutet darauf hin, daß Gleed nicht klar ist, daß dieses Kind, wenn sie denn damals eins bekommen hätte, nicht nächster Angehöriger sein könnte – uneheliche Kinder erben nicht, wenn es eheliche Kinder gibt.«

»Immer unter der Voraussetzung, daß sie damals tatsächlich ein Kind bekommen hat *und* daß es unehelich war.« Nigel berichtete Wright nun von seinen Entdeckungen über

Arthur Geraldine – an denen dieser nicht sonderlich interessiert schien – und von der Existenz eines Paul Protheroe, der in der Kaserne von Ulombo ums Leben gekommen war.

»General Thoresby läßt für mich dessen Militärlaufbahn nachschlagen, und ich habe jemanden in Somerset House, der das Geburtenregister von 1926 durchsieht. Er ruft mich hier an, falls er vor elf Uhr etwas findet.«

»Protheroe ist kein so ungewöhnlicher Name.«

»Nein. Aber wenn sie ein Kind bekommen hat, dessen Vater Stephen Protheroe war, dann haben wir zumindest eine Verbindung zwischen dem Mord und der Manipulation von Thoresbys Buch.«

»Sie meinen, entweder Protheroe oder Miss Miles oder beide gemeinsam haben die Fahnen manipuliert, weil sie wußten, daß der Junge in Ulombo ums Leben gekommen war?«

»Genau. Aber ich würde sagen, es war Protheroe, der die Manipulation vorgenommen hat. Er wollte Blair-Chatterley bloßstellen, um den Tod seines Sohnes zu rächen, der auf Blair-Chatterleys Inkompetenz zurückzuführen ist. Miss Miles kommt dahinter, daß er sich an den Fahnen zu schaffen gemacht hat, und droht, ihn bei der Verlagsleitung zu verpetzen; er tötet sie, um seinen Job zu schützen.«

Mit beträchtlicher Aufregung verbreitete sich Nigel über seine Theorie. Als er fertig war, lehnte sich Wright zurück und musterte ihn mit schräggelegtem Kopf, wie ein Vogel ein von einem Regenwurm aufgeworfenes Erdhäufchen.

»Na ja. Das klingt alles sehr hübsch. Jedenfalls auf dem Papier. Und Sie glauben, Protheroe ist zu einem Mord fähig? Zu *so* einem Mord?«

Eine Antwort auf diese unangenehme Frage blieb Nigel erspart, weil in diesem Moment das Telefon des Inspektors klingelte.

»Für Sie. Somerset House.«

Nigel griff nach dem Hörer, lauschte eine Zeitlang aufmerksam.

»Bleiben Sie dran«, sagte er; dann, zu Wright: »Am 29. November 1926 wurde in Greengarth in Northumberland ein Kind geboren. Paul Protheroe. Namen der Eltern auf der Geburtsurkunde – Stephen Protheroe und Millicent Protheroe. Und es ist tatsächlich der Paul Protheroe, der in Ulombo ums Leben gekommen ist: Das Todesdatum paßt. Irgendwelche Fragen?«

»Er soll nach einer Heiratsurkunde von Protheroe und Millicent Miles suchen. Und fragen Sie ihn, ob sonst noch jemand ähnliche Erkundigungen eingezogen hat – sagen wir, innerhalb der letzten sechs Monate.«

Nigel gab diese Bitten weiter, bedankte sich bei seinem Informanten und legte den Hörer auf. Inspektor Wright, der nie sehr lange stillhalten konnte, vollführte mit den Fingern einen Steptanz auf der Schreibtischplatte.

»Tja, das ist Ihr Bier«, sagte er. »Sie untersuchen für den Verlag diese Verleumdungsaffäre, und jetzt haben Sie eine Spur. In diesem Punkt können Sie Stephen Protheroe so hart zusetzen, wie Sie wollen. Aber das mit dem Mordvorwurf, das lassen Sie mal lieber, Mr. Strangeways. Da bin ich offen gestanden nicht Ihrer Meinung – dafür haben wir noch nicht einmal den Hauch eines Beweises.«

Zehn Minuten später, als Nigel in der Angel Street eintraf, sagte ihm Miriam Sanders, Miss Wenham wolle ihn unverzüglich sprechen. Er verschob die Konfrontation mit Stephen Protheroe und begab sich zu ihrem Zimmer. Es war ein sonniger Vormittag. Das Licht, das schräg durch das hohe, schöne Fenster einfiel, intensivierte die Farben eines in leuchtenden Tönen gehaltenen Entwurfs für einen Schutzumschlag, der auf dem Arbeitstisch lag, und hob die Goldbuchstaben auf dem Rücken einer Werkausgabe auf dem obersten Brett eines Regals hervor. Für Liz Wenhams Aussehen war es weniger schmeichelhaft. Ihrem grauen Haar, ja sogar ihren normalerweise so lebhaften Augen fehlte es heute an Glanz; die rosaroten Bäckchen waren blasser; sie bot die ausgezehrte Erscheinung einer zu lange ans Haus gefesselten Frischluftfanatikerin.

»Ah, da sind Sie ja«, begrüßte sie ihn, und es klang, wie so häufig bei ihr, als hätte sie gesagt: »Wo haben Sie denn die ganze Zeit gesteckt?«

»Sie sehen etwas müde aus«, meinte Nigel mitfühlend.

»Das würden Sie auch, wenn Sie diesen Verlag praktisch im Alleingang leiten müßten. Arthur ist die Hälfte der Zeit mit dieser Verleumdungsgeschichte beschäftigt. Und Basil scheint völlig am Ende zu sein. Er kann sich überhaupt nicht auf seine Arbeit konzentrieren. Zum Teufel mit diesem Weib! Was ich ohne Stephen täte, weiß ich einfach nicht.«

»Er hält sich gut?«

»Stephen macht nicht schlapp. Er hat Rückgrat.«

»Er macht nie schlapp?«

»Ich glaube, er hat seit zehn Jahren, von Ferien abgesehen, keinen Tag gefehlt.« Plötzlich fuchtelte sie Nigel mit ein paar Blättern vor der Nase herum. »Wie oft habe ich Ihnen schon gesagt, Sie sollen die Vorbestellungen auf ein getrenntes –«

»Ja, Miss Wenham. Tut mir leid.«

Die Sekretärin, die leise eingetreten war, nahm die Blätter und floh, wie aus einem Windkanal geblasen, aus dem Zimmer.

»Dumme Gänse! Sie sind alle völlig durcheinander vor Aufregung. Wann gedenkt Ihr Inspektor eigentlich, uns wieder in Ruhe zu lassen?«

»Wenn er eine Verhaftung vorgenommen hat, vermutlich.«

Einen Moment lang legte sich ein Schleier von Angst oder Besorgnis über Liz Wenhams Blick.

»Das ist doch alles Unsinn«, erklärte sie ohne Umschweife. »Einer von *uns*! Völlig absurd. Ist der Inspektor ein Schuhfetischist?«

»Wie bitte?«

»Neulich ist er abends zu mir nach Hause gekommen und hat angefangen, in meinem Schuhschrank herumzustöbern«, sagte Liz höchst indigniert. »Die Geschichte macht *mich* noch ganz morbid.«

»Er hat vermutlich nach Galoschen gesucht.«

»*Galoschen?* Herr im Himmel, ich habe noch nie im Leben solche Dinger angehabt! Wieso denn Galoschen?«

»Der Mörder hat ein Paar getragen. Damit seine Schuhe nicht naß werden«, erwiderte Nigel ausdruckslos.

»Ja, richtig, ich erinnere mich, daß Sie es beim Essen erwähnt haben. Aber glaubt Ihr Inspektor wirklich, daß der – daß, wer immer es war, die Galoschen einfach wieder in einen Schrank zurückstellen würde? Schnickschnack. Was habe ich gerade gesagt, ehe diese Schwachsinnige –«

»Sie haben gesagt, daß Stephen Protheroe seit zehn Jahren keinen Tag gefehlt hat. So robust sieht er mir gar nicht aus. Ist er denn nie krank?«

»Vor ungefähr zehn Jahren hat er so etwas wie einen Zusammenbruch gehabt…« Liz Wenham äußerte das Wort ›Zusammenbruch‹ in deutlich abfälligem Ton. »War ein, zwei Wochen weg. Aber seither hat es solche Schwierigkeiten nicht mehr gegeben.«

»Überarbeitung, wie?«

»Davon bricht niemand zusammen. Irgendwelche seelischen Probleme, vermute ich.« Liz Wenhams Ton machte deutlich, daß sie für seelische Probleme nur wenig mehr Verständnis hatte als für die Zusammenbrüche, die sie verursachten.

»Ob das wohl 1947 war?«

»Ich verstehe nicht, inwieweit das für Sie von Interesse sein kann. Trotzdem. 1947? Das war das Jahr, in dem wir *Der Tag der Pflicht* herausgebracht haben – daran kann ich mich noch erinnern. Stephen hat das Buch redigiert. Hat die Produktion aufgehalten, daß er weg war.« Liz lehnte sich zurück und nahm einen Band aus dem Regal hinter ihr. »Da haben wir's. Ja, es war 1947.«

Nun erinnerte Nigel sie daran, daß sie ihn hatte sprechen wollen.

»Ja, richtig. Zwei Dinge. Vielleicht könnten Sie sich einmal mit Basil unterhalten; er ist zum Grübler geworden, das habe ich Ihnen ja schon gesagt; ich schaffe es einfach nicht, ihn da herauszuholen. Braucht ein Tonikum, würde ich meinen. Und was sollte neulich beim Abendessen dieses Gerede von Arthurs Rockingham-Service?« fuhr sie mit durchdringendem Blick auf Nigel fort. »Irgendwie scheint ihm das an die Nieren gegangen zu sein.«

»Soll das heißen, das Thema ist noch einmal zur Sprache gekommen, nachdem ich gegangen war?«

»Nein. Aber als Sie etwas von einem Rockingham sagten, der in der Miles-Autobiographie vorkommt, ist mir aufgefallen, daß Arthur verärgert aussah. Nein, nachdem Sie weg waren – ich will da ganz offen sein –, hat Arthur angeregt, Sie auszuzahlen. Wir sind sehr dankbar dafür, daß Sie uns bei dieser polizeilichen Untersuchung die Hand halten, aber –«

»Ich verstehe völlig. Da wäre allerdings noch der Ärger mit *Zeit zum Kämpfen* zu klären.«

»Ich dachte, da kämen Sie nicht weiter.«

»Richtig. Aber gestern habe ich neue Informationen bekommen. Ich glaube, ich weiß jetzt, *warum* die Fahnen manipuliert worden sind. Und das ›Warum‹ deutet auf das ›Wer‹.«

In diesem Moment klingelte das Telefon, und Liz Wenham ging mit dem literarischen Agenten am anderen Ende in den Clinch. Das Gerangel würde sich erkennbar noch einige Zeit hinziehen, deshalb stand Nigel auf und begab sich zu Basil Ryles Zimmer.

Der junge Mann war in schlechter Verfassung, daran bestand kein Zweifel – er starrte ins Leere und schien Nigel einen Moment lang nicht zu erkennen. Seine Augäpfel, die sich quälend langsam auf das Gesicht des Besuchers richteten, bewegten sich wie mit Bleigewichten beschwert.

»Tut mir leid, daß es Sie so mitnimmt«, sagte Nigel. »Könnten Sie nicht ein paar Tage frei nehmen?«

»Wie lange dauert das denn noch, mein Gott?« fragte Ryle mit brüchiger Stimme.

»Die Untersuchung? Keine Ahnung.«

»Das habe ich nicht gemeint.«

»So lange, wie Sie sich weigern, der Wirklichkeit ins Auge zu sehen«, sagte Nigel kühl.

Mit seinem zerzausten, feuchten roten Haar und seinem schutzlosen Gesicht sah Ryle wie ein kranker Schuljunge aus.

»Ich habe die letzte Woche zuviel Wirklichkeit gesehen, ich will sie nie wiedersehen.«

»Nein, das haben Sie nicht. Sie versuchen immer noch, Rechtfertigungen dafür zu finden, wie sie Sie behandelt hat, sich vorzumachen, daß sie der wunderbare Mensch war, für den Sie sie einmal gehalten haben. Wissen Sie, worüber Sie sich in Wirklichkeit aufregen? Nicht darüber, daß Sie sie verloren haben. Sondern darüber, daß Sie Ihre Selbstachtung verloren haben. Selbstachtung bedeutet viel für einen, der so wie Sie über die Ochsentour nach oben gekommen ist. Und Ihre Selbstachtung ging viel zu sehr in Ihrer Beziehung mit Miss Miles auf. Als sie sich gegen Sie gewandt und ihr wahres Wesen gezeigt hat, hat sie *Ihrem* Ich einen tödlichen Schlag versetzt. Sie hat sämtliche vertrauten Orientierungspunkte Ihrer Beziehung zunichte gemacht – klar, daß Sie sich da nicht mehr zurechtfanden. ›Wenn sie nicht sie ist, wer bin dann eigentlich ich?‹ Es ist wie ein Auseinanderbröckeln, wenn man so empfindet. Und seither versuchen Sie, Ihre Illusion von ihr wiederzuerschaffen, weil das die einzige Möglichkeit ist, die Sie kennen, Ihre Selbstachtung wiederherzustellen und sich selbst wiederzuerschaffen.«

»Wahrscheinlich haben Sie recht«, murmelte Basil kläglich.

»Aber so geht es nicht! Sie können Ihr Leben nicht auf einer Illusion wiederaufbauen. Die gibt ständig unter Ihnen nach. Deswegen sind Sie jetzt auch in diesem erbärmlichen Zustand – wenn Sie nicht aufpassen, wird das zur Neurose. Sie müssen akzeptieren, daß Sie naiv waren und daß Millicent Miles – so war, wie sie eben war. Sehen Sie dieser Tatsache mal eine Weile ins Auge, und Sie sind kuriert.«

Basil Ryle sah ihn an, mit schwermütigem Blick und rotgeränderten Augen. »Mein Gott, naiv war ich weiß Gott, und wie! Man müßte mich –«

»Okay, okay. Sie sollen der Tatsache ins Auge sehen, nicht sich darin suhlen. Selbstekel ist ein gutes Stimulans, aber eine schlechte Angewohnheit.«

»Salbungsvoller Heini sind Sie, was?« sagte Ryle, aber er lächelte zum ersten Mal. »Komisch, ich habe Sie nicht sonderlich gemocht, als wir uns kennengelernt haben – vor zehn Tagen war das, stimmt's? Die Zeit ist seither nebensächlich...« Seine Stimme verklang, und sein Gesicht nahm wieder den elendsgesättigten Ausdruck an.

»Glauben Sie, daß es so etwas wie vorübergehende geistige Umnachtung gibt?« fragte er.

»Doch, das gibt es.«

Mit einer gewaltigen Anstrengung, als müsse er die Worte gegen ihren Willen hervorzerren, sagte Basil Ryle: »Davor habe ich schreckliche Angst – daß ich es vielleicht selbst war... Ich hätte sie am Abend vorher *umbringen* können:

Ich bin aus ihrem Haus geflohen, um nicht Hand an sie zu legen. Ich war total durcheinander. Woher soll ich wissen, daß ich am nächsten Abend keinen Anfall von geistiger Umnachtung hatte? Ich weiß nur noch, wie ich hier gesessen habe, in einem Nebel von Elend, Erniedrigung und Wut, und dann losgegangen bin, um in der Festival Hall meine wilde Brust zu sänftigen.«

»Nun reißen Sie sich mal zusammen. Ich bezweifle, daß Sie schizophren sind. Und selbst wenn Sie es sind und Millicent in einem ›Anfall geistiger Umnachtung‹, wie Sie das nennen, hätten umbringen können, hätten Sie mit Sicherheit nicht alles im voraus geplant, so wie es hier der Fall war. Das war ein vorsätzliches, in allen Einzelheiten ausgetüfteltes Verbrechen.«

»Gott sei Dank! Tja, Sie sehen, was ich meine. Sie haben mir wirklich eine große Last von der Seele genommen.«

»In einem Anfall geistiger Umnachtung hätten Sie Millicent Miles nicht umbringen können«, sagte Nigel und sah Basil Ryle dabei unverwandt an.

»Ja, das ist mir jetzt auch klar... Ach so, verstehe. Ich bin kein Wahnsinniger, aber ich bin vielleicht ein Ungeheuer?« Ryle lachte wenig überzeugend. »Sie können einen ziemlich verunsichern, wissen Sie das? Erst neulich haben Sie doch gesagt, die Szene, die ich mit Millicent hatte, deute auf meine Unschuld.«

»Sie könnte in zwei Richtungen deuten, wie die meisten Dinge. Ein raffinierter Mörder könnte zu ihr nach Hause gehen und die Szene absichtlich provozieren – für das, was passiert ist, haben wir nur Ihr Wort, und Sie hatten die ideale Nebendarstellerin – eine neugierige junge Deutsche, die einen Streit mit angehört hat, aber kein Englisch kann. Wenn er sie hat umbringen wollen, würde die Polizei somit folgern, dann hätte er es in dieser Situation getan, als sie ihn aufs unerträglichste provozierte; aber er hat es nicht getan; deshalb ist es unwahrscheinlich, daß er sie am nächsten Tag umgebracht hat.«

»Das ist mir alles zu sehr um die Ecke gedacht«, sagte Ryle; dann, mit plötzlicher, halb humorvoller Streitlust: »Und nun hauen Sie um Gottes willen ab und reden Sie mit jemand anders. Ich habe zu arbeiten.«

Gedankenvoll ging Nigel den Flur entlang zur Treppe. Irgend etwas nagte an seinem Unterbewußtsein, aber er bekam es einfach nicht zu fassen; was immer es war, es würde warten müssen; denn es blieb das drängendere Problem mit Arthur Geraldine zu klären, und Nigel wußte nicht, wie er das am besten anpackte. Außerdem wurde ihm klar, daß er die Konfrontation mit Stephen Protheroe hinausschob. Das Schlimmste an seinem Job, was ihm fortwährend zu schaffen machte, war, daß er so viele von den Menschen, mit denen er dabei in Kontakt kam, liebgewann. Und einige von ihnen waren Mörder. Und Mörder waren im großen und ganzen weniger abscheulich als ihre Verbrechen.

Am Fuß der Treppe machte er wieder kehrt und marschierte resolut zurück zu Arthur Geraldines Zimmer. Sorgfältig modulierte Aggressivität, das sollte der vorherrschende Ton sein. Nun passen Sie mal auf, Geraldine, wollen Sie dieses Problem mit den Fahnen gelöst haben oder nicht? Von Miss Wenham höre ich, Sie wollen von meinen Diensten keinen Gebrauch mehr machen. Na schön. Aber das Problem mit den Fahnen ist jetzt so gut wie gelöst, und ich nehme an, Sie würden nach wie vor gern erfahren, wer der Übeltäter ist. Was meine Untersuchungen durchweg behindert hat, ist die Weigerung bestimmter Personen, zuzugeben, daß sie Miss Miles von früher her kennen – zwei Personen, Geraldine, und eine davon sind Sie.

Während er diese angenehm theatralische Rede einstudierte, gelangte Nigel zur Tür des Seniorpartners. Als er sie öffnete, wurde er von einer Rauchwolke und einem Schwall stickiger Wärme fast zurückgetrieben. Das Zimmer, folgerte er kurz darauf, stand nicht in Flammen; falls doch, nahmen es die Leute, die an dem langen Tisch saßen, bemerkenswert gelassen hin: sechs einnehmende junge Herren, in Kleidung und Antlitz gleichermaßen distinguiert und allesamt wie die Schlote rauchend. Doch Nigels Katarrh und sein Nebenhöhlenproblem hatten ihn um seinen Geruchssinn gebracht.

Am Kopfende des Tisches blickte sich Arthur Geraldine um. »Ah, guten Morgen, Strangeways. Irgend etwas Dringendes? Die Vertreterkonferenz hier dauert noch bis zum Lunch. Sie kennen die Herren wohl noch nicht.« Höflich wie stets machte Geraldine die Honneurs, und die sechs distinguiert aussehenden Personen erhoben sich wie ein Mann und begrüßten Nigel der Reihe nach mit einem »Guten Morgen, Sir« – eine Zeremonie, leicht beeinträchtigt von Liz Wenham, die in diesem Augenblick hereinfegte, »Mein Gott, was für ein entsetzlicher Nebel!« ausrief und das nächstbeste Fenster aufriß.

Vom Fußende des langen Tischs zwinkerte Stephen Protheroe Nigel zu.

»Diese Herren«, verkündete der Seniorpartner mit beträchtlichem Pathos, »sind die Speerspitze des Unternehmens – unsere Panzerbrigade. Sie reisen nicht nur voller Hoffnung, sondern sie kommen auch an.«

Ein erfreutes Murmeln der Panzerbrigade begrüßte diese Trope, und die Herren setzten sich wieder wie ein Mann. Von einem wachsenden Gefühl der Unwirklichkeit überwältigt, entschuldigte sich Nigel und verließ die Konferenz. Arthur Geraldines Verhalten in der Öffentlichkeit war so anders als sein lockeres, entspanntes Verhalten im Privaten. Während Nigel die Treppe hinaufstieg, dachte er über das paradoxe anglo-irische Nebeneinander von Ausgelassenheit und Förmlichkeit, Hochmütigkeit und Alberei, Zungenfertigkeit und Zurückhaltung im Temperament dieses Mannes nach.

Allein in Stephen Protheroes Zimmer, durchblätterte er ein paar Zeitungen, starrte aus dem Fenster, warf einen Blick in den Raum, in dem Millicent Miles den Tod gefunden hatte und der nun bis auf einen Tisch und den Stuhl leer war. Eigenartiger Gedanke, daß sie und Stephen wochenlang in aneinandergrenzenden Zimmern gearbeitet hatten, mit nichts als einem Schiebefenster und einem toten unehelichen Sohn zwischen sich. Oder war Paul Protheroe durch nachträgliche Heirat ehelich geworden? Nigel rief in Somerset House an. Mit ein paar Minuten Verzögerung kam sein Bekannter an den Apparat: Nein, es gab keine Urkunde über eine Eheschließung zwischen Stephen Protheroe und Millicent Miles, weder vor noch nach Paul Protheroes Geburt. Wer immer die Geburt hatte eintragen lassen, mußte aus Gründen der Respektabilität einen falschen Namen für die Kindsmutter angegeben haben; es sei denn, es hatte in Stephens Vergangenheit zwei Millicents gegeben – eine Möglichkeit, deren Erwägung allzu entmutigend war. Soweit Nigels Informant wußte, hatte es in jüngster Zeit keine Anfragen wegen dieser Geburtsurkunde gegeben.

Da er im Augenblick nichts mit sich anzufangen wußte, begann Nigel in den Schubladen von Stephens Schreibtisch herumzustöbern. Eine davon war verschlossen. Weil sich in keiner der anderen Schubladen ein Schlüssel fand, machte Nigel sich mit einem Dietrich über das Schloß her. Vermutlich hatte die Polizei diesen Schreibtisch schon vor ein paar Tagen durchsucht; dennoch verspürte Nigel bei der Arbeit eine gewisse Spannung. Die Schublade enthielt weder Rasiermesser noch Galoschen, noch blutbefleckte Kleidung. Aber sie war nicht leer; Nigel sah ein Papiergewirr – lose Blätter, manche vom Alter vergilbt, und alle staubig. Er nahm sie heraus. Darunter fand er ein Buch; es war *Feuer und Asche,* das einzige lebende Kind des Dichters Protheroe.

Es hatte freilich noch viele andere Kinder gegeben – totgeborene oder nach der Geburt erwürgte, Schwächlinge, Monstrositäten. Bei den losen Blättern, unter denen *Feuer und Asche* begraben war, handelte es sich um Gedichtentwürfe. Nigel brauchte nicht lange, um festzustellen, daß es unveröffentlichte Gedichte waren, keine früheren Versionen derer, die in *Feuer und Asche* erschienen waren. Sie waren undatiert; wahrscheinlich aber waren sie nach dem Erscheinen des Buches verfaßt worden – warum sollte Stephen vor 1927 verfaßte Juvenilia aufbewahren?

Während er die Entwürfe studierte, überkam Nigel dieselbe Empfindung wie in Cyprian Gleeds Wohnung – eine Empfindung, zusammengesetzt aus Mitleid, Verlegenheit und schauderndem Widerwillen; die Schublade, aus der er diese Blätter genommen hatte, war ein Mausoleum von Sackgassen. Es gab Dutzende und Aberdutzende von Gedichten, in Stephens ordentlicher, spinnwebartiger Schrift aufs Papier geworfen und mit Alternativen überkritzelt, und nicht ein einziges davon war fertig. Die emotionale Feuersbrunst, die Stephens Meisterwerk hervorgebracht hatte, mußte unter dem Gewicht ihrer Asche sein Genie erstickt haben. Diese Gedichtentwürfe waren leblos. Trotz seiner immensen technischen Fertigkeiten war Stephen nicht imstande gewesen, ihnen Lebensähnliches einzuhauchen. Nigel stellte ihn sich vor, wie er jedes neue mit immer geringer werdendem Selbstvertrauen begonnen, wie er sich mühsam auf ein nur undeutlich erblicktes Ziel hingearbeitet und es dann aus den Augen verloren, den Bezug dazu verloren, das Interesse daran verloren hatte.

Nigel legte die bemitleidenswerten Fragmente in die Schublade zurück und wandte sich voller Erleichterung *Feuer und Asche* zu. Es war nicht das erste Mal in den letzten zehn Tagen, daß er wieder darin las, doch die Gedichte hatten durch die Vertrautheit nichts von ihrer Wucht verloren: Erneut stiegen einzelne Zeilen auf und trafen ihn mit verstörender Gewalt und Genauigkeit ins Herz. Ein grelles, schroffes Werk, das die Liebe eines Mannes zu einer Frau durch alle Stadien von leidenschaftlicher Zuversicht bis zu wilder Desillusioniertheit nachzeichnete – die Kritiker hatten es bei seinem Erscheinen mit *Modern Love* verglichen –, bewegte sich diese Gedichtfolge ohne Mitleid oder Selbstmitleid auf ihr tragisches Ende zu. Große Bilder von Liebe und Verlangen, von Unschuld, Verrat, Haß und Verzweiflung loderten von den Seiten auf und tauchten die Conditio humana in ein immer kälteres, erbarmungsloseres Licht, so daß der Mann und die Frau in dem Gedicht neben den länger werdenden Schatten ihres Schicksals immer kleiner erschienen.

Nigel klappte das Buch zu, legte es zurück und schloß die Schublade wieder ab. Als Stephen Protheroe eine Viertelstunde später von der Konferenz zurückkam, starrte Nigel ihn ein paar Augenblicke lang an, als könnte er diesen kleinen Wicht von einem Mann beim besten Willen nicht mit dem Schöpfer jenes unbarmherzigen, leidenschaftlichen Meisterwerks *Feuer und Asche* vereinbaren.

»Stimmt irgend etwas nicht?«

»Wir müssen uns unterhalten«, sagte Nigel. »Über Paul Protheroe.«

13
Übertragen

Stephen Protheroes Reaktion fiel nicht so aus, wie Nigel das möglicherweise erwartet hatte. Nachdem er Nigel ein paar Sekunden nachdenklich betrachtet hatte, ging ein trauriges, abwesendes kleines Lächeln über sein Gesicht, und er sagte: »Tja, irgendwann mußte es wohl herauskommen.«

»Paul war Ihr Sohn, von Millicent Miles.«

»Nein, nein, da sind Sie völlig auf dem Holzweg.«

»Aber es ist in Somerset House beurkundet –«

»Ich weiß … Hören Sie, gehen wir irgend etwas essen. Mit leerem Magen kann ich nicht gestehen.« Ein verschmitzter Schimmer trat in Stephens Augen. Er lehnte Nigels Einladung in ein Restaurant mit der Begründung ab, daß er an solchen Orten Klaustrophobie bekomme. »Kommen Sie mit in meine Wohnung, dann mache ich Ihnen ein Omelett.« Dann, als Nigel zögerte: »Ich bin ein ganz passabler Koch. Und wenn Sie nicht das Salz eines Menschen essen wollen, den Sie einer finsteren Tat beschuldigen«, fügte Stephen mit einem Grinsen hinzu, »dann können Sie Ihr Omelett meinetwegen ungesalzen essen.«

Das ließ sich schlecht ablehnen. Stephen Protheroe war allem Anschein nach Herr der Lage. Im Taxi gab Stephen, als müßte er Nigel irgendeine Verlegenheit nehmen, einen witzigen Bericht von der Vertreterkonferenz; er selbst ließ keinerlei Befangenheit, geschweige denn Schuldbewußtsein erkennen; tatsächlich war er munterer, als Nigel ihn je erlebt hatte – vor Erleichterung vielleicht, daß er sich endlich sein Geheimnis von der Seele reden konnte.

Gleichwohl ließ Nigel, als sie sich schließlich in der ordentlichen kleinen Wohnung in Holborn befanden, seinen Gastgeber nicht aus den Augen. Er hatte nicht die Absicht, sich überrumpeln zu lassen. Außer Rasiermessern gab es auch noch andere Waffen, und eine davon war Gift, so absurd es mittlerweile auch anmutete, den liebenswürdigen Stephen mit dergleichen in Verbindung zu bringen. Nigel folgte ihm in die Küche und sagte dabei: »Sie haben doch nichts dagegen? Ich bin ewig neugierig darauf, wie andere Leute wohnen.«

Stephen Protheroe wohnte, wie sogleich deutlich wurde, bemerkenswert rationell. Seine Küche war fleckenlos und wohlversehen mit arbeitssparenden Geräten; alles lag in peinlichster Ordnung griffbereit. Mit einer Konzentration, die Nigels Beifall fand, machte sich Stephen daran, das Essen zuzubereiten. Während er die Eier aufschlug, sagte er über die Schulter hinweg: »Im Schrank neben der Tür finden Sie Wein. Trinken wir eine Flasche weißen Rheinwein. Lassen Sie eine Zeitlang kaltes Wasser darüberlaufen – nicht gerade das, was die Experten gutheißen würden, aber ich habe keinen Eiskübel. Der Korkenzieher ist in der linken Kommodenschublade.«

Nigel befolgte die Anweisungen, behielt aber dennoch Stephen im Auge, der viel zu sehr mit seiner Arbeit beschäftigt schien, um zu bemerken, daß er beobachtet wurde.

»Ich muß sagen, Sie haben wirklich eine erstklassige *cuisine*«, meinte Nigel.

»Tja, ich bin Selbstversorger, und ich koche gern. Nach Pauls Tod konnte ich es mir leisten, etwas mehr auszugeben und mir ein bißchen was zu gönnen.« Der erstaunliche kleine Mann drehte sich um und reichte Nigel einen Teller mit seinem Omelett. »Das wird Sie zumindest nicht vergiften. Essen Sie's, solange es heiß ist. Hier entlang. Der Tisch ist schon gedeckt. Ich bringe den Wein und etwas Brot und Butter.«

Auch das Wohnzimmer war peinlich sauber und ordentlich. Der runde Tisch war für eine Person gedeckt, und auf dem Kaminsims stand eine Vase mit Fresien; bequeme Sessel, lange, niedrige Bücherregale, weiß gestrichen, ein Lesepult, purpurroter Teppichboden und überm Kamin ein Matthew Smith in lodernden Farben.

Nigel schlenderte hinüber und betrachtete zwei Fotos, die auf dem Kaminsims standen: ein kleiner Junge auf einem Dreirad und ein junger Mann in der Uniform eines Soldaten.

»Ja, das ist Paul«, sagte Stephen, der leise ins Zimmer gekommen war. »Setzen Sie sich doch und essen Sie Ihr Omelett. Es sei denn, Sie mögen es ledrig.«

Gehorsam setzte sich Nigel und begann zu essen, während Stephen für sich selbst deckte und den Wein eingoß.

»Auf Ihr Wohl«, sagte Stephen. »Wie geht's der Nebenhöhle?«

»Nicht viel besser, fürchte ich.«

»Salz?« Stephens Stimme, die volltönender nicht hätte sein können, ließ das Wort zur Herausforderung werden; sein klarer Blick hielt den von Nigel fest.

»Danke, ja. Ohne Hintergedanken.«

Erst als sie mit dem zweiten Gang – frisches Obst aus einer italienischen Terrakottaschale – fertig waren, kam das Thema, das sie beide beschäftigte, zur Sprache. Nigel hatte seine Gründe, warum er wollte, daß Stephen es aufs Tapet brachte; aber Stephen schien es damit nicht eilig zu haben; er redete statt dessen mit sympathischem Stolz von seiner Wohnung – er fühle sich hier so wohl, sagte er, und genieße seine eigene Gesellschaft so sehr, daß er sehr selten weggehe. »Mir gefällt die Einsamkeit. Die Einsamkeit in einer Masse«, fügte er mit einer die umliegende Stadt einschließenden Geste hinzu. »Sind Sie verheiratet?«

»Ich war es. Meine Frau ist tot.«

»Ich mag Frauen. Aber ich will sie nicht ständig um mich haben; sie verlangen zuviel Aufmerksamkeit, und, was schlimmer ist, sie schenken einem auch zuviel – achten auf jedes Gesicht, das man macht, na, Sie wissen schon: Bekommt er mich langsam satt? Oder hat er nur mal wieder eine Magenverstimmung?«

Nigel lachte. »Sie haben also nie daran gedacht, Millicent Miles zu heiraten?«

»Großer Gott, nein! Sie hat mich schon damals krank gemacht.«

»Damals, als sie ein Kind von Ihnen bekommen hat?«

Stephen warf ihm einen raschen Blick zu und bedeutete ihm dann, in einem Sessel Platz zu nehmen. »Kaffee?«

»Nein, danke.«

»Tja, dann wollen wir mal.« Stephen rieb sich energisch die Hände. »Erzählen Sie mir, wie Sie das mit Paul herausgefunden haben.«

»Ich habe von Anfang an den Eindruck gehabt, daß zwischen Ihnen und Miss Miles eine langjährige Beziehung bestand. Dann war in ihrer Autobiographie die Rede von einer Liebesaffäre, die sie im Alter von neunzehn mit einem Mann hatte, von dem sie dann verlassen wurde.«

Stephen zog wie von einem plötzlichen Schmerz scharf den Atem ein, und sein Gesicht verzerrte sich. »Sie *verlassen*!« rief er aus. »Na, egal. Fahren Sie fort.«

»Offenbar hat sie Ryle erzählt, sie sei als Mädchen verführt worden und habe ein totes Kind geboren.«

Stephen machte ein verwirrtes Gesicht. »Aber wird denn in ihrer Autobiographie erwähnt, daß sie ein Kind bekommen hat?«

»Nicht direkt. Zwischen den Zeilen allerdings...« Nigel hielt inne. Nun galt es mit äußerster Behutsamkeit vorzugehen. Wenn Stephen der Mörder war, dann hatte er am Ende des Kapitels die Seite eingefügt, auf der es hieß, daß Millicent von ihrem damaligen Liebhaber kein Kind bekommen hatte; und wenn es so war, dann würde die Tatsache, daß Nigel die darin enthaltene Information ignorierte, Stephen verraten, daß Nigel sie für eine Fälschung hielt, und ihn warnen. Andererseits – immer angenommen, Stephen hatte den Mord begangen – konnte er, ohne sich zu verraten, nicht preisgeben, daß er von der ersetzten Seite wußte.

»Ich habe versucht, ein Motiv dafür zu finden, daß die verleumderischen Stellen in *Zeit zum Kämpfen* mit ›stet‹ markiert wurden«, fuhr Nigel fort. »Das geschah ganz eindeutig in der Absicht, dem Verlag oder dem Autor oder General Blair-Chatterley zu schaden. Ich konnte keinerlei hinreichenden Grund dafür finden, warum jemand General Thoresby oder Ihrem Verlag sollte schaden wollen, und hatte mich völlig festgefahren. Dann, nachdem ich die Autobiographie gelesen hatte, kam mir der Gedanke, daß, wenn Miss Miles 1926 tatsächlich ein Kind bekommen hatte, es 1947 – im Jahr des Massakers in der Kaserne von Ulombo – einundzwanzig gewesen sein mußte. Ich habe General Thoresby angerufen und ihn gebeten, die Verlustliste durchzusehen. Einer der Namen darauf war Paul Protheroe. Den Rest hat Somerset House erledigt.«

»Verstehe. Ja.« Stephen schien sich in Gedanken zu verlieren.

»Und heute hat mir Miss Wenham erzählt, daß Sie 1947 so etwas wie einen Zusammenbruch erlitten haben«, sagte Nigel sanft. »Der Schock über den Tod Ihres Sohnes –«

»Aber Paul war gar nicht mein Sohn.« Stephen hatte das Gesicht abgewandt.

Nigel starrte ihn an. »Wie bitte? Aber die Akten in Somerset House –«

»Zum Teufel mit Somerset House!« Stephen stand auf, betrachtete einen Moment das Foto des Kindes auf dem Dreirad, trat dann ans Fenster und setzte sich wieder. »Es war nicht mein Geheimnis«, begann er langsam. »Deswegen habe ich auch den Mund gehalten. Und dann wußte ich natürlich auch nicht, was für Ärger ich kriegen könnte, wenn herauskommt, daß ich bei der Anmeldung falsche Angaben gemacht habe.«

»Über Pauls Geburt?«

»Ja. Aber ich erzähle Ihnen die Geschichte am besten von Anfang an. Ich habe Millicent vor Jahren kennengelernt, als sie siebzehn oder achtzehn war. Ganz zufällig. In einem

Buchladen in Wimblesham. Kommt das in ihrem Buch vor?«

»Ja. Aber sie nennt nicht Ihren Namen – erwähnt lediglich einen Mann, der sie bei ihren literarischen Bemühungen ermutigt hat. Sie nennt ihn ›Rockingham‹ – eine begriffliche Assoziation mit einem anderen Mann, den sie etwa zur selben Zeit kennenlernte.«

Stephen Protheroe lehnte sich auf dem Fenstersitz zurück und entspannte sich etwas. »Sie hatte damals Talent, jedenfalls so etwas Ähnliches. Ich war zu jung, um zu erkennen, daß ihr Herz aus – aus synthetischem Gummi bestand. Tja, ich hatte einen Bruder. Peter war zwei Jahre jünger als ich, und ich war ihm gegenüber immer sehr fürsorglich und gluckenhaft. 1925 hat er in Oxford Theologie studiert und sich auf das geistliche Amt vorbereitet, und ich habe mich mit freiberuflichem Literaturjournalismus durchgeschlagen. In den Ferien pflegte Peter bei mir in London zu wohnen. Eines Tages ist Millicent dort aufgetaucht, um mich wegen einer Geschichte um Rat zu fragen, und hat ihn kennengelernt. So hat alles angefangen.«

»Heißt das, Paul war das Kind Ihres Bruders?«

»Genau. Peter war ein feiner junger Mann. Er war sehr stark von seiner Berufung durchdrungen – und hatte das leidenschaftliche Wesen, das so oft damit einhergeht. Außerdem war er, was Frauen anging, völlig unerfahren, verklemmt, grotesk romantisch – die ideale Beute für ein Mädchen wie Millicent. Sie hat zweifellos einen zähen Kampf mit seinen religiösen Überzeugungen auszufechten gehabt – bestimmt hat sie das genossen –, aber es ist ihr gelungen, ihn zu verführen.«

Der bekümmerte Zorn auf Stephens Gesicht vertiefte sich, und er hieb mit der Faust auf das Polster des Fenstersitzes.

»Sie werden gleich sehen, warum ich die Frau verabscheute. Im nächsten Jahr, in den Osterferien, kam Peter in schrecklicher Verfassung zu mir. Er hatte sich nicht getraut, mir davon zu schreiben, aber ich bekam es bald aus ihm heraus. Millicent war im zweiten Monat schwanger und drohte, ihn bei der Verwaltung seines College bloßzustellen.«

»Falls er sie nicht heiratete?«

»Schlimmer. Falls er ihr nicht zu einer Abtreibung verhalf. Er hat mir erzählt, sie hätte ihm wie ein Dämon zugesetzt. Ich konnte es ihm ansehen. Ihn schauderte vor Ekel, wenn er von ihr sprach. Aber das praktische Problem schien unlösbar. Bloßstellung hätte das Ende seiner Laufbahn, seiner Berufung bedeutet. Den Gedanken einer Abtreibung zog er natürlich erst gar nicht in Erwägung. Eine Heirat, vorausgesetzt, sie würde überhaupt zustimmen, hätte bedeutet, sich ein Leben lang an eine Frau zu binden, deren Wesen er bereits hinreichend tief ergründet hatte. Und außerdem konnte er sich das finanziell nicht annähernd leisten; er finanzierte sein Studium schlecht und recht aus einer kleinen Erbschaft; unsere Mutter war damals schon Witwe und lebte von einer kleinen Rente.«

Stephen zündete sich eine Zigarette an und saugte im Weiterreden nervös daran.

»Tja, ich hoffe, ich muß so etwas wie damals im April nie mehr durchmachen. Peter wußte vor Panik, Schuldgefühlen und Ekel nicht mehr aus noch ein. Er hatte sich heftig in Millicent verliebt, nur um dann festzustellen, daß er in eine –

einen Abgrund von – Sie machen sich keine Vorstellung, wie eine solche Frau einen anständigen Mann heruntermachen kann. Peter war dem Selbstmord nahe. Sie hatte seine Liebe in eine Scheußlichkeit verwandelt und sie ihm dann wieder aufgetischt – so hat er es empfunden.«

»Und so ist es gekommen, daß Sie *Feuer und Asche* geschrieben haben?«

Stephens Kopf drehte sich mit einer heftigen Bewegung zu Nigel hin. »Ach, Sie haben es gelesen? Ja. Damals habe ich damit angefangen, um nicht den Verstand zu verlieren. Millicent hat mir dieses Buch nie verziehen – trotz all ihrer Dickhäutigkeit.«

Ein Ausdruck des Begreifens zeichnete sich auf Nigels Gesicht ab. »Dann hat sie also ein wirklich starkes Motiv dafür gehabt, die Fahnen von *Zeit zum Kämpfen* zu manipulieren. Daß Sie sich gegen die Neuauflage ihrer Romane gewandt haben, ist mir als Motiv nie stark genug erschienen. Sie hat es getan, um sich für *Feuer und Asche* zu revanchieren. Vermutlich hat sie geglaubt, man würde Sie für die ›stet‹-Markierungen verantwortlich machen. Oder hat sie damit gedroht, den Verlagsleitern zu erzählen, sie hätte Sie dabei beobachtet?«

»Ich habe keine Ahnung, was in ihrem Kopf vorging«, erwiderte Stephen mit einer gewissen Ungeduld. »Es gibt keinen Beweis dafür, daß die ›stet‹-Markierungen von ihr stammen, oder? Wenn aber doch, dann können Sie jeden Gedanken daran, daß sie es getan hat, um Blair-Chatterley bloßzustellen und Paul zu rächen, von vornherein aufgeben.«

»Wieso?«

»Weil es ihr immer völlig egal war, was mit Paul passierte«, erwiderte Stephen bitter. »Soweit es sie betraf, hat Paul nie existiert. Das war Teil der Abmachung.«

»Der Abmachung?«

»Ja. Ich bin zu ihr gegangen. Vierzehn Tage, nachdem mir Peter alles erzählt hatte. Dachte, ich könnte ihr gut zureden, sie irgendwie erweichen – ich war ein fast genauso ignoranter und idealistischer junger Esel wie Peter. Ich habe sie in diesem Monat mehrmals getroffen. Natürlich nicht bei ihr zu Hause, sondern in Kaufhäusern und dergleichen. Sie war erst neunzehn, aber bei Gott, sie kannte alle Tricks. Die betrogene Unschuld, Pathos, Empörung, Panik, ausweichendes Verhalten, das tapfere Gesicht – sie hat wirklich alles ausprobiert. Tja, schließlich habe ich ihr klarmachen können, daß sie von Peter nichts mehr erwarten konnte. Dann habe ich einen Vorschlag gemacht – ich habe gesagt, ich würde dafür sorgen, daß das Kind irgendwo im Norden zur Welt kommen könne, würde für alles aufkommen, mit ihr dorthin fahren, mich als ihr Mann ausgeben und ihr das Kind abnehmen. Für ihre Eltern hat sie irgendeine Geschichte erfunden, von wegen ein Londoner Arzt hätte ihr gesagt, sie hätte Tuberkulose, und ein Bekannter hätte angeboten, ihr die Behandlung in einem Sanatorium zu bezahlen. Offenbar haben sie das geschluckt. Sie war die versierteste Lügnerin, der ich je begegnet bin, und das schon in diesem Alter.«

Stephen Protheroe verstummte. Der brütende Ausdruck in seinem Gesicht, das sich im Profil vom Fenster abhob, erinnerte Nigel an jenen Augenblick vor über einer Woche, als er und Stephen sich über Uneigennützigkeit unterhalten hatten. »Vielleicht haben wir verloren, was das Wort bedeutet«, hatte er gesagt. Nun ja, Stephen jedenfalls hatte einmal in seinem Leben etwas vollkommen Uneigennütziges getan. Nigel setzte dazu an, ihm das zu sagen, aber Stephen fiel ihm barsch ins Wort.

»Genützt hat es überhaupt nichts. Es hat die Last nicht von Peters Gewissen genommen. Er ist in die Missionsarbeit gegangen und zwei Jahre später an irgendeinem gottverlassenen Ort an einem tropischen Fieber gestorben.«

»Und der Junge? Paul? Sie haben sich um ihn gekümmert?«

»Sonst hätte es ja niemand getan.« Stephen schweifte plötzlich ab. »Millicents Gabe, sich vor Verantwortung zu drücken, war phänomenal. Es war zwar, wie ich schon sagte, Teil der Abmachung, daß ich ihn ihr abnehme. Aber sie hatte ihn kaum zur Welt gebracht, da schaffte sie es auch schon irgendwie, sich völlig von ihm zu distanzieren.«

»Ah. Das Wort, das Mrs. Blayne benutzt hat.«

»Wer ist das?«

Nigel erklärte es ihm.

»Hat Millicent sich ihr anvertraut?«

»Nicht, was das Baby anging. Aber sie hat mir erzählt, daß Millicent sich schon als Mädchen von ihren eigenen Fehlern etc. zu distanzieren vermochte – so tun konnte, als wären sie gar nicht passiert, und sich höchst erfolgreich etwas vormachte.«

»Ja. Ich weiß noch, wenn sie das Kind gestillt hat – das mußte sie nämlich eine Zeitlang, bis ich eine Amme gefunden hatte –, wirkte sie vollkommen unbeteiligt, als täte sie dem Baby von jemand anderem einen Gefallen. Es war völlig absurd; einmal mußte ich einfach lachen. Sie konnte es nicht leiden, wenn man über sie gelacht hat. Humorlos war sie nämlich auch. Als ich ihr gesagt habe, warum, ist sie mir förmlich ins Gesicht gesprungen. ›Ich habe dieses Ding nie gewollt‹, hat sie gesagt. ›Ich will nichts mehr davon sehen oder hören, und ich fange jetzt gleich damit an.‹«

»Und? Hat sie?«

»Hat sie was?«

»Nichts mehr von Paul gesehen oder gehört?«

»Ja. Sie hat die ganze Episode in einen bösen Traum verwandelt. Und ich hatte kein Verlangen, mit ihr in Kontakt zu bleiben.«

»Nicht einmal, als er gefallen ist?«

»Nein. Paul bekam gesagt, daß seine Mutter im Wochenbett gestorben ist. Er hat mich als seinen Vater akzeptiert.«

»Aber als Miss Miles hier aufgetaucht ist –«

»Das war für uns beide ein überaus unerfreuliches Wiedersehen.«

»Aber da haben Sie ihr doch bestimmt von Paul erzählt?«

»Ach so, verstehe, ja. Das Thema ist gleich zur Sprache gekommen. Sie hatte doch tatsächlich die Stirn, mich zu fragen, wie es meinem Sohn gehe. *Meinem* Sohn! Ich habe ihr gesagt, er sei vor zehn Jahren gefallen.«

»Und wie hat sie das aufgenommen?«

Stephen Protheroe schnitt eine Grimasse und gab einen seiner vulkanischen Schniefer von sich.

»Es war unglaublich. Sie hat übergangslos die leidtragende Mutter gespielt. Wieso ich Paul von ihr ferngehalten hätte? Wieso ich zugelassen hätte, daß er umgebracht wurde? Ich habe bloß noch rotgesehen – und ihr ordentlich Zunder gegeben.«

»Das muß der Streit gewesen sein, den Jeanie gehört hat. Als Miss Miles Sie ›Glupscher‹ nannte. Wobei mir einfällt, daß Susan –«

»Sie verstehen sicher, daß ich Ihnen das alles nicht schon vorher erzählt habe. Paul war nicht mein Geheimnis allein.«

Nigel stand auf, um noch einmal das Foto zu betrachten. »Es gibt eine gewisse Ähnlichkeit mit seiner Mutter.«

»Das war Gott sei Dank nur physisch.«

»Sie haben ihn wohl sehr liebgewonnen?«

Stephen nickte. Sein Gesicht, von der edlen Stirn bis zu dem kleinen, fliehenden Kinn, wirkte plötzlich kleiner; die Lippen zitterten einen Moment lang. »Nach einer Weile habe ich angefangen, mich zu fühlen, als wäre ich tatsächlich sein Vater. Er war ein liebenswerter kleiner Kerl. Still und ernst, wie mein Bruder, mit viel Feuer dahinter.«

Stephen erzählte Nigel weiter, wie das Baby Paul bei Pflegeeltern untergebracht worden war – ein Bauer aus Greengarth und seine Frau, die er selbst aus seiner Kindheit kannte. Er besuchte das Gehöft von Zeit zu Zeit und bezahlte später für die Erziehung des Jungen an einer kleinen Public School. Den Job bei Wenham & Geraldine hatte er 1930 angenommen, um Paul unterstützen zu können, denn seine freiberufliche literarische Arbeit brachte immer noch nicht genügend Geld ein. Der Bauer hatte später angeboten, den Jungen zu adoptieren; aber Stephen war der Ansicht gewesen, er sei es dem Andenken seines Bruders schuldig, daß Paul »in der Familie blieb«. Paul hatte mit zunehmendem Alter ein besonderes Gespür für Tiere gezeigt, und Stephen hatte gespart, um ihm einen kleinen Bauernhof zu kaufen, wenn sein Militärdienst vorbei war. Aber Paul hatte diesen nicht überlebt, deshalb wurde das Geld – jedenfalls ein Teil davon – für die materiellen Annehmlichkeiten verwendet, von denen Stephen nun umgeben war. Und sie mußten, dachte Nigel, ein ziemlich erbärmlicher Ersatz für den vielversprechenden Neffen und alles, was er Stephen bedeutet hatte, sein.

»Ihnen ist doch klar«, sagte Nigel, »daß die Polizei vielleicht nach alledem fragen wird? Gibt es jemanden, der Ihre Geschichte bestätigen kann?«

Der Bauer und seine Frau lebten noch. Um seinen Bruder zu schützen, habe er, Stephen, ihnen erzählt, er sei der Vater des Kindes und dessen Mutter habe ihn kurz nach der Geburt des Babys verlassen. Inwieweit sie diese Geschichte glaubten, habe er nie erfahren; aber sie hätten sich bereit erklärt, Paul, wenn er fragte, zu sagen, daß seine Mutter tot sei. Nigel könne gern ihren Namen und ihre Adresse haben. Ansonsten könne es keine Bestätigung geben, denn die ganze Affäre sei unter größtmöglicher Geheimhaltung abgewickelt worden. Er selbst und Millicent hätten vor der Geburt des Kindes mehrere Monate in einer Wohnung in Greengarth als Mann und Frau zusammengewohnt. Angesichts von Millicents Zustand hätten sie getrennte Schlafzimmer gehabt. Es sei eine sich endlos hinziehende, gräßliche Farce gewesen, den Anschein aufrechtzuerhalten.

»Allerdings«, schloß Stephen, »haben Sie für einen Großteil der Geschichte nur mein Wort. Ich bin ganz sicher, daß er sich nie irgend jemand anderem anvertraut hat.«

»War er allein, als er starb?«

Stephen schaute einen Moment verwirrt drein. Dann sagte er: »Ach so, eine Beichte auf dem Sterbebett? Verstehe. Tja, da könnte vielleicht die Men's Society der Church of England weiterhelfen. Bis man Peter ins Krankenhaus gebracht hatte, lag er schon im Koma und hat nicht mehr gesprochen. Sein Bischof hat uns das geschrieben, als sie Peters Habseligkeiten nach Hause geschickt haben.«

Nigel notierte die wenigen Namen, die Stephen ihm nennen konnte, aber ohne viel Hoffnung. Die Fäden dieser Geschichte reichten, wie so vieles andere an dem Fall, zu weit in die Vergangenheit zurück, und die wichtigsten waren gerissen – Millicent und ihre Eltern waren tot, Peter Protheroe war tot, Paul war tot.

Nigel war freilich auch nicht geneigt, Stephens Schilderung seiner Beziehung zu Millicent Miles anzuzweifeln. Leider bildete diese Schilderung keine solide Grundlage für weitere Schritte bei der Untersuchung des Problems mit *Zeit zum Kämpfen.* Sosehr Stephen seinen Neffen auch liebgewonnen hatte, es war doch eher unwahrscheinlich, daß er sich fast zehn Jahre nach Pauls Tod an den Fahnen zu schaffen machte, um sich an dem Gouverneur zu rächen, der diesen mit seiner Unfähigkeit verschuldet hatte. Doch daß Miss Miles die Übeltäterin war, schien mittlerweile noch unplausibler zu sein. Sie hatte nie mehr etwas von Paul sehen oder hören wollen.

»Es gibt Leute«, sagte Stephen, als hätte er Nigels Gedanken gelesen, »die auf jede sich bietende Weise den größtmöglichen Ärger machen, und zwar einfach deshalb, weil sie sich in den Vordergrund spielen müssen. Das sind die wahrhaft Verantwortungslosen.«

»Sie denken an Millicent Miles?«

»Ja. Das gleiche gilt aber auch für Cyprian Gleed, würde ich sagen.«

»Beides rachsüchtige Menschen?«

Stephen bedachte das Wort. »Vielleicht eher bösartig als rachsüchtig.«

»Millicent Miles hat Sie gehaßt«, fuhr Nigel nachdenklich fort. »Sie wußten von einer dunklen Episode in ihrer Vergangenheit. Sie haben ihr in aller Deutlichkeit gesagt, was Sie von ihr halten. Sie haben sich gegen eine Neuauflage ihrer Romane gewandt. Sie könnte die verleumderischen Stellen ganz spontan mit ›stet‹ markiert haben, aus dem vagen Gedanken heraus, Sie damit in Schwierigkeiten zu bringen – und natürlich, um sich bei dem Autor dafür zu revanchieren, daß er damals in der Messe einen Jux mit ihr gemacht hat. Ja, das wäre typisch für sie.«

»Aber so richtig überzeugt sind Sie nicht davon?«

Nigel erhob sich bald darauf, um zu gehen. Falls Stephen der große Fisch war, nach dem er angelte – und mittlerweile erschien ihm das absolut unwahrscheinlich –, dann hatte er den Köder nicht geschluckt – nicht einmal daran geknabbert.

14

Falsche Type

Im Moment paßt es leider nicht sehr gut, mein Lieber. Ich stecke bis zum Hals in ...« Arthur Geraldine wies auf die ordentlichen Papierstapel auf seinem Schreibtisch. Die Stimme des Seniorpartners war durchaus freundlich, aber seine grauen Augen zeigten eine gewisse Kälte.

»Es tut mir leid«, sagte Nigel, »aber ich muß da etwas klären. Es duldet wirklich keinen Aufschub mehr.«

Geraldine lehnte sich zurück, streckte die Arme vor sich hin und legte die kräftigen, behaarten Hände, zu Fäusten geballt, auf den Schreibtisch. »Also gut. Worum geht es?«

»Warum haben Sie mir gesagt, Sie hätten Miss Miles erst kennengelernt, als Ihr Verlag sie übernommen hat?«

Geraldines Augen wurden noch kälter. »Ihr Ton gefällt mir nicht, Strangeways. Darf ich Sie daran erinnern, daß Sie vorübergehend Beschäftigter meines Hauses sind?«

Nigel ignorierte die frostige Zurechtweisung und fuhr fort: »Miss Miles hat mir erzählt, sie hätte Sie vor vielen Jahren unter ziemlich seltsamen Umständen kennengelernt.« Er sah davon ab, ihre Bemerkung wiederzugeben, daß Geraldine »noch nie viel Rückgrat« gehabt habe.

»Ich kann mich nicht entsinnen. Aber es ist durchaus möglich. Ich habe in meinem Leben viele Leute kennengelernt.«

»Ist es nicht sonderbar, daß sie Sie nie auf diese Begegnung angesprochen hat?«

Geraldine zuckte die Achseln; aber nun hatte sein Gesicht einen wachsamen Ausdruck.

»Hat sie Sie nicht darauf angesprochen?« beharrte Nigel.

Geraldines langer, dünner Mund spannte sich straffer. »Wollen Sie etwa andeuten, daß ich ein Lügner bin?«

»Es hat keinen Zweck, mir auszuweichen, Mr. Geraldine. Ich habe Beweise dafür, daß Sie Miss Miles' Eltern in Wimblesham ein Rockingham-Service abgekauft haben, als Sie Vertreter der *Daily Sun* waren.«

Die hohe Stirn und der kahle Schädel röteten sich langsam. »Ja, ich habe dort tatsächlich das Rockingham-Service erworben, jetzt fällt es mir wieder ein. Aber ich hatte keine Ahnung, daß das ihre Eltern waren, die –«

Die Tür ging auf, und Stephen Protheroe kam hereingezottelt. »Sie haben das hier vergessen«, sagte er und reichte Nigel ein Fläschchen Nasentropfen.

»Oh, vielen Dank.« Nigel stellte das Fläschchen geistesabwesend auf Arthur Geraldines Schreibtisch, während Stephen wieder hinausging. »Haben Sie Miss Miles denn nun kennengelernt, als Sie ihre Eltern aufgesucht haben? Sie ist damals noch zur Schule gegangen.«

»Woher soll ich das denn heute noch wissen? Das ist über dreißig Jahre her.« Geraldine sang die Worte beinahe. Er besaß die Begabung des Iren für übergangslose Frontwechsel; mit einemmal war er die Umgänglichkeit und Hilfsbereitschaft in Person.

»Miss Miles hat sich sehr wohl daran erinnert. Jedenfalls so weit, daß sie in ihrer Autobiographie einen Mann erwähnt, den sie zu jener Zeit kennengelernt hat und dem sie das Pseudonym ›Rockingham‹ gibt.« Nigel sah zu, daß er schleunigst von diesem sehr dünnen Eis herunterkam. »Waren Sie oft bei den Miles?«

»Mindestens zweimal, glaube ich. Ja, allmählich fällt mir alles wieder ein. Ich meine mich zu erinnern, daß da auch ein kleines Mädchen war – ein ernstes Kind mit großen Zähnen – wollen Sie mir erzählen, daß das Millicent Miles war? Du meine Güte!« Arthur Geraldine grinste wie ein liebenswürdiger Hai. »Ja, sie war ganz wild darauf, daß ihr Dad die Zeitung abonnierte, damit sie die Romanausgabe bekam, mit der ich damals hausieren ging – eine dieser Werbeaktionen mit Gratisgeschenk zur Steigerung der Auflage.«

»Und? Hat er?«

»Nein. Er muß wohl pleite gewesen sein. Jedenfalls hat er gesagt, ich sollte noch mal wiederkommen. Beim zweiten Mal war seine Frau nicht da. Er hat mich gefragt, was ich ihm für das Rockingham-Service geben würde – ich hatte es bei meinem ersten Besuch bewundert. Ich habe ihm ein Angebot gemacht, und er hat sofort zugegriffen. Aber ich mußte das Service sofort mitnehmen – bevor seine Frau zurückkam, vermute ich. Ich weiß noch, daß ich meinen Koffer dafür ausgeräumt habe. Ich habe ein paar Musterausgaben der Romane mit mir herumgetragen. Ich habe gesagt, ich würde sie am nächsten Tag holen kommen. Als ich es dann tat, hat es einen Riesenkrach gegeben. Mrs. Miles ist auf mich losgegangen wie eine Furie. Aber ich hatte die Quittung ihres Mannes, also konnte sie überhaupt nichts machen.«

Arthur Geraldine machte ein beinahe schmeichlerisches

Gesicht, als er hinzufügte: »Im Rückblick nimmt es sich wirklich furchtbar schockierend aus, da gebe ich Ihnen recht. Ich habe den armen Kerl geschröpft. Sammler haben überhaupt keine Moral, wissen Sie. Das ist wie eine körperliche Leidenschaft. Man verliebt sich in einen Gegenstand, und man muß ihn haben. Außerdem hatte ich damals selbst nicht viel Geld.«

Nigel dachte über diese bemerkenswerte Aussage nach. Bemerkenswert daran war nicht so sehr das Geständnis, sondern die Tatsache, daß Geraldine es so bereitwillig abgelegt hatte. »Und Miss Miles hat das nie zur Sprache gebracht, sagen Sie?«

»Mit keinem Wort, das versichere ich Ihnen.« Arthur Geraldine strahlte regelrecht. »Ich sehe, worauf Sie hinauswollen, mein Lieber. Erpressung, wie? Die Sache gereicht mir nicht gerade zur Ehre, das will ich gar nicht leugnen. Sie verstehen sicher, daß ich nicht wollte, daß das ans Licht kommt. Aber ich habe die Ärmste nicht umgebracht, um die Sache unterm Deckel zu halten.«

Daß dies auf den ersten Blick höchst unwahrscheinlich war, dieser Meinung war auch Nigel. Aber warum, dachte er, habe ich ihm diesen Wurm so mühelos aus der Nase ziehen können? Geraldine hat sich nicht gesträubt, meine Informationsquellen nicht angezweifelt. Hält er mir die unschöne Geschichte mit dem Rockingham-Service bloß deshalb vor die Nase, um dahinter etwas sehr viel Übleres zu verbergen?

»Sie haben Miss Miles hier eine Vorzugsbehandlung angedeihen lassen«, sagte Nigel, um Zeit zu gewinnen. »Ich hätte jedenfalls nicht gedacht, daß sie von ihrer Art her eine Wenham & Geraldine-Autorin ist.«

»Jeder Verleger muß Kompromisse zwischen seinen literarischen Maßstäben und seinem Geldbeutel machen. Außerdem war Basil Ryle sehr daran interessiert; er hat uns regelrecht gedrängt, sie unter Vertrag zu nehmen.«

»Eine außerordentlich unglückliche Entscheidung«, meinte Nigel trocken, »wenn man bedenkt, daß sie Ihnen einen Verleumdungsprozeß eingebrockt hat und dann noch in den Verlagsräumen ermordet wurde.«

»Wie war das? Wollen Sie damit sagen, *sie* hat sich an den Fahnen zu schaffen gemacht? Warum denn, um Gottes willen?«

»Allgemeiner Mutwille und spezielle Bösartigkeit. Ich weiß mit Sicherheit, daß sie einen Groll gegen General Thoresby und Stephen Protheroe hegte. Es würde das Bild hübsch abrunden, wenn sie auch gegen Sie oder Miss Wenham einen Groll gehegt hätte.«

»Ich kann Ihnen nicht folgen.«

»Was hätten Sie beispielsweise getan, wenn sie versucht hätte, Sie wegen des Rockingham-Service zu erpressen?«

»Ihr gesagt, sie soll sich zum Teufel scheren. Aber –«

»Und das hätte ihr ein Motiv geliefert, Ihrem Verlag, und damit auch Ihnen, zu schaden.«

»Aber ich sage Ihnen doch unentwegt, daß sie nie auf das verdammte Rockingham-Service zurückgekommen ist, geschweige denn –«

»Geschweige denn auf irgendeinen anderen Vorfall, der sich ereignete, als Sie 1924 bei ihr zu Hause waren?«

Erneut lief Geraldines kahler Schädel rot an – was natürlich auch daran liegen konnte, daß er sich bemühte, Empörung und Wut zu unterdrücken.

»Würden Sie sich bitte klar ausdrücken?« fragte er in gepreßtem, gefährlichem Ton. »Ich mag keine Anspielungen.«

»Das Problem bei Miss Miles ist, daß kein Mensch je wußte, ob sie die Wahrheit gesagt oder fabuliert hat.«

»Ich habe Sie gebeten –«

»Ja. Sie hat einer Schulfreundin anvertraut, daß ein Mann, der im Sommer 1924 zu ihnen nach Hause gekommen ist – ein Mann mit sehr dünnen Lippen –, versucht hat, sich an ihr zu vergehen. Für eine Erpressung wäre versuchte Notzucht an einem Schulmädchen, falls von anderer Seite bestätigt, auch noch nach dreißig Jahren eine sehr gute Karte.«

Nigel fuhr zusammen, als das Lineal, mit dem Geraldine herumspielte, entzweibrach. »Sie reden großen Unsinn«, sagte Geraldine mit erstickter Stimme. Nigel wartete auf mehr; aber der Seniorpartner griff mit gedankenverlorenem Blick nach einigen Papieren auf seinem Schreibtisch. »Ich muß jetzt wirklich weiterarbeiten.«

Nigel begab sich nach oben und suchte erneut Stephen Protheroe auf. »Tut mir leid, daß ich Sie ständig belästigen muß. Nur folgendes: Mr. Miles ist 1924 bankrott gegangen. Sie haben Millicent 1925 kennengelernt, als sie in dem Buchladen gearbeitet hat. Hat sie Sie je zu sich nach Hause eingeladen? Sie hat damals immer noch zu Hause gewohnt, glaube ich.«

»Ja, ich war ein-, zweimal dort.«

»Die Miles waren vermutlich immer noch sehr knapp bei Kasse?«

»Gemerkt hat man nichts davon. Ich meine mich zu erinnern, daß ich den Eindruck gehabt habe, Miles sei wieder irgendwie auf die Füße gefallen.«

»Miss Miles hat mit Ihnen nie über seine finanziellen Angelegenheiten gesprochen?«

»Ich glaube nicht. Abgesehen von einer kleinen Selbststilisierung als aufstrebendes junges Genie, das seinen ruinierten Eltern unter die Arme greifen muß.«

»Wozu sie bei ihrem Lohn als Verkäuferin in einem Buchladen wohl kaum imstande war.«

»Nein. Es war wohl ziemlich eigenartig. Ihr Vater war von seiner Firma hinausgeworfen worden, und ich bin mir ziemlich sicher, daß er noch keinen neuen Job gefunden hatte, als ich sie kennenlernte. Aber eigentlich habe ich von dieser Seite ihres Lebens sehr wenig mitbekommen. Wir haben die meiste Zeit über Kultur gesprochen – oder vielmehr über Millicents Beitrag dazu. Junge Männer sind immer geschmeichelt, wenn sie Jüngerinnen haben.«

Arthur Geraldines Sekretärin kam herein. »Sie haben das hier in Mr. Geraldines Zimmer vergessen, nicht wahr?« sagte sie und reichte ihm das Fläschchen mit den Nasentropfen.

»Vielen Dank.«

»Anscheinend lassen Sie es ständig irgendwo liegen«, sagte Stephen. »Stecken Sie es in Gottes Namen endlich ein.«

Nigel sagte ihm, daß er sich kurz mit Susan Jones unterhalten wolle. Stephen rief den Leiter der Fakturierung an, der sie in ein paar Minuten heraufzuschicken versprach.

»Möchten Sie unter vier Augen mit ihr reden?«

»Ja.«

»Tja, dann benutzen Sie besser das Zimmer nebenan.«

»Ich glaube nicht, daß das –«

»Herrgott im Himmel, es spukt doch nicht darin, oder? Es ist geputzt worden«, sagte Stephen gereizt.

»Trotzdem, Susan ist vielleicht ein bißchen empfindlich. Könnten Sie Jeanie bitten, uns für eine Weile die Handbibliothek zu überlassen?«

»Ich denke schon. Ich weiß sowieso nicht, was sie den ganzen Tag da macht.«

Und so fand Nigels zweite Begegnung mit dem blonden Superweib am Ort der ersten statt. Diesmal allerdings war Susan nervös und bei weitem nicht so mitteilsam.

»Setzen Sie sich doch, Susan. Jeanie hat gesagt, Sie wollten mich wegen irgendwas sprechen. Tut mir leid, daß ich erst jetzt dazu komme.«

»Ich weiß eigentlich gar nicht so recht...«, begann das Mädchen mit unbehaglichen Kopfbewegungen.

»Probleme mit Ihrem Freund? Sie brauchen es nur zu sagen, und ich fordere ihn zum Duell.«

Susan lächelte matt. »Sie verstehen sich doch mit der Polizei, oder?«

»Wir mißverstehen uns. Ständig. Wieso?«

»Ich habe mit denen nie was zu tun gehabt. Denen ist nicht zu trauen, stimmt's? Häftlinge prügeln und sich bestechen lassen und lauter solche Sachen. Aber eigentlich geht's darum, was mein Freund sagen würde, verstehen Sie? Das ist ein feiner Mensch.«

»Der, der Bücher liest?«

»Wer sonst?«

»Na gut, und was würde er wozu sagen?«

»Außerdem mag Miss Wenham so was nicht. Die ist bei so Sachen wirklich –«

»Miss *Wenham*. Was hat sie damit zu tun?«

»Das erzähle ich Ihnen doch gerade, oder? Sie mag es

nicht, wenn wir Mädchen zu den Packern gehen. Aber ich sage immer, ein Mädchen muß ein bißchen was vom Leben mitkriegen, bevor es häuslich wird.«

»Und bei den Packern kriegt man was davon mit?«

Susan bedachte ihn mit einem unerwartet draufgängerischen Blick. »Das können Sie laut sagen! Wohlgemerkt, ich habe überhaupt nichts Schlimmes gemacht. Aber man könnte es fehl ... fehl ...«

»Fehlinterpretieren?«

»Da sieht man mal, was Bildung ausmacht! Wissen Sie, manchmal erinnern Sie mich an David. Das ist mein Freund. Mein fester, meine ich.«

Nigels fast grenzenlose Geduld näherte sich der Erschöpfung. Aber nach ein paar weiteren Abschweifungen gelang es ihm, Susan wieder auf die Hauptstraße zu lotsen, und er sah sich reich belohnt. Vergangenen Freitag abend, erzählte sie ihm, hatte sie ein Rendezvous mit »einem von den Herren im Packraum« gehabt. Sie hatte die Handbibliothek genau um halb sechs verlassen, war mit dem Aufzug hinuntergefahren und in den Packraum gegangen. Zu diesem Zeitpunkt waren sämtliche anderen Packer schon gegangen, und ihr ›Rendezvous‹ hatte die Gelegenheit zu einem kleinen vorbereitenden Getändel genutzt – so Nigels Interpretation von Susans verschämter Äußerung, sie hätten »vor dem Weggehen noch ein bißchen geplaudert«. Nach ungefähr zehn Minuten hatten sie das einzige noch brennende Licht gelöscht; dann hatte Susan die Tür aufgemacht und vorsichtig hinausgelugt – vorsichtig deshalb, weil sie gerade die Fahrstuhltüren hatten zugehen hören und Susan dort nichts zu suchen hatte, da Miss Wenham dergleichen freundschaftlichen Umgang in den Verlagsräumen mißbilligte.

Susan hatte dann in den Flur hinausgespäht, der am Fahrstuhl, dem Fuß der Treppe und der Tür des Empfangszimmers vorbei zum Nebeneingang des Gebäudes führte. Der Flur wurde zu dieser Tageszeit, wie Nigel wußte, nur von einer einzigen schwachen Birne erleuchtet. Das Licht reichte jedoch aus, um Susan einen Mann zu zeigen, der gerade durch die innere Schwingtür am Ende des Flurs in Richtung Hauseingang ging. Sie hatte ihn nur von hinten gesehen, und das auch nur für einen Moment, aber ihre Beschreibung war soweit recht klar.

»Es war ein ziemlich kleiner Mann«, sagte sie. »Er hatte einen von diesen Dufflecoats an, wie sie die Teddy-Boys jetzt tragen. Hellbraun, glaube ich. Und einen dunklen Hut mit breitem Rand. Und er hat irgendwie Haare seitlich im Gesicht gehabt – er hat sich leicht gedreht, um seine Tasche durch die Tür zu kriegen.«

»Was für eine Tasche?«

»Na ja, eine Reisetasche. Muß ziemlich groß und schwer gewesen sein, er hat nämlich ein bißchen gestöhnt, als er sich damit durch die Tür gequetscht hat.«

»Hat Wie-heißt-er-doch-gleich – Ihr Packerfreund – den Burschen gesehen?«

»Aber nein. Es war nur so viel Platz, daß ich allein zur Tür rausgucken konnte.«

»Was hat er dazu gemeint?«

»George? Ich hab' ihm nichts davon gesagt. Damals hab' ich mir ja nichts dabei gedacht. Das heißt, ich hab' gedacht, es wäre bloß jemand, der einen von den Chefs besucht hat.«

»Und Ihnen ist an dem Burschen nichts bekannt vorgekommen?«

»Och, zum Bekanntwerden war doch gar keine Zeit – das habe ich Ihnen doch gesagt –, er war gerade dabei abzuschwirren.«

»Ich meine, Sie haben ihn nicht wiedererkannt? Seine Rückenansicht hat Sie an niemanden erinnert, den Sie kennen?«

»N-nein.« Das klang nicht ganz fest, aber Nigel bedrängte sie nicht weiter.

»Was sagt George denn heute dazu?«

»Ach, dem habe ich das gar nicht erzählt. Geht ihn schließlich nichts an, oder?«

»Sie haben es also überhaupt niemandem erzählt?«

Susan, die ein wenig betreten dreinschaute, nahm mit pikierter Bewegung eine Schulter nach vorn. »Na, *Ihnen*, oder vielleicht nicht?«

»Aber die Polizei hat doch alle hier gefragt, ob sie vergangenen Freitag abend etwas Ungewöhnliches beobachtet haben.«

»Da ist doch nichts Ungewöhnliches dran, wenn einer das Gebäude verläßt.«

»Aber meine liebe Susan, worüber haben Sie sich denn dann Sorgen gemacht? Jeanie hat gesagt, daß Sie irgend etwas bedrückt.«

»Nun fangen Sie bloß nicht an, an mir herumzumeckern! Ich hab' mir schon genug Sorgen gemacht. Es ist das, was ich Ihnen gesagt habe. Ich will nicht, daß mein Freund davon erfährt, ja? Oder Miss Wenham.«

»Aber Sie müssen der Polizei Ihre Geschichte erzählen.«

»Das *ist* keine Geschichte!«

»Ihre Schilderung dessen, was Sie beobachtet haben.«

»Mit denen will ich nichts zu tun haben. Wir sind anständige Leute. Mein Dad schlägt mich grün und blau, wenn ich mich mit der Polizei einlasse.«

»Haben Sie je Cyprian Gleed, Miss Miles' Sohn, gesehen, wenn er in den Verlag gekommen ist?«

»Nicht daß ich wüßte. Was hat der denn damit zu tun?«

Nigel erhob sich, und Susan tat es ihm nach.

»Hören Sie, Susan, Inspektor Wright muß davon erfahren. Ich kann es ihm selbst erzählen; aber es wäre viel besser, wenn es von Ihnen käme. Warum bringen Sie es nicht gleich hinter sich?«

»Er wird mich halb umbringen, weil –«

»Ach was. Der Inspektor ist ein sehr netter Mensch und außerdem ein Freund von mir. Ich rufe ihn an und vereinbare ein Gespräch. Und während Sie mit ihm reden, halte ich Ihre Hand.«

Susans Gesichtsausdruck zeigte, daß sie den letzten Satz nicht im übertragenen Sinne verstand. Der schmachtende Blick wurde jedoch rasch von einem beunruhigten abgelöst.

»Aber muß ich denn dann auch vor Gericht aussagen? Das schaffe ich einfach nicht.«

»Vielleicht müssen Sie ja gar nicht, je nachdem. Aber wenn, dann werden Sie der Starzeuge der Anklage sein.«

Das Wort ›Star‹ tat ersichtlich das Seine. Susans riesige blaue Augen strahlten. Sie sah sich im Zeugenstand, wie sie ihren ganzen Charme spielen ließ. Und dann waren da auch noch die Zeitungen.

»Dann hätte mein Freund endlich mal was Vernünftiges

zum Lesen, stimmt's?« sagte sie mit einem Kichern und nahm die von modernen Mannequins bevorzugte, verrenkte Haltung ein.

»Die werden alle hin und weg sein«, sagte Nigel und griff nach dem Hörer.

»Ich hätte große Lust, diese Blondine übers Knie zu legen und ordentlich zu versohlen«, erklärte Inspektor Wright. »Da verschwenden ein Dutzend Leute eine Woche lang ihre Zeit, bloß weil diese dumme Gans beschlossen hat, diese Information für sich zu behalten.«

Es war neun Uhr am selben Abend. Nigel hatte mit Clare Massinger in deren Atelier gegessen, und nun machte sie noch eine Kanne Kaffee für den Inspektor, der gerade hereingeschneit war. Sein längliches, teigiges Gesicht wirkte nach der intensiven Arbeit der zurückliegenden Woche abgezehrter denn je, und der Glanz in seinen Augen hatte beinahe etwas Fieberhaftes.

Clare goß ihm eine große Tasse Kaffee ein und rollte sich dann dicht neben Nigel auf der Couch zusammen. Wright prostete ihr mit seiner Tasse zu.

»Auf Ihr Wohl, Miss Massinger. Das rettet mir das Leben.« Er ließ den Blick durch das Atelier wandern, nickte einem Ausstellungsstück zu und ahmte dann mit einer seiner verblüffend anschaulichen, pantomimischen Gesten die Bewegung eines Bildhauers nach, der den Ton formt. »Was macht das Backe-backe-Kuchen?«

»Kann nicht meckern.«

Clare und der Inspektor genossen es, die Fiktion aufrechtzuerhalten, daß er ein beklagenswert unkultivierter

Mensch war, dessen Kunstbegriff sich auf röhrende Hirsche und unanständige Postkarten beschränkte. Er zog sie eine Weile in dieser Richtung auf, nahm noch einen Kaffee mit Schuß und fischte dann zwischen Sitzfläche und Armlehne seines Sessels einen Tonklumpen heraus.

»Komische Stellen, an denen Ihre Gäste ihre Kaugummis deponieren«, bemerkte er.

»Irgendwann würde ich gern mal Ihre Hände machen«, sagte Clare.

»Was haben Sie gegen mein Gesicht?«

»Ach, das ist schon auch interessant. Aber für eine Porträtbüste würden Sie nie lange genug stillsitzen.«

»Wenn ich diesen Fall abgeschlossen habe, sitze ich einen ganzen Monat still.«

»Aber ich dachte, das wäre er jetzt.«

»Sie haben vielleicht Vorstellungen, Verehrteste; jetzt geht es erst richtig los. Junger Mann, der der Beschreibung von Cyprian Gleed entspricht, wird dabei gesehen, wie er unmittelbar nach dem Zeitraum, in dem der Mord begangen worden sein könnte, das Gebäude verläßt. Schön, morgen holen wir ihn zu einer Gegenüberstellung – stellen ihn in eine Reihe mit einem halben Dutzend anderer Typen, die Dufflecoats und große schwarze Hüte tragen.«

»Und Bärte«, sagte Nigel.

»Meinetwegen. Falsche Bärte werden wir auch noch auftreiben. Aber glauben Sie wirklich, daß diese schwachköpfige Susan Jones imstande sein wird, unseren Mann herauszupicken? Das wäre ein Wunder. Und Wunder passieren nicht – jedenfalls mir nicht.«

»Sie sind also sicher, daß er unser Mann ist?« fragte Nigel.

»Und was ist mit der in die Autobiographie eingefügten Seite?«

»Gut, daß Sie's erwähnen, Mr. Strangeways, das ist nämlich in meinen Augen der stichhaltigste Beweis gegen ihn. Nicht daß der Staatsanwalt sich damit abgeben würde. Sie waren auf dem Holzweg. Die Sache ist im Grunde ganz einfach. Der junge Gleed braucht dringend Geld, und er haßt seine Mutter. Als ich ihn das erste Mal verhört habe, hat er so getan, als wüßte er nicht, daß sie kein Testament gemacht hat. Aber er könnte es durchaus gewußt haben. Schön. Sie wird also ohne Testament sterben. Nun ist er in ihrem Büro bei Wenham & Geraldine ein- und ausgegangen; er hatte reichlich Gelegenheit, ihr Buch zu lesen. Es gibt darin eine Seite, auf der steht oder angedeutet wird, daß sie vor ihrer Heirat mit Gleeds Vater ein Kind von einem anderen Mann hatte. Aus dieser Seite geht vielleicht nicht deutlich hervor, daß sie den Mann nie geheiratet hatte. Das spielt aber sowieso keine große Rolle, weil der junge Gleed bei seinem letzten Gespräch mit Ihnen hat erkennen lassen, daß er von der gesetzlichen Erbfolge keine Ahnung hat – nicht weiß, daß ein uneheliches Kind keinerlei Rechte hat, wenn es ein eheliches gibt. Mit der Seite, die er getippt hat, nachdem er seiner Mutter die Kehle durchgeschnitten hatte, wollte er sicherstellen, daß die Behörden erst gar nicht nach einem nächsten Angehörigen außer ihm suchen.«

»Ja«, sagte Nigel langsam, »das hört sich durchaus plausibel an. Aber lassen Sie dabei nicht außer acht, was der Mörder sonst noch mit dem Typoskript gemacht hat?«

»Ich lasse überhaupt nichts außer acht«, erwiderte Wright heftig. »Sie denken an den ausradierten Großbuchstaben G weiter hinten? Passen Sie auf – stellen Sie sich vor, Sie sind Cyprian Gleed. Sie haben gerade Ihre Mutter umgebracht, Sie haben die verräterische Seite herausgenommen und sie durch die falsche ersetzt, die Sie gerade getippt haben. Sie blättern in dem Typoskript ein paar Seiten zurück, und plötzlich starrt Ihnen Ihre eigene Initiale ins Gesicht.«

»Aber –«

»In dieser Verfassung konnte er ohne weiteres ein G für ein C halten. Cyprian. Er hat es furchtbar eilig wegzukommen – keine Zeit nachzusehen, worauf sich dieser Großbuchstabe bezieht. Er starrt ihm einfach von der Seite entgegen und zeigt auf ihn wie der Finger seiner toten Mutter. Also radiert er ihn schleunigst weg.«

»Sie sind ein furchtbar phantasievoller Mensch, Inspektor«, sagte Clare mit leisem Schaudern.

»Ja«, sagte Nigel. »An diese Möglichkeit hatte ich nicht gedacht.«

Der Inspektor umriß nun seine nächsten Schritte. Cyprian Gleed wurde streng überwacht. Wright hatte ihn am Nachmittag erneut befragt, ohne jedoch Susan Jones' Aussage aufs Tapet zu bringen. Gleed hatte bestritten, sich kürzlich einen Dufflecoat oder eine Reisetasche gekauft zu haben. Mit Fotografien des jungen Mannes bewaffnet, würde Wrights Team seine Bemühungen verdoppeln, solche Käufe und den eines Rasiermessers zu ermitteln. Der Aufruf an die Öffentlichkeit hatte bisher nichts Nützliches ergeben; aber nun, da Susan Jones' Aussage den Zeitrahmen eingeengt hatte, würde in den morgigen Zeitungen ein neuer Aufruf erscheinen, der darauf basierte, daß der Mörder seine Tasche wahrscheinlich etwa um Viertel vor sechs, also fünf Minuten nach Verlassen des Verlages, von der Hungerford Bridge geworfen hatte. Daß die Gestalt im Dufflecoat kein ganz gewöhnlicher Besucher gewesen war, hatte man bereits festgestellt.

»Was mir Kopfzerbrechen macht«, fügte Nigel an dieser Stelle ein, »ist, daß er immer noch den Mantel anhatte, als Susan ihn gesehen hat. Er muß doch voller Blutflecken gewesen sein. Zugegeben, freitags ist um 17.40 kein Angestellter mehr im Haus, aber es bestand immer noch das Risiko, einem der Teilhaber über den Weg zu laufen. Warum hat er den Dufflecoat nicht ausgezogen und in die Tasche gesteckt, bevor er Miss Miles' Zimmer verlassen hat?«

»Hat er wahrscheinlich einfach vergessen. Schließlich doch in Panik geraten. Wollte nur noch so schnell wie möglich aus dem Zimmer raus.«

»Wollen Sie etwa behaupten, daß er blutbefleckt auf die Straße gelaufen ist?«

»Er hätte den Mantel nach Durchschreiten der Schwingtür und vor dem Öffnen der Haustür ausziehen und verstauen können.« Inspektor Wrights brennende Augen waren auf die von Nigel gerichtet. »Sie sind auch erst zufrieden, wenn Sie alles bis aufs I-Tüpfelchen erklärt haben.«

Nigel zuckte die Achseln. »Wahrscheinlich haben Sie recht. Aber mich stört immer noch der Dufflecoat. Er hat alles andere haargenau nach Plan gemacht. Und dann war da etwas, was Susan zu mir gesagt hat – oder vielmehr, wie sie es formuliert hat. Sie selbst haben vor ein paar Minuten etwas Ähnliches anklingen lassen.« Er hielt mit abwesendem Gesichtsausdruck inne.

»Der Maestro hat einen Anfall von Verwirrung«, bemerkte Clare.

»Es gibt Zeiten, da kann eine Uniform die beste Verkleidung sein. Erinnern Sie sich an Chestertons Geschichte vom Briefträger? Hier würde es allerdings umgekehrt funktionieren – daß ein Mörder gesehen werden *will.* Wie auch immer.« Nigel wandte sich plötzlich an den Inspektor. »Haben Sie Arthur Geraldine schon in der Rolle des Finsterlings ins Auge gefaßt?«

»Was soll denn das nun wieder?«

Nigel schilderte sein Gespräch mit dem Seniorpartner nach dem Lunch. Angenommen, Millicent Miles' ursprüngliche Geschichte, wie sie sie Mrs. Blayne erzählt hatte, stimmte. Angenommen, der junge Geraldine hatte tatsächlich versucht, sich an dem äußerst reifen Schulmädchen zu vergehen. Ursache des »fürchterlichen Krachs«, zu dem es laut Geraldine wegen des Verkaufs des Rockingham-Service gekommen war, könnte in Wirklichkeit sein Notzuchtversuch an Millicent gewesen sein. Ihr Vater könnte sich bereit erklärt haben, die Sache gegen Geld auf sich beruhen zu lassen. Ein Jahr später jedenfalls war es Stephen so erschienen, als lebe er, obwohl noch immer arbeitslos, recht angenehm. Ohne schriftliches Geständnis des jungen Geraldine aber hätte Mr. Miles nichts gegen ihn in der Hand gehabt. Er hatte die Sache, vielleicht gegen eine jährliche Zahlung, für die das Geständnis als Sicherheit diente, vertuscht. Als Mr. Miles ein paar Jahre nach seiner Frau starb, ging das Geständnis vermutlich in die Hände seiner Tochter über. Zu dieser Zeit war sie wohlhabend. Aber hätte sie nicht kürzlich, da ihre Bücher aus der Mode kamen, das Geständnis wieder aus der Versenkung holen können?

»Die Vorstellung ist absurd«, sagte der Inspektor herzlich. »Ein junger Bursche ließe sich vielleicht auf diese Weise einschüchtern; aber Geraldine ist kein grüner Junge mehr; er würde sofort zur Polizei gehen, wenn Miss Miles ihn bedrohte, denn er wüßte, daß der Name des Klägers heutzutage in derlei Erpressungsverfahren nicht mehr erwähnt wird.«

»In der Theorie ist das alles schön und gut. Aber in der Praxis könnte er keineswegs sicher sein, daß sein Name nicht doch herauskommt. Und einen solchen Skandal würde der Ruf eines angesehenen Verlegers nicht überstehen – jedenfalls nicht, wenn die Anschuldigung von einem schriftlichen Geständnis untermauert wäre.«

»Also gut«, sagte der Inspektor, wie um ihm seinen Willen zu lassen. »Er hat sie ermordet, um ihr den Mund zu stopfen. Wo ist dann das Dokument – das Geständnis? Bei ihren Papieren ist es ganz sicher nicht. Aber wenn sie es letzten Freitag in den Verlag mitgebracht hat, um mit ihm zu feilschen, dann erzählen Sie mir bloß nicht, er hätte es ihr nicht wegnehmen können, ohne ihr zuerst die Kehle aufzuschlitzen. Oder aber, er hätte es ihr abgekauft, dann wäre der Mord sinnlos.«

Nigel gab sich mit einer Geste geschlagen. Die Nebenhöhle schmerzte ihn an diesem Abend sehr stark, was ihn am Denken hinderte. Er nahm ein Fläschchen Nasentropfen aus der Tasche, zog die Pipette auf, schraubte sie ab und stellte das Fläschchen auf den Boden neben sich. Clare stand von der Couch auf, damit Nigel sich der Länge nach darauf legen und den Kopf nach hinten über den Rand hängen lassen konnte. Dabei traf sie mit dem Fuß das Fläschchen und stieß es um.

»Verdammt, Nigel, was läßt du auch ständig Sachen auf dem Boden stehen?«

»Tut mir leid, Liebling.«

»Der ganze Läufer ist voll davon.« Clare sah sich nach einem alten Lappen um und bückte sich dann, um die Flüssigkeit aufzutupfen. *»Nigel!«*

»Was ist denn?« Die gefüllte Pipette in der Hand, setzte Nigel sich auf. Starr vor Entsetzen deutete Clare auf den Fleck im Läufer, von dem nun ein dünner, tückischer Rauchfaden aufstieg. Im nächsten Moment stampfte sie mit dem Fuß auf den Fleck, als wäre er eine Viper – stampfte wieder und wieder auf, bis Inspektor Wright sie davon wegzog. Wo die Flüssigkeit in den schwarzen Läufer geronnen war, verfärbte er sich schmutzigbraun. Der Inspektor betrachtete die Stelle mit hellwachem Blick.

»Ha! Schwefelsäure.«

»Was?« Clare starrte, ohne zu begreifen, die Flasche an. Sie bückte sich, wie um sie aufzuheben.

»Nein! Fassen Sie sie nicht an!« sagte Wright scharf. »Mr. Strangeways, geben Sie mir die Pipette.«

Clare wirbelte mit totenblassem Gesicht herum.

»O Nigel! Hast du –«

»Alles in Ordnung, Liebes.« Nigel hielt die nach wie vor gefüllte Pipette hoch, damit sie sie sehen konnte, und reichte sie dann Wright.

»Ständig stoße ich Sachen um«, stöhnte Clare, völlig benommen.

»Glück für Mr. Strangeways, daß Sie's tun.«

Clares starre Züge wurden weich. Sie fiel, zusammenbrechend, nach vorn in Nigels Arme, blickte ungläubig zu ihm auf und strich ihm mit den Fingern über die Wange, wie um sich zu versichern, daß er immer noch da war.

»Was wäre passiert?« Ihre Stimme zitterte, war beinahe unhörbar.

»Na ja, eine Pipette voll Schwefelsäure in die Nebenhöhle –«

Clare legte ihre zitternde Hand auf Nigels Mund und brach in Tränen aus.

Als sie sich wieder etwas beruhigt hatte, stellte Inspektor Wright die unvermeidliche Frage.

»Ich weiß nicht«, sagte Nigel. »Protheroe und Geraldine hatten die Flasche heute beide in ihrem Besitz. Ich habe sie in ihrem – Nein, wie dumm ich bin! Die Sache hat mir das Gehirn vernebelt. Diese Flasche hatte ich aufgebraucht, und ich habe eine neue aus meiner Hausapotheke genommen, bevor ich heute abend hierhergekommen bin.«

Clare schauderte heftig in seinen Armen.

»Und wer hatte Zugang zu Ihrer Hausapotheke?« fragte Wright.

»Na ja, die befindet sich in der Toilette.« Nigel runzelte die Stirn. »Neulich, als Cyprian Gleed abends bei mir war, hat er gefragt, ob er sie benutzen dürfte. Du meine Güte, und er –«

Nigel hielt abrupt inne. Er wollte Clares Gefühle nicht weiter strapazieren und sah deshalb davon ab, Gleeds letzte Worte bei dieser Gelegenheit zu wiederholen: »Ich finde selbst hinaus, wenn ich fertig bin. *Sie werden mich wahrscheinlich nicht wiedersehen.*«

15

Ausgeschossen

Aber warum tut er so etwas. So etwas Fieses, Gemeines? Das paßt doch eher zu einem – einem verdorbenen Kind.«

»Er ist ein verdorbenes Kind. Das war reine Boshaftigkeit. Schon bevor er zu mir nach Hause kam, hatte ich ihn ein-, zweimal tief in seiner Eitelkeit gekränkt. Und an diesem Abend habe ich es ihm wirklich kräftig gegeben. Ich muß sagen, ich kann ihm kaum einen Vorwurf –«

»Unsinn, mein Liebling. Sei nicht so verdammt christlich und verständnisvoll. Ich hätte große Lust, ihn auf kleiner Flamme zu rösten.«

Es war der nächste Morgen, und Clare und Nigel saßen beim Frühstück. Clare hatte Schatten unter den Augen, und ihr langes schwarzes Haar glänzte zauberhaft. Sie lächelte Nigel träumerisch an und schien sich dann auf jene schwer greifbare Weise, die ihn schon bei ihrer ersten Begegnung gefangengenommen hatte, in sich selbst zurückzuziehen.

»Ich hoffe, du behältst die Angewohnheit bei, mir das Leben zu retten. Das ist jetzt schon das zweite Mal.«

Clare beugte sich vor, drückte ihren Mund auf seinen und ließ ihn lange dort.

»Weißt du, was du bist? Eine Kreuzung zwischen einer schwarzen Katze und einer weißen Kamelie.«

»Du bringst mich jedesmal zum Zittern, wenn du mir nahe kommst. Immer noch.«

»Ist doch gut, oder?«

»Sehr gut.« Clare stand auf und setzte sich auf der anderen Seite des Tisches wieder. »Ich komme mir vor wie eine Rekonvaleszentin. Ganz schwach und staunend. Sieh mal, die Sonne ist herausgekommen.«

»Unruhiger Geist.«

»Was werden sie mit ihm machen?«

»Och, Wright wird ermitteln, wo er das Zeug herhat, und ihn dann wegen versuchter schwerer Körperverletzung, oder wie das heißt, einkassieren.«

Clare Massinger griff nach einem Klumpen Ton und begann, ihn mit ihren kleinen kräftigen Fingern zu kneten.

»Verantwortungslosigkeit«, fuhr Nigel fort, »das ist Gleeds Problem. Die Unfähigkeit oder die Weigerung, sich die vollen Konsequenzen einer Handlung vor Augen zu führen. Seine Mutter war genauso; aber sie hatte ein gewisses Talent, und das hat sie mehr oder weniger im Lot gehalten.«

»Ich habe mal ein kleines Mädchen gekannt, das einen Draht quer über eine Auffahrt gespannt hat, um ihre Gouvernante zu enthaupten, wenn sie im Dunkeln nach Hause zurückradelte.«

»Ich hoffe, du hast dafür tüchtig Prügel gekriegt.«

Clare errötete auf entzückende Weise. »Ich habe nicht gesagt – also gut, ja, ich war es. Zum Glück hing der Draht aufgrund meiner Ungeschicklichkeit durch, als sie zurückkam, und hat deshalb nur das Vorderrad erwischt. Aber meine Eltern haben den Willen für die Tat genommen, wie es so schön heißt.«

»Worauf willst du mit diesen schauerlichen Reminiszenzen hinaus?«

»Die Sache ist die: Ich hätte der Gouvernante nie ein Messer in den Leib gestoßen oder sie von einer Klippe geschubst. Dennoch war ich bereit, sie aus der Distanz zu enthaupten. Kinder haben keine Vorstellungskraft – ich habe mir zwar mit großem Vergnügen ausgemalt, wie ihr der Draht den Kopf abschneidet; aber in gewisser Weise habe ich nicht geglaubt, daß es passieren würde – es war wie ein Experiment, das irgendwer bestimmt abbrechen würde, ehe es zu gefährlich wurde. Die Vorstellungskraft von Kindern ist ja so begrenzt.«

Nigel beobachtete sie aufmerksam. Der Tonklumpen, den sie geistesabwesend formte, nahm die Gestalt eines rudimentären Pferdes an. »Fehlender Realitätssinn. Meinst du das?«

»Mir kommt es jedenfalls eigenartig vor«, sagte Clare mit ihrer hellen, hohen Stimme leichthin, »daß einer, der diesen aus der Entfernung und mit zeitlicher Verzögerung wirksamen Anschlag auf dich organisieren kann, auch zu seiner Mutter hingeht und ihr die Kehle durchschneidet. Ich hätte erwartet, daß er, wenn überhaupt, Gift bei ihr verwendet. Aber vielleicht haben wir ihn ganz falsch analysiert.«

»Vielleicht«, sagte Nigel und bedachte sie mit einem abwesenden Blick.

Als er eine halbe Stunde später in seine Wohnung zurückkam, fand er eine telefonische Nachricht von Miss Wenham vor, die ihn bat, sie so bald wie möglich aufzusuchen; sie sei den ganzen Vormittag zu Hause.

Das Wohnzimmer, in dem Miss Wenham ihn empfing, war voller Bücher und Nippes. Sie selbst, ihre pummelige Gestalt in ein Tweedkostüm von ziemlich unvorteilhaftem Muster gehüllt, ähnelte mit ihren klaren Augen und ihrem bestimmten Auftreten einem viktorianischen Blaustrumpf oder dem Abkömmling irgendeiner Familie aus dem Norden, hinter der eine Tradition von Frische und Licht – mehr Licht als Frische, vielleicht – stand; eine der großen Intellektuellendynastien, die untereinander geheiratet und sich in der verkommenen modernen Welt eine Ernsthaftigkeit, ein leichtes akademisches Aroma, einen selbstbewußten moralischen Ton und eine allgemeine Aura von geistiger Hygiene bewahrt haben, die Erbe ihrer robusten Vorfahren sind.

Sie saß hinter einem massiven Lesepult, das nach Nigels unmittelbar gewonnener Überzeugung dem berühmten James Wenham gehört hatte. Und in der Tat, wenn Cyprian Gleeds Zimmer ein Museum mißglückter Anfänge war, so war dieser Raum ein Museum gelungener Abschlüsse: Die Möbel, die Fotos, die Dekoration und vor allem die Bücher (von ihren berühmten Autoren zweifellos signiert und mit pflichtschuldigen Dankesbekundungen an die Wenham-Dynastie versehen) vermittelten den Eindruck einer Solidität, die zu großartig war, als daß man sie als Selbstgefälligkeit hätte bezeichnen können.

»Also, Mr. Strangeways, wann ist dieser Kuddelmuddel denn nun aufgeklärt?« lautete Liz Wenhams knappe Eröffnung.

»In ein paar Tagen, denke ich.«

»Die Polizei ist überzeugt, daß sie die Identität des Mörders kennt?«

»Ja-a, ich glaube schon.«

»Aber Sie sind es nicht?«

»Das ist nicht meine Sache. Ich bin nur mit der Verleumdungsgeschichte befaßt.«

Liz Wenhams graue Augen funkelten frostig. »Na, na, Mr. Strangeways, wir wollen einander nicht ausweichen.«

»Also gut. Cyprian Gleed hatte Motiv und Gelegenheit. Außerdem ist er – oder jemand, der ihm sehr stark ähnelt – dabei gesehen worden, wie er den Verlag am Abend des Mordes um 17.40 verließ.«

»Das ist mir neu«, sagte Liz rasch. Eine gewisse Fülle in ihrer Stimme verriet Nigel, daß es eine gute Neuigkeit für sie war. Er gab ihr einen gekürzten Bericht von Susans Aussage.

»Ich werde mit dem Mädchen reden müssen. Was hat sie im Packraum gemacht? Herumpoussiert, wahrscheinlich.« Aus Miss Wenhams Mund hörte sich das Wort wie eine andere Bezeichnung für babylonische Orgien an.

»Heutzutage nennt man das ›knutschen‹«, konnte Nigel zu bemerken sich nicht enthalten.

»So? Was für ein *unzureichendes* Wort! Aber ich habe Sie nicht hergebeten, um erotische Synonyme zu diskutieren.« Liz Wenham sah ihn sehr direkt an. »Sie werden mittlerweile bemerkt haben, daß der Verlag Wenham & Geraldine mir alles bedeutet. Ich würde vor nichts zurückschrecken, um seinen guten Namen zu erhalten.« Liz Wenham unterstrich ihre Bemerkungen, indem sie sich mit der Faust aufs Knie schlug, und ihre grauen Augen zeigten in der Tat einen beinahe fanatischen Ausdruck.

»Aha«, sagte Nigel und lächelte sie freundlich an, »Sie wollen mich bitten, Beweise zu unterdrücken.«

Liz lief tiefrot an, antwortete jedoch ohne Groll: »Nicht, was den – den Tod von Miss Miles angeht.« Wieder ballte sie die Faust. »Arthur Geraldine hat mir gestern abend ein außerordentliches Geständnis gemacht. Ich habe seine Erlaubnis, Ihnen dessen wesentlichen Inhalt mitzuteilen. Er hat sich außerstande gesehen« – Liz schaute einen Moment lang unbehaglich drein –, »Ihnen damit direkt gegenüberzutreten. Wie ich hörte, haben Sie die Sache ihm gegenüber bereits angeschnitten.«

»Sie meinen die versuchte Vergewaltigung von Millicent Miles, als sie noch ein Schulmädchen war?«

Liz Wenham zuckte ob dieser deutlichen Ausdrucksweise zusammen, fuhr jedoch fort. »Sie haben den Sachverhalt im wesentlichen korrekt wiedergegeben, aber Ihre Interpretation war falsch. Arthur versicherte mir, daß es eine abgekartete Sache zwischen dem Mädchen und ihrem Vater war, obwohl er das damals nicht bemerkt hatte. Das Mädchen hat ihn – äh – in eine kompromittierende Situation manövriert, worauf der Vater ins Zimmer gekommen ist und die beiden überrascht hat.«

»Tja, das gibt der Geschichte natürlich ein ganz neues Gesicht.«

»Sie glauben es nicht? So etwas ist oft genug passiert, wenn auch vielleicht nicht mit einem Schulmädchen als *agent provocateur*. Arthur war jung und unerfahren. Er hat nicht sehr viel Rückgrat, wissen Sie. Jedenfalls hat man ihn dazu gebracht, ein Geständnis zu unterschreiben, und er hat dem Vater bis zu dessen Tod mehrere Jahre lang ein regelmäßiges Schweigegeld gezahlt.«

»Und dann hat die Tochter weitergemacht?«

»Nein. Davon kann nicht die Rede sein.« So, wie Arthur Geraldine die Sache schilderte, fuhr Liz Wenham fort, war er von Miss Miles nicht erpreßt worden. Als der Verlag sie übernahm, hatte er sie zum einen deshalb bevorzugt behandelt, weil sie sich als einträgliche Autorin erweisen und dem Verlag durch ihre Kontakte in der literarischen Welt nützen könnte, zum anderen aber auch, wie er Liz gegenüber zugab, aus Angst, daß sie sonst vielleicht die Vergangenheit aufwühlen würde. Tatsächlich aber war sie weder darauf noch auf das schriftliche ›Geständnis‹, zu dem ihr Vater ihn gezwungen hatte, jemals zurückgekommen, und heute vermute er, daß es nach Mr. Miles' Tod vernichtet worden war.

»So, da haben Sie's«, schloß Liz mit einem herausfordernden Blick auf Nigel. »Es ist eine bedauerliche Geschichte, aber sonst nichts. Und ich verlasse mich darauf, daß Sie sie für sich behalten.«

»Inspektor Wright und ich würden sie sicher nicht an die große Glocke hängen. Aber wir könnten nicht verhindern, daß sie vor Gericht herauskommt, falls Mr. Geraldine angeklagt –«

»Aber Sie müssen doch einsehen«, rief Liz ungeduldig aus, »daß er kein denkbares Motiv hatte.«

»Falls die Schilderung, die er Ihnen gegeben hat, zutrifft. Dafür haben wir nur sein Wort. Oder vielmehr Ihres.«

»Wollen Sie damit andeuten, ich hätte mir das Ganze aus den Fingern gesogen?«

»Sie haben gerade gesagt, Sie würden vor nichts zurückschrecken, um den guten Namen Ihres Verlages zu erhalten. Einen Moment, bitte! Was Sie mir erzählt haben, klingt für mich durchaus überzeugend. Aber es kann Ihren Teilhaber nicht von jedem Verdacht reinigen.«

»Aber Cyprian Gleed ist gesehen worden –«

»Jemand, der einen Dufflecoat, einen dunklen Hut und einen Bart trug, ist gesehen worden. Eine eher kleine Person. Weder Mr. Geraldine noch Ryle, noch Protheroe ist groß – Sie sind es übrigens auch nicht. Die Fußabdrücke in Miss Miles' Blut zeigten, daß der Mörder Galoschen Größe 10 getragen hatte. Keiner von Ihnen hat große Füße; Sie hätten sich allesamt Galoschen dieser Größe über die Schuhe ziehen können.«

Nigel beobachtete Liz Wenham genau, während er das sagte. An einer Stelle, so bemerkte er, änderte sich ihr Gesichtsausdruck völlig, so daß sie mit einemmal verletzlich, ja hilflos wirkte.

»Aber Stephen hat den Verlag lange vor 17.40 verlassen. Ich dachte, das sei bewiesen«, sagte sie. Es klang weniger wie eine Feststellung als wie ein Appell.

»O ja, das hat er.« Nigel ließ ein längeres Schweigen entstehen. »Was für eine bezaubernde Wohnung er hat. Kein Wunder, daß er sie selten verläßt.«

Liz machte dieser Themenwechsel offenbar völlig ratlos.

»Kennen Sie die Leute, die er letztes Wochenende besucht hat?« fragte Nigel.

»Ja. Der Mann ist einer unserer Autoren.«

»Ein enger Freund von Mr. Protheroe?«

»Wie eng, weiß ich nicht. Aber ich glaube, Stephen ist dort jederzeit willkommen.«

»Wovon er aber bis zum vergangenen Wochenende keinen Gebrauch gemacht hat?«

»Mr. Strangeways! Ich mag keine Andeutungen, und ich mag keinen Klatsch.« Liz Wenham war in der Tat mit einemmal sehr ärgerlich. Ihr pummeliger Körper wurde ganz steif. »Es wäre geradliniger, diese Fragen an Mr. Protheroe zu richten.«

Nein, dachte Nigel, der Verlag Wenham & Geraldine bedeutet dir nicht *alles.* Er sagte: »Verzeihung. Ich denke immer um viele Ecken. Und bei einer Morduntersuchung ist der gerade Weg nicht immer der vorteilhafteste.«

»Aber Sie befassen sich doch nur mit der Verleumdungssache. Das haben Sie eben selbst gesagt.«

»Nun weichen Sie aber aus, glaube ich. Außerdem hat die Verleumdung vielleicht mit dem Mord zu tun.« Nigel hielt erneut inne. »Hat Stephen Protheroe jemals mit Ihnen über seinen Bruder Peter gesprochen?«

»Den Missionar? Nein. Er ist schon vor Jahren gestorben, nicht? Stephen war immer sehr zurückhaltend, was sein Privatleben angeht.«

»Sie haben also keine Ahnung, was *Feuer und Asche* hervorgebracht hat?«

»Ein Dichter hat es hervorgebracht«, erwiderte Miss Wenham in ihrer direkten Art.

»Aber nicht aus dem hohlen Bauch. In dem Alter, in dem er damals war, kann sich kein Mensch so viel nackte Erfahrung *ausdenken.*«

»Er besitzt zweifellos eine große Leidensfähigkeit.«

»Aber nicht mehr die Fähigkeit, aus dem Leid heraus zu schreiben. Sagen Sie«, fuhr Nigel fort, »wie geht es Basil Ryle mittlerweile?«

»Er scheint etwas besser damit fertig zu werden«, erwiderte Liz kühl. »Sie haben sich doch mit ihm unterhalten, oder nicht?«

»Ja. Er war ziemlich erregt – hatte die Vorstellung, er hätte Miss Miles möglicherweise in einem Anfall geistiger Umnachtung umgebracht.«

»Ich fürchte, er ist kein sehr ausgeglichener Mensch. Der Krieg, wissen Sie.« Liz Wenhams Blick schweifte ab, und sie sagte zerstreut: »Nicht, daß er in seinem Beruf nicht brillant wäre. Wir sind ein kleines Risiko eingegangen, als wir ihn in die Verlagsleitung aufgenommen haben, aber es hat sich wirklich bezahlt gemacht. Ein Jammer, daß er sich mit dieser Frau eingelassen hat. Ein Anfall geistiger Umnachtung, sagten Sie?«

»Ja. Das hat er befürchtet.«

Liz Wenham ließ erkennen, daß sie das Gespräch nicht weiter fortzuführen wünschte – ließ so deutliche Zeichen von Ungeduld erkennen, daß Nigel, der zuvor erklärt hatte, er finde selbst hinaus, einen Moment vor der Wohnzimmertür innehielt und hörte, wie Miss Wenham eine Nummer wählte und gleich darauf sagte: »Stephen? Liz hier. Könnten Sie mit mir zu Mittag essen? Bei mir zu Hause?« Ihre von äußerster emotionaler Anspannung gezeichnete Stimme war kaum zu erkennen. Sie ist eine sehr intelligente Frau, dachte Nigel, als er die Straße hinunterging, und doch auch irgendwie eine sehr arglose.

Spät am gleichen Nachmittag rief Inspektor Wright Nigel zu Hause an. Das Ergebnis der Gegenüberstellung sei negativ, sagte er: Susan meine zwar, Cyprian Gleed als die Person zu erkennen, die sie beim Verlassen des Verlages beobachtet hatte, sei aber nicht bereit, das vor Gericht zu beschwören. Andererseits habe man den Herkunftsort der Schwefelsäure ermittelt – ein Freund von Cyprian Gleed, der in einer chemischen Fabrik arbeite, habe sie ihm besorgt. Mit diesem Beweismaterial konfrontiert, habe Cyprian »dichtgemacht«, wie Wright es formulierte – d. h., er habe sich geweigert, ohne juristischen Beistand weitere Aussagen zu machen, und sei ordnungsgemäß beschuldigt und in Haft genommen worden. Der Appell an die Öffentlichkeit habe bislang keinen Augenzeugen für das hypothetische Tun auf der Hungerford Bridge erbracht, was Inspektor Wright in seiner Auffassung bestätigte, daß die Londoner ein unaufmerksamer Menschenschlag seien. Es war der Polizei nicht gelungen, Cyprian Gleed den kürzlichen Kauf einer Reisetasche, eines Dufflecoat oder eines Rasiermessers nachzuweisen.

»Also, da verschwenden Sie ganz bestimmt Ihre Zeit. Er würde niemals in seinem normalen Aufzug in den Verlag marschieren, wenn er einen Mord begehen wollte. Er würde sich zu verkleiden versuchen«, sagte Nigel.

»Wir erkundigen uns natürlich auch nach dem Kauf eines hellen Regenmantels.«

»Eines hellen Regenmantels?« Nigel war verdutzt.

»Ja. Einer, den man sehr klein zusammenrollen und in der Reisetasche verstauen könnte. Ein großer Regenmantel.«

»Ach, verstehe. Sie meinen, er hat ihn über dem Dufflecoat getragen, damit kein Blut darauf kommt, und ihn dann weggepackt, sobald die Sache erledigt war?«

»Ja. Er hat einen alten Regenmantel, aber auf dem sind keine Blutspuren. Deshalb suchen wir nach einem neuen.«

»Sie denken an alles.«

»Dafür werde ich bezahlt.«

»Aber haben Sie auch an den Hut gedacht? Einen großen schwarzen Hut? So einen tragen in diesem Land sehr wenige Leute. Wie verräterisch!«

»Vielleicht hat er sich einen neuen Hut genausowenig leisten können wie einen neuen Regenmantel. Er war pleite –«

»Ach was! Jeder kann einen Hut stehlen.«

»Aber er hat gewußt, daß der Verlag nach halb sechs so gut wie leer sein würde. Jedenfalls konnte er ziemlich sicher sein, daß zumindest im dritten Stock und im Erdgeschoß niemand sein würde, und an dem Stockwerk, in dem die Verlagsleiter arbeiten, ist er mit dem Fahrstuhl vorbeigefahren.«

»Und der Schlüssel zum Nebeneingang?«

»Ja, wenn wir den zu ihm zurückverfolgen könnten, das wäre ein Geschenk des Himmels. Ich habe mir Miriam Sanders noch einmal vorgenommen – sie macht sich übrigens keine Illusionen mehr über den jungen Gleed, nachdem sie erfahren hat, was er mit Ihnen vorhatte –, aber sie schwört, daß sie ihm den Schlüssel nie geliehen hat, und ich glaube ihr. Er hat allerdings gewußt, wo der Schlüssel aufbewahrt wird, und war an dem Tag, an dem er verschwunden ist, im Verlag. Ich habe keinen Zweifel daran, daß er sie für einen Moment abgelenkt und den Schlüssel geklaut hat.«

Der Sonntag verstrich ereignislos. Am Montag vormittag um halb elf, während Nigel Strangeways sein Frühstück und einen Bericht der Polizei von Greengarth verdaute, den Wright ihm durch Boten hatte zukommen lassen, klingelte das Telefon. Es war Arthur Geraldine. In gedämpftem Ton, als kondolierte er Nigel zu einem schmerzlichen Verlust, verkündete er, daß sich im Verlag soeben ein höchst unglücklicher Zwischenfall ereignet habe. Ob Nigel wohl die Zeit erübrigen könne, sofort dorthin zu kommen.

»Worum geht es denn? Was ist denn passiert?« fragte Nigel und erwartete halb, von einem zweiten Todesfall in den Verlagsräumen zu erfahren.

»Die – äh – Waffe ist zum Vorschein gekommen. Ein Rasiermesser. Es bringt mich in eine äußerst peinliche Lage. Deswegen habe ich als erstes Sie angerufen.«

Peinliche Lage, weiß Gott! dachte Nigel, vor Empörung schäumend, während ihn das Taxi Richtung Osten beförderte. Ich wette, ich weiß, wo das Rasiermesser gefunden worden ist.

Er hätte seine Wette gewonnen. Fünf Minuten bevor Geraldine angerufen hatte, betrat seine Sekretärin das Zimmer von Basil Ryle.

»Mr. Geraldine würde sich vor der Sitzung zu Werbefragen gerne noch einmal die Akte über die Aston-Memoiren ansehen, Mr. Ryle«, sagte sie.

»Nie gehört«, erwiderte Ryle brummig.

»Sie steht ganz oben auf dem Regal. Wenn ich mich eben auf Ihren Stuhl stellen dürfte...«

Ryle überließ ihr den Stuhl. Sie kletterte darauf und griff nach der Reihe staubiger Karteikästen, die auf dem obersten Bord des Regals hinter seinem Schreibtisch aufgereiht standen. Sie zog einen heraus, öffnete ihn und entnahm ihm einen Pappordner, aus dem, als sie den Kasten mit der anderen Hand zurückschob, ein Gegenstand herausglitt und klappernd auf den Schreibtisch fiel, als wäre ein Faden, der ihn tagelang unsichtbar über Basil Ryles Kopf hatte schweben lassen, schließlich gerissen.

Auf dem Schreibtisch lag ein schweres Rasiermesser. Es war aufgeklappt und wies, wo Klinge und Griff zusammentrafen, einen kleinen, rotbraunen Fleck auf. Basil Ryle starrte es an. Die Sekretärin starrte ihn an. Ein Krampf wie von einem Schlaganfall ließ eine Seite seines Gesichts konvulsivisch zucken.

»Aber Mr. Ryle, was –«

»Na los. Bringen Sie Mr. Geraldine die Akte. Was stehen Sie hier herum?« Ryles Stimme war ruhig, leblos. »Und das da auch«, fügte er hinzu und deutete auf das Rasiermesser, während das Mädchen vom Stuhl kletterte. *»Nein!* Doch nicht mit der Hand. Sind Sie etwa zu feinsinnig, um Kriminalromane zu lesen? Hier, wickeln Sie es in mein Taschentuch. Sagen Sie Mr. Geraldine, wo Sie es gefunden haben, und er soll bloß nicht mit den Fingern drankommen. Ja, Blut sieht tatsächlich wie Rost aus, oder? Egal.«

Ryles unnatürliche Gefaßtheit schlug jäh in wildes Gelächter um, vor dem das zu Tode erschrockene Mädchen aus dem Zimmer floh …

Dies alles erfuhr Nigel bei seinem Eintreffen. Arthur Geraldines Sekretärin wurde, nachdem sie die Ereignisse geschildert hatte, aus dem Zimmer geschickt. Der Seniorpartner und Liz Wenham warfen verstohlene Blicke auf Nigel. In seinen fahlblauen Augen lag ein Ausdruck, der ihnen unbehaglich war; ihnen wäre allerdings noch viel unbehaglicher gewesen, wenn sie gewußt hätten, was für eine kalte, rasende Wut sich hinter diesen Augen zusammenbraute.

»Wer hat um diese Akte gebeten?« fragte er barsch.

»Wir wollten heute morgen über die Werbung für einen demnächst erscheinenden Memoirenband sprechen«, sagte Geraldine, »und deshalb unser Gedächtnis bezüglich der Werbekampagne auffrischen, die wir vor ein paar Jahren für einen ähnlichen Titel durchgeführt haben.«

»Ja, ja. Aber wessen Idee war es, die Akte über die Aston-Memoiren herauszusuchen?«

»Also, wenn ich es mir recht überlege, hat, glaube ich, Miss Wenham vorgeschlagen –«

»Haben Sie die Polizei schon angerufen?«

»Nein. Ich hielt es für das beste –«

»Dann tun Sie es jetzt, und zwar sofort.«

Während Geraldine telefonierte, wickelte Nigel das Rasiermesser aus dem Taschentuch aus und legte es zur allgemeinen Ansicht auf den Schreibtisch des Seniorpartners.

»Ein altmodisches Stück, nicht wahr, Miss Wenham? Und komplett – bis hin zu dem Blutfleck. Sehr aufschlußreich. Und damit können Wenham & Geraldine von nun an glücklich und in Freuden leben.«

Liz Wenhams klare graue Augen bewegten sich unruhig wie Kiesel in einem Bach. Ihr Gesicht trug den verbissenen, halsstarrigen Ausdruck eines Kindes, das bei einem Vergehen ertappt worden ist.

»Der Inspektor ist unterwegs«, verkündete Geraldine.

»Sollen die Toten ihre Toten begraben. Wer ist bei Ryle? Protheroe?«

»Also wirklich, Mr. Strangeways!« protestierte Liz. »Haben Sie etwa erwartet, daß wir ihn unter Hausarrest stellen?«

Nigels Wut brach endlich aus. »Großer Gott! Wer redet denn von Hausarrest? Heißt das etwa, Sie beide sind einfach gegangen und haben ihn allein über die Sache brüten lassen? Wo Sie ganz genau wissen, in welchem psychischen Zustand er sich befindet? Können Sie denn an nichts anderes als an Ihre Nettogewinne denken?«

Nigel riß das ins Taschentuch gewickelte Rasiermesser an sich und rannte den Flur entlang zu Basil Ryles Zimmer.

Der junge Mann saß so blaß und still an seinem Schreibtisch, daß er ohne weiteres eine Leiche hätte sein können. Als Nigel hereingestürzt kam, hob er die Hände, die, an den Gelenken überkreuzt, wie gefesselt vor ihm lagen, und ließ sie dann wieder auf den Schreibtisch fallen.

»Ich dachte, Sie wären die Polizei. Die lassen sich ja reichlich Zeit.«

»Reißen Sie sich zusammen, Ryle.«

»Ich muß es gewesen sein. Verstehen Sie denn nicht? – Das beweist es.« Das Kinn war ihm wieder auf die Brust gesunken; seine Stimme klang vor tiefster Niedergeschlagenheit völlig tonlos. Nigel packte ihn an den Schultern, schüttelte ihn kräftig und zwang ihn so, aufzublicken.

»Gar nichts beweist es. Hier, sehen Sie sich dieses Riesending doch mal an! Sie sollen es sich *ansehen*!« Nigel schlug das Taschentuch auseinander und legte das Rasiermesser auf den Tisch. »Ist Ihnen eigentlich klar, was eine polizeiliche Durchsuchung ist? Die Polizei hat vor einer Woche das ganze Gebäude durchsucht. Glauben Sie wirklich, ihr würde so etwas entgehen?«

»Sie meinen –?«

»Ich meine, daß das Rasiermesser nach der polizeilichen

Durchsuchung in den Karteikasten gelegt worden ist, und zwar gestern oder am Samstag nachmittag.«

»Vom Mörder?« fragte Ryle, der sichtlich wieder zum Leben erwachte, mit großen Augen.

»Das ist *nicht* die Waffe, die der Mörder benutzt hat.«

»Aber das Blut –?«

»Bluten kann jeder. Das ist ein Saft, den wir alle besitzen.«

»Also, jetzt komme ich wirklich nicht mehr mit. Wessen Rasiermesser ist es denn dann, um Himmels willen?«

»Mit Sicherheit weiß ich es nicht. Aber ich denke, wir werden feststellen, daß es einem Toten gehört.«

16
Zugerichtet

Ja, sicher«, sagte Nigel, »Cyprian Gleed ist verhaftet worden. Das hier ist so eine Art kleines Privatexperiment von mir. Gewissermaßen eine ›Rekonstruktion des Verbrechens‹. Bloß um den zeitlichen Ablauf zu klären.«

Nigel sah erneut auf seine Armbanduhr. Stephen Protheroe und Basil Ryle wechselten die einfältigen, verlegenen Blicke von Leuten, die aus einem Publikum heraus auf die Bühne gebeten worden sind, um einem Zauberer zu assistieren. Die drei Männer befanden sich in Protheroes Zimmer bei Wenham & Geraldine; es war Montag spätnachmittags.

»Die Angestellten verlassen den Verlag in zwei Wellen«, sagte Nigel, »die erste um fünf, die zweite um halb sechs. Es sind noch zehn Minuten bis zum zweiten Exodus. Fangen wir an.« Er zog seinen Regenmantel an, nahm die robuste Reisetasche, die am Boden stand, in die Hand und ging den beiden anderen voran zum Zimmer hinaus. Sie nahmen den Fahrstuhl ins Erdgeschoß. »Der Nebeneingang ist bis halb sechs verriegelt. Richtig?«

»Richtig«, sagte Stephen.

Nigel ging durch die Schwingtür und entriegelte den Nebeneingang dahinter, der auf die Straße führte. Dann machte er, gefolgt von seinen beiden Begleitern, kehrt, ging durch das Empfangszimmer und, von Miriam Sanders neugierig beobachtet, zum Haupteingang hinaus.

»Ich bin der Mörder«, sagte er. »Verfolgen Sie genau, was ich tue, und stellen Sie keine unnötigen Fragen.«

Er zog einen Schlüssel hervor und schloß den Nebeneingang auf. In dem Zwischenraum zwischen ihm und der Schwingtür nahm er rasch einen Dufflecoat und einen schwarzen Hut aus der Tasche, zog beides an, lugte durch die Schwingtür und stürzte dann zum Fahrstuhl, der nur ein paar Schritte entfernt war.

»Den Bart müssen Sie sich dazudenken«, sagte er.

»Aber woher hat er gewußt, daß der Fahrstuhl im Erdgeschoß sein würde?« fragte Ryle.

»Das hat er drauf ankommen lassen. Oder die Tür einen Spalt offengehalten.«

»Aber –«

»Da wären wir. Folgen Sie mir, kommen Sie mir nicht in den Weg, und denken Sie daran, daß Miss Miles einen Besucher erwartet hat.«

Nigel eilte den Flur entlang und an der Tür zu Stephens Zimmer vorbei zur nächsten. Bis jetzt war ihnen niemand begegnet. Als er Millicent Miles' Zimmer betrat, stieß einer seiner Begleiter scharf den Atem aus, so daß es wie das Fauchen einer Katze klang; denn im Zimmer brannte Licht, und am Tisch saß, mit dem Rücken zur Tür, eine Frau und tippte.

»Um Gottes willen!« rief Basil Ryle aus.

»Ruhe! Ich drehe hinter mir den Schlüssel herum. Ich stelle die Tasche ab. Miss Miles sieht sich nicht um, sie erwartet mich. Ich mache einen langen Schritt.«

Nigel riß ein Taschentuch aus seiner Tasche, stopfte es der

Frau an der Schreibmaschine in den Mund, womit er ihren überraschten Schrei erstickte, und kippte sie mit derselben Bewegung samt Stuhl nach hinten, so daß ihr Kopf zurückgeschleudert und ihre Kehle exponiert wurde. Ihre Füße begannen gegen den Schreibtisch zu treten; er zerrte den Stuhl davon weg, zückte eine imaginäre Waffe und zog sie ihr über die Kehle.

»Ich trage natürlich Handschuhe«, sagte er. »Sie werden bemerken, daß sie in der Position, in der ich sie von hinten halte, völlig hilflos ist. Außerdem entgehe ich so dem hervorschießenden Blut, außer mit meinem linken Arm, den ich um ihre Arme und ihren Körper geschlungen habe.«

Stephen Protheroe schauderte heftig. Nigels gleichmäßiger Vortragston war der eines Chirurgen, der seinen Assistenten einen fortlaufenden Kommentar zu einer Operation gibt. Den Rücken an die Wand gedrückt, als wollte er sich durch sie hindurchzwängen, starrte Basil Ryle auf die Szene.

»Seit meinem Eintritt sind nur etwa zehn Sekunden verstrichen. Das Opfer liegt im Sterben. Die Rekonstruktion der Polizei hat gezeigt, daß es genauso gemacht worden ist. Sie müssen sich das Blut auf meinem Unterarm und auf dem Boden vorstellen, während ich zum nächsten Schritt übergehe.«

Nigel trat ein Stück von dem Stuhl zurück und ließ ihn mit seiner Last herab, bis die Lehne auf dem Boden lag. Er packte die Frau unter den Achselhöhlen, zog sie vom Stuhl weg und schleppte sie in eine Ecke des Zimmers, wo sie, das schwarze Haar über den staubigen Boden gebreitet, liegenblieb.

»Ich müßte eigentlich Galoschen tragen«, sagte Nigel.

»Der Mörder hat sie sich irgendwann vor dem Betreten des Zimmers über die Schuhe gezogen – möglicherweise im Fahrstuhl.«

Er nahm eine Krampe aus der Tasche und ein Ebenholzlineal vom Schreibtisch und fixierte das Schiebefenster.

»Die Tür ist verschlossen. Das Schiebefenster ist festgenagelt. Nun ziehe ich meine blutbefleckten Handschuhe aus und ein frisches Paar an.« Nigel deutete die entsprechenden Bewegungen an; dann stellte er den Stuhl wieder auf und setzte sich an die Schreibmaschine.

»An dem Stuhl ist Blut, aber der Dufflecoat ist entbehrlich – und außerdem habe ich es eilig.«

Stephen beugte sich zu ihm vor und murmelte: »Sind diese grausigen Details wirklich nötig? Ich glaube nicht, daß Basil das noch lange aushält.«

Ohne eine Antwort zu geben, zog Nigel das Blatt aus der Schreibmaschine, spannte ein frisches ein und begann zu tippen.

»Ich schreibe den Text der Seite, die der Mörder getippt hat, um sie in die Autobiographie einzufügen. Hier ergibt sich möglicherweise eine kleine zeitliche Abweichung. Ich weiß nicht, wie schnell er getippt hat, aber er wußte vermutlich auswendig, was er zu schreiben hatte. Wir können in ein paar Minuten, wenn der Halb-sechs-Exodus beginnt, unsere Zeit überprüfen. Susan hat hier drin im Vorbeigehen eine Schreibmaschine gehört.«

Nigels leidenschaftsloser, fast pedantischer Ton steigerte noch die Unwirklichkeit der Szene – eine Unwirklichkeit, deren Brennpunkt der auf dem Rücken liegende Frauenkörper in der Ecke war, zu dem Stephens und Basils Blicke beständig widerstrebend zurückkehrten, der von Basil voll Grauen, der von Stephen mit so etwas wie Verdutztheit.

Von draußen kamen die undeutlichen Geräusche sich öffnender Türen und vorbeigehender Schritte. Es war halb sechs.

»Ein entnervender Augenblick für den Mörder«, kommentierte Nigel. »Aber an diesem Abend waren fast alle in diesem Stockwerk früher gegangen... Schön. Ich habe die Seite fertiggetippt. Ich tausche sie gegen die entsprechende Seite in der Autobiographie aus – ich könnte mir denken, daß wir nie erfahren werden, was auf dieser Seite stand, aber wir können sicher sein, daß sie einen Hinweis auf die Identität des Mörders enthielt. Okay. Aber ich bin immer noch nicht ganz zufrieden. Irgendein Instinkt sagt mir, daß mein Opfer vielleicht unbewußt noch einen weiteren Beweis gegen mich eingefügt hat, seit ich das Typoskript zuletzt gelesen habe. Ich blättere ein Stück zurück – ich brauche mir nur um das Kapitel Gedanken zu machen, das einen bestimmten Zeitraum ihrer jüngeren Jahre schildert. Ich sehe einen mit Bleistift an den Rand geschriebenen Großbuchstaben. Es könnte ein G oder ein C sein. Er jagt mir einen ziemlichen Schrecken ein. Ich radiere ihn weg.«

»G? Gleed?« fragte Ryle in trockenem, rauhem Flüsterton. »Aber sie würde –«

»Es konnte weder Gleed noch Cyprian sein; der ist erst zehn Jahre später geboren«, sagte Nigel.

»Wie wäre es mit G für Geraldine?« schlug Stephen vor.

Basil Ryle starrte ihn verständnislos an.

»Ich bin überzeugt, daß es nirgendwo sonst auf dem Rand Hinweise auf mich gibt«, fuhr Nigel fort. »Nun kommt etwas ziemlich Unschönes. Und hier hat der Mörder zwei Fehler gemacht.«

Er nahm die Schreibmaschine und stellte sie neben der Frau auf den Boden. Er wischte ihre schlaffen Finger der Reihe nach ab und drückte sie dann auf die Tasten der Schreibmaschine, nachdem er diese blankgerieben hatte.

»Sehen Sie, was hier nicht stimmt?« Er blickte scharf zu Ryle auf.

»Äh – nein.«

»Sie hat nach dem Zehnfingersystem getippt. Ich plaziere ihre Fingerabdrücke auf die falschen Tasten. Und jetzt mache ich meinen zweiten Fehler. Ich stelle die Schreibmaschine wieder auf den Tisch, so. Ich spanne das Blatt ein, das mein Opfer getippt hat, als ich es überrascht habe. Aber ich richte es nicht genau aus. Deswegen hat die Polizei sofort vermutet, daß der Mörder etwas getippt hat. Ein fatales Versehen von seiner Seite.«

Als nächstes entfernte Nigel die Krampe, die das Schiebefenster festhielt. Nach einem langen Blick in die Runde sagte er: »Tja, für hier wäre das dann alles. Wie spät ist es? Siebzehn Uhr zweiundvierzig. Wir sind ein bißchen spät dran – der Mörder ist dabei gesehen worden, wie er das Gebäude um zwanzig vor sechs verlassen hat. Kommen Sie.«

»Aber –«

»Ja, richtig, die Galoschen. Die hat er wahrscheinlich an der Tür ausgezogen und in die Tasche gesteckt.«

»Aber um Himmels willen!« rief Basil Ryle und deutete auf die Frau, die, das bleiche Gesicht von einem Wust schwarzer Haare umrahmt, mit geschlossenen Augen gleichmäßig atmend in der Ecke lag. *»Wer ist das?«*

»Ach, das ist mein Dummy.«

»Möchten Sie uns nicht einander vorstellen?« sagte Stephen.

»Keine Zeit. Kommen Sie.« An der Tür sagte Nigel: »Vielen Dank, Clare. Das wär's. Bis später.«

Sie fuhren mit dem Fahrstuhl nach unten. Beim Durchschreiten der Schwingtür sagte Nigel: »An dieser Stelle ist der Mörder in schwarzem Hut und Dufflecoat gesehen worden. Zweifellos hat er beides ausgezogen und in die Tasche gesteckt, nachdem sich die Schwingtür hinter ihm geschlossen hatte.«

In dem beschränkten Raum rempelte Nigel die anderen beiden an, als er seinen Regenmantel aus der Tasche nahm und ihn gegen den Dufflecoat austauschte. Stephen Protheroe schaute besorgt, aber interessiert drein; Basil Ryle wirkte wie in Trance. Sie traten auf die Angel Street hinaus und schlossen sich dem Strom der Angestellten an, der wie ein sich zur Themse hinschlängelnder Nebenfluß auf Embankment Gardens zuflutete. Sie durchschritten die U-Bahn-Station Charing Cross und erstiegen die Treppe, die zum Nordende der Hungerford Bridge hinaufführte. Nigels Begleiter hatten einige Mühe, mit seinen langen Schritten mitzuhalten; er bewegte sich in einem Zustand der Entrücktheit, der sie stark beeindruckte. Basil Ryle jedoch brach das Schweigen: »Wollen Sie etwa behaupten, daß Cyprian Gleed einfach in seiner Alltagskleidung in den Verlag gegangen ist und – und das alles getan hat?«

»Alltagskleidung? Soll der Mörder vielleicht ein Karnevalskostüm tragen?« gab Nigel barsch zurück.

»Ich hätte nie gedacht, daß er dazu die Nerven hat.«

Nigel blieb abrupt stehen – sie hatten die Brücke zur Hälfte überquert – und betrachtete seine Begleiter nachdenklich.

»Der völlige Haß treibet die Furcht aus«, sagte er.

Stephen Protheroes schöne Augen hielten einen Moment lang den Blick Nigels fest, während die drei näher ans Brükkengeländer traten, um die hastenden Pendler vorbeizulassen.

»Warum haben Sie uns gebeten, bei dieser Rekonstruktion dabeizusein?« Stephens fischartiger Mund knabberte nach Worten. »Den zeitlichen Ablauf hätten Sie auch allein klären können.«

»Ich dachte, es würde Sie interessieren«, war Nigels steinerne Antwort. Die Bogenlampen der Brücke im Rücken, wandte er sich dem Fluß zu. Lichter vom Embankment kritzelten Hieroglyphen auf das unruhige Wasser unter ihm. Das Shell-Mex-Gebäude und die Festival Hall funkelten einander über die Themse hinweg an. Mit langgezogenem, schepperndem Nachhall rumpelte ein Zug auf die Brücke. Als er vorbeifuhr, ließ Nigel die Tasche los, die er außer Sicht übers Geländer gehalten hatte.

»Sehen Sie? Kein Mensch hat etwas bemerkt.«

»Was denn bemerkt?« fragte Basil fast brüllend.

»Nicht einmal Sie haben es bemerkt. Wie ein Mörder eine beschwerte Tasche in die Themse fallen läßt. Inhalt: ein Dufflecoat, ein breitrandiger schwarzer Hut, Handschuhe, ein Paar Galoschen, ein Rasiermesser und noch ein weiterer Gegenstand.« Nigel senkte mit dem verhallenden Donnern des Zuges die Stimme.

»Noch ein weiterer Gegenstand?« Ryle schüttelte den Kopf, wie um ihn von seiner Verwirrung zu befreien.

Nigel wandte sich an Stephen. »Können *Sie* ihm das nicht sagen?«

Kurzes Schweigen trat ein, dann sagte Stephen stirnrunzelnd: »Aber Sie haben uns doch gesagt, daß Cyprian Gleed verhaftet wurde.«

»Ich habe nicht gesagt, daß er wegen Mordes verhaftet wurde.«

»Was soll denn das alles?« fragte Ryle nervös. »Allmählich verstehe ich wirklich nicht mehr, was –«

»Wenn das so ist« – Stephen Protheroes volltönende Stimme war durch das Geschurre und Getrappel der Passanten hindurch deutlich zu hören –, »könnte der ›weitere Gegenstand‹ ein falscher Bart gewesen sein.«

»Richtig.«

»Dann hat sich der Mörder so verkleidet, daß er wie Cyprian Gleed ausgesehen hat?« Basils Gesichtsausdruck wechselte von Konsterniertheit zu so etwas wie zaghafter Hoffnung.

»Kommen Sie. Wir verschwenden unsere Zeit.« Nigel führte sie an der Festival Hall vorbei. Vier Minuten später durchschritten sie die Hauptschalterhalle von Waterloo Station. Die Uhrzeiger standen auf 17.57, als sie in den gewaltigen Raum hinaustraten, in dem es nur so von Pendlern wimmelte, die auf die Abfahrtsbahnsteige zueilten.

»Sie sehen also«, sagte Nigel, »wir haben trotz meines unterwegs gehaltenen Vortrags immer noch Zeit.«

»Zeit wofür?« In Stephen Protheroes Gesicht arbeitete es wie in einem aufgestörten Ameisenhügel.

Nigel blickte ihm voll in die Augen und sagte traurig, ja beinahe reumütig: »Zeit für Sie, Ihre Tasche fürs Wochenende, den zweiten Seesack – bei der Gepäckaufbewahrung abzuholen und den Zug um fünf nach sechs zu bekommen.«

Unwillkürlich ging Stephens Blick zur Gepäckaufbewahrung hinüber. Am Abholschalter standen Inspektor Wright und Detective-Sergeant Fenton. Stephen stieß ein leises, wie von einem Alptraum hervorgerufenes Wimmern aus, flitzte plötzlich los und rannte schräg nach links auf das offene Tor eines Abfahrtsbahnsteigs zu.

Nigel stürzte ihm nach. Wright und der Sergeant versuchten, ihm den Weg abzuschneiden. Aber sich durch den dichten Strom der von links nach rechts eilenden Reisenden, die Nigels Weg kreuzten, hindurchzukämpfen war, als versuchte man quer durch eine reißende Strömung zu schwimmen. Rempelnd und stolpernd wurde Nigel von seinem Kurs abgedrängt und verlor das Wild, das er ohnehin nicht mit voller Überzeugung jagen konnte, aus den Augen. Als er Stephen wieder sah, befand sich der kleine Mann nicht dort, wo er ihn erwartet hatte. Im Schutz der Menge hatte er wie ein gehetzter Hase einen Haken nach rechts geschlagen und stand nun etwa dreißig Meter entfernt an der Sperre eines Ankunftsbahnsteigs.

Nigel machte Inspektor Wright, der gegen den Strom der Fahrgäste auf ihn zukam, wild gestikulierend auf sich aufmerksam. Dann drehte er sich wieder um und eilte auf die Schranke zu, wobei er mit plötzlichen, heftigen Gewissensbissen sah, daß Stephen sich eine Bahnsteigkarte aus dem Automaten zog. Im gleichen Moment nahm er ein Geräusch wie den ersten Trommelwirbel fernen Donners wahr, ein Vibrieren der Luft, das über dem wirren Getöse des Bahnhofs eher zu spüren als zu hören war.

»Nein. Tu's nicht! Nicht!« schrie Nigel stumm. Der Fahrkartenkontrolleur hatte Wrights Rufen und Winken immer noch nicht bemerkt und knipste Stephen Protheroes Karte. Das donnernde Vibrieren schwoll an. Mittlerweile Seite an Seite, rasten Wright und Nigel durch das Tor. Zwanzig Meter vor ihnen blickte sich Stephen, der den Bahnsteig entlangrannte, einmal um, wich einem Gepäckträger aus, der ihn abfangen wollte, und hielt auf die große Lokomotive zu, die ihre Waggons gemächlich wie Lava auf den Prellbock zuzog – hielt auf sie zu, als wäre sie seine Rettung und nicht sein Untergang, und warf sich vor die stählernen Räder.

»Wann ist Ihnen der Verdacht gekommen, daß es Stephen war?« fragte Basil Ryle.

»›Wann hast du angefangen, mich zu lieben?‹ Wer kann diese Frage schon beantworten?« Erschöpfung und Bitterkeit lagen in Nigels Stimme. Clare legte die Hand auf seine. Die drei saßen, spät am gleichen Abend, in Clares Atelier. Nigel wandte sich an Ryle: »Tut mir leid. Ich fühle mich mies. Ich habe ihn gemocht.«

»Dann lassen wir's einfach.« Ryles Wangen hatten wieder Farbe bekommen; er hatte sich im Atelier umgesehen und, wie ein Rekonvaleszent nach einer gefährlichen Krankheit, sich an der bloßen Existenz alltäglicher Gegenstände gefreut. Nigel begann seine Frage zu beantworten.

»Es war eine Eintragung in Miss Miles' Tagebuch für den Tag, an dem sie ermordet wurde. ›Thorstag?!‹ Was konnte das anderes bedeuten als eine Machtprobe im Hinblick auf General Thoresbys Buch? Cyprian Gleed hat mir erzählt, er hätte gesehen, wie seine Mutter sich an dem Vormittag, an dem die Fahnen an die Druckerei zurückgingen, in Stephens Zimmer darübergebeugt hat. Falls sie es gewesen wäre, die die Fahnen manipuliert, und Stephen, der ihr ein Ultimatum gestellt hat, hätte sie niemals dieses Wort in ihr Tagebuch geschrieben, schon gar nicht mit einem Frage- und Ausrufezeichen. Es mußte also genau umgekehrt sein. Sogar das Wortspiel war aufschlußreich. Sie haßte Wortspiele. Stephen hat welche erfunden, bloß um sie zu ärgern. Also hat sie auf ihre kindisch rachsüchtige Weise den Zeitpunkt, zu dem ihr Ultimatum ablief, mit einem Wortspiel markiert.«

»Aber das Motiv kommt mir so schwach vor«, sagte Ryle. »Wollen Sie wirklich behaupten, er hat sie umgebracht, bloß weil sie damit drohte, der Verlagsleitung zu stecken, daß er an diesen Fahnen herumgepfuscht hat?«

»Außerdem hätte doch dann sein Wort gegen ihres gestanden«, sagte Clare. »Warum hätten sie ihr glauben sollen?«

»Sein Job, seine Sicherheit standen auf dem Spiel. Jedenfalls glaubte er das. Es war ihre Drohung, die die Zündschnur angesteckt hat. Aber die Zündschnur selbst, eine lange Geschichte schwelenden Hasses – man darf gar nicht daran denken.« Nigel unterbrach sich kurz. »Sie müssen sich klarmachen, daß Stephen monatelang nichts als eine dünne Wand und ein Schiebefenster zwischen sich und der Frau hatte, die seinem Leben jeden Sinn genommen hatte. Ihr gemeinsames Kind –«

»Wie war das? Wessen Kind?« rief Ryle aus.

Nigel erzählte ihm die Geschichte von Paul Protheroe. »Stephen hat die gefälschte Seite in die Autobiographie eingefügt, weil die Originalseite uns eine Verbindung zwischen ihm und Millicent gezeigt hätte, gezeigt, daß sie ein Kind miteinander hatten, und uns den Grund genannt hätte, warum er die Fahnen manipuliert hat – sobald wir dahintergekommen waren, daß in Ulombo ein gewisser Paul Protheroe gefallen ist.«

»Ich dachte, du hättest ihm geglaubt, daß sein Bruder der Vater des Kindes ist«, sagte Clare.

»Das habe ich zunächst auch.« Nigel erklärte Ryle, was Peter Protheroe mit der Sache zu tun hatte. »Stephen hatte nämlich zwei Verteidigungslinien. Die erste bestand darin zu verhindern, daß wir überhaupt von seinem Sohn erfahren. Als ich diese Verteidigungslinie durchbrochen habe, ist er auf die zweite zurückgewichen. Das war beim Lunch in seiner Wohnung. Da hat er gesagt, Millicent hätte das Kind von seinem Bruder Peter bekommen, der für das Priesteramt studierte, und er selbst hätte die Verantwortung dafür übernommen, damit Peters Laufbahn nicht schon gleich zu Beginn ruiniert würde. Das war raffiniert gemacht. Die neue Geschichte konnte nicht widerlegt werden, da Peter ein, zwei Jahre später in der Missionsarbeit gestorben ist.«

»Und was hat dann Zweifel in Ihnen geweckt?«

»Stephens Gedicht. Und daß er danach nichts mehr geschrieben hat.«

»Das verstehe ich nicht«, sagte Ryle.

Nigel stand auf und tigerte unruhig durchs Atelier. »*Feuer und Asche* ist der Schlüssel zu der ganzen elenden Affäre«, sagte er endlich. »Stephen hat mir die Geschichte von Peter mit außerordentlicher Überzeugungskraft erzählt. Er hat mich den Horror der von der Verführung bis zur herzlosen Zurückweisung reichenden Tortur, die Millicent einem idealistischen jungen Mann angetan hat, förmlich spüren lassen. *Feuer und Asche,* hat er gesagt, sei aus der Erfahrung seines Bruders heraus, die er selbst miterlebt habe, geschrieben worden. Schön. Aber dann bin ich dahintergekommen, daß er später immer wieder versucht hat, Gedichte zu schreiben, und sie sind allesamt mißglückt. Falls *Feuer und Asche* tatsächlich das Produkt einer bloßen Erfahrung aus zweiter Hand war, warum sollten Stephens Vorstellungskraft und poetische Einfühlung ihn dann bei den Themen, an denen er sich hinterher versucht hat, völlig im Stich lassen? Daß es so war, hat mich mehr und mehr zu der Überzeugung gebracht, daß *Feuer und Asche* unmittelbarer Erfahrung entsprungen sein muß – einer persönlichen Qual, die sein Talent vernichtet und sein Leben zerstört hat. Dichter sind nämlich innerlich sehr robust. Sie geben nicht wegen der Leiden eines anderen ihren Geist auf. Aber gelegentlich geht das Talent eines Dichters an einer eigenen traumatischen Erfahrung zugrunde. Ich glaube, er hat nach dem, was er als junger Mann mit Millicent durchgemacht hat, beschlossen, nie wieder verletzbar zu sein; er hat sich in sich selbst zurückgezogen und die Erde hinter sich verbrannt – und der poetische Same ist dabei mitverbrannt.«

»Und dann hat er feststellen müssen, daß er Millicent gegenüber auch noch nach all den Jahren verletzbar ist?« fragte Clare sinnend.

»Ja. Sein Sohn Paul war das einzige, was er aus der Katastrophe gerettet hat. Nachdem die Dichtkunst ihn im Stich ließ, richtete er seine ganzen Hoffnungen und Bestrebungen auf den Jungen – konzentrierte seine ganze Zuneigung auf ihn. Dann kam Paul ums Leben. Stephen hatte nichts mehr.

Es ist gut nachzuvollziehen, wie unwiderstehlich die Versuchung war, den Gouverneur bloßzustellen, dessen Stümperei den Tod des Jungen verschuldet hat.«

»Aber Millicent...?« begann Ryle.

»Meinen Sie nicht, daß eines von Stephens Motiven für den Mord darin zu sehen ist, daß er verhindern wollte, daß Millicent Sie vernichtet? Verhindern, daß sie Ihr Leben genauso in Trümmer legt wie vor dreißig Jahren seins?«

»O Gott, o Gott«, murmelte Ryle, unfähig, Nigels Blick standzuhalten.

»*Ein* Motiv – allerdings ein unbedeutenderes. Dann war da seine literarische Integrität; er wollte sich nicht dazu erpressen lassen, seinen Widerstand dagegen aufzugeben, daß der Verlag ihre Kitschromane neu aufgelegt.«

Basil Ryle errötete bis an die Wurzeln seiner roten Haare.

»Aber auch das war ein Nebenmotiv«, fuhr Nigel fort. »Da lebte er nun monatelang Wand an Wand mit einer Frau, deretwegen er ein großes Gedicht hervorgebracht und die ihm dabei den Rest gegeben hat. O ja, die Wunde begann wieder zu bluten. Ich zweifle nicht daran, daß Millicent sie immer weiter geöffnet hat. ›Immerhin schreibe ich‹, habe ich sie einmal zu ihm sagen hören. Sie hatte reichlich Gelegenheit, ihn durch das Schiebefenster hindurch unter vier Augen zu verhöhnen. Jeanie hat sie zu ihm sagen hören: ›Du bist doch impotent.‹ Es tut mir leid, Basil, aber sie war ein Raubvogel. Sie hackte auf ihm herum, bis er nur noch ein Gewirr blankliegender Nerven war, so wie sie es schon vor dreißig Jahren getan hatte, nur sehr viel geschickter.«

»Ja. Darin war sie wirklich geschickt.« Basil Ryles Stimme war fast unhörbar.

»Sie hatte ihre Schwangerschaft seinerzeit als Waffe gegen ihn eingesetzt, und ich würde meinen, daß er schon damals nahe daran war, sie umzubringen. Und nun hatte sie wieder eine Waffe, ein anderes Mittel, Macht über ihn auszuüben – zwei ›stet‹-Markierungen auf den Druckfahnen eines Buches. Und diesmal hat er sie umgebracht. Sie hat es einige Male zu oft herausgefordert.«

»Das leuchtet mir alles ein«, sagte Ryle gleich darauf. »Aber mich wundert, daß er versucht hat, Cyprian Gleed zu belasten. Irgendwie paßt das nicht zu ihm.«

»Das war vielleicht eine Improvisation gegenüber seinem ursprünglichen Plan. Nicht, daß er deswegen groß Gewissensbisse gehabt hätte, wenn er diesen nichtsnutzigen jungen Mann mit Millicents anderem Sohn – seinem Sohn – verglich. Jedenfalls hatte er geplant, sie an einem Freitag umzubringen, wenn sämtliche Angestellte den Verlag kurz nach halb sechs verlassen haben würden. Er hatte mit Freunden vereinbart, das Wochenende bei ihnen in Hampshire zu verbringen; er war dort jederzeit willkommen; trotzdem, das hat er mir selbst gesagt, hat er London selten verlassen; und er hatte zuvor noch nie bei diesen Leuten gewohnt. Das allein hätte unseren Argwohn wecken müssen – bei einer Morduntersuchung sucht man zuerst nach der Abweichung vom Gewohnten, nach dem nicht der Routine Entsprechenden. Er hatte sich ein recht ordentliches Alibi ausgedacht – eindrucksvoll, ohne daß es auffallend wasserdicht war. Dann, am Tag davor, hat er zufällig mit angehört, wie Millicent mit ihrem Sohn telefoniert hat. Sie wollte nach der Machtprobe mit Stephen am nächsten Abend zu Cyprian in die Wohnung. Cyprian würde sie dort erwarten, und zwar allein. Cyprian würde somit für die Mordzeit kein Alibi haben. So mag Stephen darauf gekommen sein, sich als Cyprian zu verkleiden; oder es war von vornherein Teil seines Plans – wir werden es nie erfahren. Den Ersatzschlüssel zum Nebeneingang hatte er schon vorher an sich gebracht – um ganz allgemein Verwirrung zu stiften, würde ich meinen; aber dessen Verschwinden würde speziell auf Cyprian hindeuten. Stephen hat einen Dufflecoat und einen breitkrempigen schwarzen Hut gekauft. Unglücklicherweise konnte er sich nicht über Nacht einen Bart wachsen lassen, deshalb mußte er einen falschen kaufen.«

»Unglücklicherweise?«

»Susan hat bei ihrer Beschreibung des Mannes, den sie beim Verlassen des Verlags beobachtet hat, eine sehr eigenartige Formulierung gebraucht. ›Er hat irgendwie Haare seitlich im Gesicht gehabt‹, hat sie gesagt – denken Sie daran, sie hat ihn nur von hinten gesehen. Das hat mich stutzig gemacht. Wie sonderbar, daß sie nicht einfach sagte: ›Er hatte einen Bart.‹ Sie hat ihn unbewußt als falschen Bart registriert. So ist mir der Gedanke gekommen, daß der Mörder sich als Cyprian Gleed verkleidet hat, falls er das Pech haben sollte, auf dem Weg zu oder von Miss Miles' Zimmer jemandem zu begegnen. Warum hat er den blutbefleckten Dufflecoat nicht ausgezogen, *bevor* er ihr Zimmer verließ? Weil er, falls er denn gesehen wurde, in diesem Kleidungsstück gesehen werden mußte. Der einzige Verdächtige, *der es sich nicht leisten konnte,* zu dieser Zeit im Gebäude erkannt zu werden, war Stephen, der von Miriam Sanders gesehen worden war, wie er den Verlag um 17.20 ›mit seiner Wochenendtasche‹ verließ. Er mußte den Mord zur fraglichen Zeit begehen, weil Millicent nicht sehr viel länger darauf warten würde, daß er seine Verabredung mit ihr einhielt und weil sein Alibi zum Teil davon abhing, daß Miss Sanders ihn das Gebäude verlassen sah; sie selbst würde es um halb sechs verlassen. Wohlgemerkt, er hat nicht erwartet, daß die Polizei die Mordzeit so genau bestimmt.«

»Wie hat sie sie denn bestimmen können?«

»Indem sie bemerkt hat, daß jemand das Schiebefenster festgenagelt hatte. Er hat nicht damit gerechnet, daß das bemerkt wird. Bei seiner ersten Befragung durch die Polizei hat er den schweren Fehler gemacht, ihnen zu sagen, daß das Fenster seines Wissens nie zugenagelt gewesen war. Hätte er gesagt, es wäre einmal zugenagelt gewesen, und einen plausiblen Grund dafür genannt, hätte sich Wright vielleicht nichts weiter dabei gedacht. Wie auch immer. Es konnte nur eine Vorsichtsmaßnahme dagegen gewesen sein, daß jemand bei Stephen hereinschneite und durch das Fenster in Millicents Zimmer schaute. Also muß der Mord verübt worden sein, während noch Leute im Verlag waren – und sogar die Verlagsleiter bleiben freitags nie sehr viel länger als bis sechs. Und deshalb konnte die Mordzeit auf den Zeitraum zwischen 17.20 und 18.00 eingeengt werden.«

Clare goß Ryle noch etwas Brandy ein. Seit er ins Atelier gekommen war, hatte er sie von Zeit zu Zeit ungläubig beäugt, als fiele es ihm schwer, in ihr den Dummy von Nigels makabrer Rekonstruktion zu sehen. Nun sagte er: »Stephen war mir leider nie sonderlich sympathisch. Ich bin einfach nicht dahintergekommen, was in ihm vorging. Und außerdem war er einer von der alten Garde, während ich im Verlag nur geduldet wurde – wie ein naseweiser, begabter kleiner Grünschnabel. Aber ich hätte nie gedacht, daß er versuchen würde, mich zu belasten.«

»Das hat er auch nicht.«

»Aber das Rasiermesser –«

»Das Rasiermesser hat Liz Wenham in Ihrem Zimmer versteckt.«

»*Liz?* Nun hören Sie aber auf!«

»Liz hatte eine große Schwäche für Stephen Protheroe – das war für mich von Anfang an offensichtlich. Sie ist eine äußerst intelligente Frau, hatte also keine Schwierigkeiten zu erkennen, wie überzeugend das Belastungsmaterial war, das ich gegen Stephen zusammentrug, oder die Andeutungen zu begreifen, die ich ihr gegenüber fallenließ. Außerdem spürte sie aufgrund ihrer Liebe zu ihm instinktiv seinen Haß auf Millicent. Verdächtigt hat sie ihn wohl erstmals während der Dinner Party in der Wohnung der Geraldines.«

»Wie das?«

»Sie werden sich erinnern, daß ich Gleeds Anruf bei seiner Mutter am Tag vor dem Mord erwähnt habe – den, bei dem er sich mit ihr in seiner Wohnung verabredet hat. Stephen hat gesagt, er ›hätte nicht hören können, was sie gesagt hat‹. Gleich darauf ist mir ein merkwürdiger, besorgter Ausdruck auf Liz' Gesicht aufgefallen. Ich vermute, daß sie in Stephens Zimmer war, als der Anruf kam, und ihn mitbekommen hat, weil das Schiebefenster offen war; warum also, fragte sie sich, hat Stephen gesagt, er hätte das Gespräch *nicht* gehört? Als ich zuletzt mit ihr gesprochen habe, konnte sie ihre Sorge um Stephen jedenfalls nicht verbergen, und ich habe absichtlich ein paar überdeutliche Andeutungen fallenlassen. Im Hinausgehen habe ich zufällig gehört, wie sie ihn angerufen und zum Lunch zu sich gebeten hat. Der Himmel weiß, was für Worte zwischen ihnen gefallen sind – bewußt hat Stephen bestimmt nichts preisgegeben –, aber ihr Verdacht bestätigte sich, und –«

»Aber wieso hat sie sich dann mich ausgesucht?«

»Die Frage haben Sie bereits beantwortet; weil Sie keiner von der alten Garde sind – weder ein Wenham noch ein Geraldine, noch ein Protheroe. Und sie hat Stephen auf ihre sonderbare Weise geliebt. Sie hätte alles getan, um den Verdacht von ihm abzulenken. *Außerhalb* ihres Berufs ist Liz ein naiver, weltfremder Typ. Und impulsiv. Aus dem Impuls heraus, Stephen schützen zu wollen, hat sie dieses altmodische Rasiermesser hervorgekramt – es hat zweifellos ihrem Vater gehört; das Haus ist ein Museum von Wenham-Reliquien; sie hat sich damit einen Schnitt zugefügt und ist dann losgerannt, um es in Ihrem Zimmer im Verlag zu verstecken. Sie war es, die am Montag morgen darum gebeten hat, daß die Akte herausgesucht wird.«

»Also, ich muß schon sagen…«, begann Ryle in gekränktem Ton, der etwas leicht Absurdes hatte.

»Mittlerweile schämt sie sich bestimmt ganz schrecklich – dafür, daß sie so unbedarft war anzunehmen, die Polizei hätte Ihr Zimmer nicht gründlich genug durchsucht, um es zu finden. Aber, wie gesagt, sie hat es ganz spontan gemacht, weil sie wegen Stephen in Panik geriet. Und es hätte zu der Theorie gepaßt, daß Sie Miss Miles in einem Anfall von geistiger Umnachtung getötet haben. In Liz steckt eine Menge Skrupellosigkeit. Sie ist, das dürfen Sie nicht vergessen, eine Monomanin, was den Ruf des Verlags angeht; ansonsten war sie in ihrem Leben nur noch Stephen ergeben.«

Basil Ryle bedachte Nigel mit einem beinahe feindseligen Blick. »Wo wir gerade von Skrupellosigkeit reden –«

»Ach, Geraldine ist auf seine Weise genauso. Aber er hat einen weicheren Kern. Er hatte wegen einer früheren Episode mit Miss Miles das große Zittern. Es gibt davon zwei Versionen, und es interessiert mich nicht die Bohne, welche davon stimmt. Er mußte Liz als Mittelsperson einsetzen, um mir seine Version nahezubringen. Er ist ein moralischer Feigling; aber er hatte kein hinreichend starkes Motiv für einen Mord.«

»Ich rede nicht von Geraldine. Ich rede von Ihrer Demonstration heute abend. War es nötig, Stephen dieser Tortur zu unterwerfen? Verdammt noch mal, Mann, das war absolut sadistisch. Die Polizei hätte ihn doch bestimmt früher oder später erwischt? Ihm den Kauf des falschen Barts und des Dufflecoats nachgewiesen?«

»Ja, das hätte sie wohl«, erwiderte Nigel milde, »sobald sie in Zusammenhang damit gegen Stephen anstelle von Cyprian Gleed zu ermitteln begonnen hätte.«

»Wie können Sie dann diese melodramatische Inszenierung heute abend rechtfertigen? Das war wie – wie wenn man einen Menschen foltert, um ihn für ein Geständnis weichzumachen.«

»Herrgott noch mal, Mr. Ryle!« Clares Stimme zitterte vor Empörung. »Verstehen Sie das denn nicht? Glauben Sie etwa, Nigel hat das Spaß gemacht?« Sie erhob sich mit einem Wirbel schwarzer Haare und stand vor Basil Ryle. »Sie haben es doch selbst gesagt – die Polizei hätte ihn ›früher oder später‹ erwischt. Aber es mußte früher sein. Um Ihretwillen.« Sie stampfte mit dem Fuß auf. »*Ihretwillen.* Nigel hat Angst um Sie gehabt – was Ihnen zustoßen könnte, wenn man Sie noch länger in Ungewißheit darüber ließ, ob Sie es vielleicht selbst in einem Anfall geistiger Umnachtung getan haben. Deswegen mußte Stephen Protheroe rasch zur Strecke gebracht werden. Sie sollten ihm dankbar sein, anstatt solche sentimentalen –«

»Schon gut, schon gut. Tut mir leid. Wirklich. Mir war nicht klar …« Basil Ryle bot Nigel die Hand; dann sagte er, mit einem Blick auf Clare und einer Andeutung seiner früheren Keckheit: »Sie sind ein Glückspilz.«

Nicholas Blake im Diogenes Verlag

Nicholas Blake ist das Pseudonym, unter dem der berühmte, in Irland geborene Lyriker Cecil Day Lewis (1904–1972) seine psychologischen Kriminalromane schrieb, in denen der Detektiv und Menschenkenner Nigel Strangeways ermittelt.

Mein Verbrechen

Roman. Aus dem Englischen von Eberhard Gauhe

Ich will einen Menschen töten! Dieser Gedanke beherrscht Frank Cairnes, seit er mit ansehen mußte, wie sein Sohn von einem Sportwagen überfahren wurde, dessen Lenker Fahrerflucht beging. Cairnes, von Beruf Kriminalschriftsteller, beschließt, auf eigene Faust zu ermitteln. Sein Tagebuch ist es, das der Leser vor sich hat und das ihn seinerseits zum Ermittler werden läßt: denn die Grenze zwischen Schuld und Unschuld ist nurmehr schwer zu ziehen – bis Nigel Strangeways, ein Detektiv der alten Schule, die entscheidende Spur im Tagebuch ausfindig macht.
Dieser Klassiker des psychologischen Kriminalromans wurde von Claude Chabrol unter dem Titel *Das Biest muß sterben* verfilmt.

»Eine neue Form, die die psychologische Analyse mit dem Puzzlespiel und den Gestus des Authentischen mit dem Augenzwinkern der Metafiktion verbindet. Ein Krimiklassiker.« *Lutz Krützfeldt/Neue Zürcher Zeitung*

Eine vertrackte Geschichte

Roman. Deutsch von Jobst-Christian Rojahn

Nigel Strangeways wird ins abgelegene Somerset entsandt, wo er das Leben des berühmten Fliegers Fergus O'Brien schützen soll. Der draufgängerische Pilot sucht nach ländlicher Abgeschiedenheit – was ihn

jedoch nicht vor Drohbriefen bewahrt. Wer nur trachtet ihm nach dem Leben?
Die Zahl der Verdächtigen ist groß und ein wirklich taugliches Tatmotiv nicht in Sicht, als es zu weiteren Toten kommt…

»Verfügt über all die Tugenden, die der anspruchsvolle Kenner von Kriminalliteratur erwartet: Kultiviertheit, Intelligenz und Sensibilität.«
The Times Literary Supplement

Ende des Kapitels

Roman. Deutsch von Nikolaus Stingl

In einem angesehenen englischen Verlagshaus kommt es zu mysteriösen Manipulationen am Manuskript der Erinnerungen eines hohen Militärs. Ein Verleumdungsprozeß steht ins Haus, und die Aufregung steigert sich noch, als eine Bestsellerautorin mit durchgeschnittener Kehle in einem der Büros aufgefunden wird. Doch Wenham & Geraldine ist ein traditionsreicher Verlag, der einen Ruf zu verlieren hat. Vom Tatverdacht ausgenommen sind weder die Firmenleitung selbst noch der Lektor, noch die herstellerische Seite. Die sonderbarsten Interna, unvermutete Emotionen all der Mitarbeiter kommen ans Licht.

»Detektiv Nigel Strangeways löst jeden Fall mit Esprit, Humor und unter Wahrung der Formen, die sich für einen britischen Gentleman geziemen.«
Facts, Zürich

»Nicholas Blake ist ein Meister des Detektivromans.«
The Daily Telegraph, London

Was zu beweisen ist

Roman. Deutsch von Barbara Rojahn-Deyk

Mord in der Schule. Nicht nur der Lehrer Michael Evans steht unter Tatverdacht. Doch da Evans der geheime Liebhaber der Frau des Direktors ist, steckt er in der Zwickmühle: Um die Spuren, die zu seiner Liebschaft führen und ihn seinen Job kosten könnten, zu verwischen, bringt er sein Alibi in Gefahr. Nigel Strangeways ermittelt wie immer mit psychologischem Scharfblick. Er hat einen Verdacht, doch fehlen die Beweise, um diesen zu erhärten. Es kommt zu einem zweiten Toten, bevor Nigel Strangeways versuchen kann, den Täter in die Ecke zu treiben.

»Nicholas Blake, ein Klassiker, beweist, mit welcher Lakonik und Lockerheit sich wirkliche Spannung aufbauen läßt.«
Wolfram Knorr / Die Weltwoche, Zürich

»Alles, was Blake schreibt, fasziniert. Man sollte sich keines seiner Bücher entgehen lassen.«
Manchester Daily Dispatch

Georges Simenon in der Diogenes Neuedition

Seit 1977 betreut der Diogenes Verlag das Gesamtwerk Georges Simenons in einer Werkausgabe. Im Laufe der Jahre erschienen über 200 Bände. Seit 1995 werden Simenons Werke im Rahmen einer Neuedition in zum Teil neuen oder überarbeiteten Übersetzungen wieder aufgelegt.

»Allmählich gibt es wieder Simenon zu kaufen, und gerade wer ihn noch nicht kennt, der hat jetzt die Möglichkeit, sich Zug um Zug und auf ganz übersichtliche Weise in Simenon einzulesen.«
Rolf Vollmann / Südwestfunk, Baden-Baden

Im Rahmen der Neuedition bisher erschienen:
(Stand Herbst 1999)

Romane

Bellas Tod
Roman. Aus dem Französischen von Elisabeth Serelmann-Küchler

Der Schnee war schmutzig
Roman. Deutsch von Willi A. Koch

Drei Zimmer in Manhattan
Roman. Deutsch von Linde Birk

Der Mann mit dem kleinen Hund
Roman. Deutsch von Stefanie Weiss

Die Großmutter
Roman. Deutsch von Linde Birk

Der große Bob
Roman. Deutsch von Linde Birk

Die Wahrheit über Bébé Donge
Roman. Deutsch von Renate Nickel

Der kleine Heilige
Roman. Deutsch von Trude Fein

Die Glocken von Bicêtre
Roman. Deutsch von Magda Kurz

Tropenkoller
Roman. Deutsch von Annerose Melter

Der Mörder
Roman. Deutsch von Lothar Baier

Die Komplizen
Roman. Deutsch von Stefanie Weiss

Die Verlobung des Monsieur Hire
Roman. Deutsch von Linde Birk

Der Mann, der den Zügen nachsah
Roman. Deutsch von Walter Schürenberg

Die Fantome des Hutmachers
Roman. Deutsch von Eugen Helmlé

Der Tod des Auguste Mature
Roman. Deutsch von Anneliese Botond

Die Witwe Couderc
Roman. Deutsch von Hanns Grössel

Der Bürgermeister von Furnes
Roman. Deutsch von Hanns Grössel

Antoine und Julie
Roman. Deutsch von Eugen Helmlé

45 Grad im Schatten
Roman. Deutsch von Angela von Hagen

Der Zug aus Venedig
Roman. Deutsch von Liselotte Julius

Wellenschlag
Roman. Deutsch von Ulrich Hartmann

Schlußlichter
Roman. Deutsch von Stefanie Weiss

Das Testament Donadieu
Roman. Deutsch von Eugen Helmlé

Maigret-Romane und -Erzählungen

Maigret und die alte Dame
Roman. Deutsch von Renate Nickel

Maigret und der Mann auf der Bank
Roman. Deutsch von Annerose Melter

Maigret und Pietr der Lette
Roman. Deutsch von Wolfram Schäfer. Mit einer Nachbemerkung des Autors

Maigret und die junge Tote
Roman. Deutsch von Raymond Regh

Maigrets erste Untersuchung
Roman. Deutsch von Roswitha Plancherel

Maigret und der gelbe Hund
Roman. Deutsch von Raymond Regh

Maigret als möblierter Herr
Roman. Deutsch von Wolfram Schäfer

Maigret und die Bohnenstange
Roman. Deutsch von Guy Montag

Maigret bei den Flamen
Roman. Deutsch von Claus Sprick

Maigret und die widerspenstigen Zeugen
Roman. Deutsch von Wolfram Schäfer

Maigret und der Gehängte von Saint-Pholien
Roman. Deutsch von Sibylle Powell

Maigret und der verstorbene Monsieur Gallet
Roman. Deutsch von Roswitha Plancherel

Maigret und die Keller des ›Majestic‹
Roman. Deutsch von Linde Birk

Maigret zögert
Roman. Deutsch von Annerose Melter

Maigrets Nacht an der Kreuzung
Roman. Deutsch von Annerose Melter

Maigret und der Verrückte von Bergerac
Roman. Deutsch von Hainer Kober

Maigret und das Schattenspiel
Roman. Deutsch von Claus Sprick

Maigret und das Dienstmädchen
Roman. Deutsch von Hainer Kober

Maigret in der Liberty Bar
Roman. Deutsch von Angela von Hagen

Weihnachten mit Maigret
Erzählung. Deutsch von Hans-Joachim Hartstein

Biographisches

Als ich alt war
Tagebücher 1960–1963. Deutsch von Linde Birk

Brief an meine Mutter
Deutsch von Trude Fein

Außerdem erschienen:

Meistererzählungen
Deutsch von Wolfram Schäfer, Angelika Hildebrandt-Essig, Gisela Stadelmann, Linde Birk und Lislott Pfaff

Über Simenon
Essays, Aufsätze und Zeugnisse von André Gide bis Alfred Andersch. Mit Lebensdaten, Bibliographie und Filmographie. Herausgegeben von Claudia Schmölders und Christian Strich. Zweite, erweiterte und verbesserte Auflage

Simenon auf der Couch
Fünf Ärzte verhören den Autor sieben Stunden lang. Deutsch von Irène Kuhn. Mit einer Vita in 43 Bildern, einer Bibliographie und Filmographie

Stanley G. Eskin
Simenon
Eine Biographie. Mit zahlreichen Fotos, Lebenschronik, Bibliographie, ausführlicher Filmographie, Anmerkungen, Namens- und Werkregister. Aus dem Amerikanischen von Michael Mosblech

Carissimo Simenon
Mon cher Fellini
Der Briefwechsel zwischen Federico Fellini und Georges Simenon. Mit einem Vorwort von Claude Gauteur und einem Gespräch von Georges Simenon mit Federico Fellini. Aus dem Italienischen und Französischen von Linde Birk. Herausgegeben von Claude Gauteur und Silvia Sager

Robert J. Courtine
Simenon und Maigret bitten zu Tisch
Die klassischen französischen Bistrorezepte der Madame Maigret. Aus dem Französischen von Pierre F. Sommer

Patricia Highsmith im Diogenes Verlag

Der talentierte Mr. Ripley
Roman

Ripley Under Ground
Roman

Ripley's Game
oder Der amerikanische Freund
Roman

Der Junge, der Ripley folgte
Roman

Ripley Under Water
Roman

Venedig kann sehr kalt sein
Roman

Das Zittern des Fälschers
Roman

Lösegeld für einen Hund
Roman

Der Stümper
Roman

Zwei Fremde im Zug
Roman

Der Geschichtenerzähler
Roman

Der süße Wahn
Roman

Die zwei Gesichter des Januars
Roman

Kleine Geschichten für Weiberfeinde

Kleine Mordgeschichten für Tierfreunde

Der Schrei der Eule
Roman

Tiefe Wasser
Roman

Die gläserne Zelle
Roman

Ediths Tagebuch
Roman

Der Schneckenforscher
Elf Geschichten

Leise, leise im Wind
Zwölf Geschichten

Ein Spiel für die Lebenden
Roman

Keiner von uns
Elf Geschichten

Leute, die an die Tür klopfen
Roman

Nixen auf dem Golfplatz
Geschichten

Suspense
oder Wie man einen Thriller schreibt

Elsie's Lebenslust
Roman

Geschichten von natürlichen und unnatürlichen Katastrophen

Meistererzählungen

Carol
Roman einer ungewöhnlichen Liebe

›Small g‹ – eine Sommeridylle
Roman

Drei Katzengeschichten

Zeichnungen

Patricia Highsmith – Leben und Werk
Herausgegeben von Franz Cavigelli, Fritz Senn und Anna von Planta

Magdalen Nabb im Diogenes Verlag

»Magdalen Nabb ist die geborene Erzählerin, ihre Geschichten sind von überwältigender Echtheit.«
Sunday Times, London

»Die gebürtige Engländerin und Wahlflorentinerin Magdalen Nabb muß als die ganz große Entdeckung im Genre des anspruchsvollen Kriminalromans bezeichnet werden. Eine Autorin von herausragender internationaler Klasse.«
Herbert M. Debes / mid Nachrichten, Frankfurt

»Nie eine falsche Note. Bravissimo!«
Georges Simenon

Tod im Frühling
Roman. Aus dem Englischen von Matthias Müller. Mit einem Vorwort von Georges Simenon

Tod im Herbst
Roman. Deutsch von Matthias Fienbork

Tod eines Engländers
Roman. Deutsch von Matthias Fienbork

Tod eines Holländers
Roman. Deutsch von Matthias Fienbork

Tod in Florenz
Roman. Deutsch von Monika Elwenspoek

Tod einer Queen
Roman. Deutsch von Matthias Fienbork

Tod im Palazzo
Roman. Deutsch von Matthias Fienbork

Tod einer Verrückten
Roman. Deutsch von Irene Rumler

Das Ungeheuer von Florenz
Roman. Deutsch von Silvia Morawetz

Geburtstag in Florenz
Roman. Deutsch von Christa Seibicke

Alta moda
Roman. Deutsch von Christa Seibicke

Magdalen Nabb & Paolo Vagheggi:
Terror
Roman. Deutsch von Bernd Samland